LA ÓPERA SECRETA

JAVIER URZAY

LA ÓPERA
SECRETA

MOZART Y LA PARTITURA MASÓNICA

© Javier Urzay 2007

© De esta edición: 2008, Santillana Ediciones Generales, SA de CV

Av. Universidad núm. 767, colonia del Valle

México, 03100, D. F.

Teléfono 5420 75 30

www.sumadeletras.com.mx

Diseño de cubierta: Alejandro Colucci

Adaptación de interiores: Miguel Ángel Muñoz

Corrección: Antonio Ramos Revillas

Cuidado de la edición: Jorge Solís Arenazas

© de la imagen de la página 222: Maeda Ikutokukai Foundation, Tokio, Japón.

© de la imagen de la página 265: Archivos Austriacos, Viena.

Primera edición: marzo de 2008

ISBN: 978-970-58-0344-4

Impreso en México

A Lourdes, Patricia, Marta y Carolina

Índice

Capítulo

1

La carta

Viena, noviembre de 2006

Era el trayecto habitual, que cubría cansinamente en tranvía bajo la cantilena de una voz mecánica e impersonal que, impertérrita y falsamente servicial, anunciaba el nombre de cada parada y las opciones de transbordo disponibles. El mensaje que oía ocho veces por trayecto, dos trayectos por día, doscientos días al año... más de cincuenta mil veces desde que trabajaba en la central de la Österreicher Bundestheaterverband, la Unión de Teatros Federales de Austria, habitaba mi cerebro hasta atravesar el vestíbulo de entrada de la oficina, pasando a ser sustituido por el confuso sobreponerse de las voces de las chicas que atendían el *call center*. Allí las teleoperadoras respondían a todo tipo de preguntas y confirmaban las reservas de los cientos de personas y agencias que llamaban cada día para conseguir sus entradas de la ópera o pedir información sobre las exposiciones culturales de aquel *annus horribilis* de 2006, el 250 aniversario del nacimiento de Wolfgang Amadeus Mozart.

El primer año horrible fue 1991, el segundo centenario esa vez de su muerte, que se convirtió en una verbena insoportable de conciertos, conferencias, congresos y todo tipo de actividades culturales. La locura mozartiana llevaba a los especialistas a discutir cosas tan absurdamente trascendentales como si el poema de Wolfgang a la muerte de su estornino era una elegía que reflejaba su amor por los animales, o si en realidad era el adiós que siempre quiso dar a su padre fallecido, u otras materias mucho más sesudas, como la interpretación en clave freudiana de sus conciertos para piano. Nunca imaginé que aceptar aquel puesto en la ÖBTV pudiera depararme un destino tan cruel. Mi único consuelo era que, como entre el nacimiento y la muerte de Mozart no se había celebrado ninguna efeméride que justificara un año Mozart intermedio, para cuando fuera el 250 aniversario de su muerte yo ya estaría tañendo el arpa con los querubines.

Por eso el comienzo de 2006 reabría una herida que nunca terminó de sanar, probablemente porque nunca tuve la voluntad de curarla: Mozart fue mi pasión de juventud y mi amor compartido con Birgit, el motivo de mi fracaso profesional y, mal que me pesara, también el centro de mi vida actual.

Aquella mañana se presentaba tan gris y plana como cualquier otra, condenado a seguir involuntariamente atado a Mozart por el trabajo, pero ya de una manera tan automatizada que mis ojos pasaban sin ver sobre el nombre del compositor impreso en folletos, programas y entradas. Tras doblar la gorra, meterla en el bolsillo del abrigo y colgar éste en el perchero, me acerqué al *office* por mi primera taza de café. Fue entonces cuando vi un extraño sobre en la bandeja de entrada del correo.

Como técnica publicitaria me pareció buena. Recibíamos tanto material impreso y en tan grandes cantidades que cada vez era más difícil captar la atención de la gente y evitar que los folletos acabaran en la papelera incluso antes de haber sido hojeados. Aquel sobre, sin embargo, no era de brillante papel satinado ni de vistosos colores; daba la impresión de haber viajado mucho; estaba amarillento y envejecido, maltratado por el tiempo o la distancia, y el cierre de lacre había saltado. En la cara visible, sólo el nombre y cargo del destinatario en una caligrafía rizada y algo torcida: *A Su Excelencia el Conde Orsini-Rosenberg, Gran Chambelán y Director del Teatro de la Corte Imperial de Viena.*

Sonaba a broma. Alguien había tenido la graciosa idea de coger mi nombre y emparentarme nada menos que con Franz-Xaver-Wolf von Orsini-Rosenberg, embajador de Austria en la corte toscana hacia 1770 y más tarde príncipe del imperio y personaje clave de la corte vienesa durante el reinado de José II, encargado de la programación de las representaciones operísticas en el Teatro Imperial.

Centré mi atención en el contenido del sobre, una cuartilla tan estropeada como su envoltorio y con una letra de aspecto infantil; el idioma, un curioso italiano con algunas incorrecciones pintorescas:

> *Excelencia,*
> *Como bien sabe vuestra Excelencia, llevo ya varios años instalado en Viena y he tenido la fortuna de contar con el favor del público, que me ha honrado con su presencia en numerosas ocasiones. Para mi serie de conciertos del año pasado conseguí una amplia lista de suscriptores, entre ellos las familias más nobles de la ciudad: príncipe de Auersperg, conde y obispo de Herberstein, príncipe Pal, príncipe Lobkowitz, condes de Stahremberg, príncipe Von Liechtenstein, conde Fries, familia Thun, príncipe Galitzine, conde Erdödy, conde Czernin, conde Waldstein, príncipe Von Schwarzenberg, conde Zizendorf, príncipe Von Mecklembourg, condesa Hatzfeld, princesa Lichnowsky, la casa Esterhazy... Os ruego que perdonéis mi atrevimiento al mencionaros a estas nobles personas, pero mi intención no es otra que testimoniaros la aceptación de mis composiciones.*

Mi más ferviente anhelo, sin embargo, ha sido siempre el de componer óperas, que considero la más sublime creación humana. Es entonces cuando la música, en íntima unión con la historia que le da vida, alcanza las cotas más altas de belleza y elevación espiritual. Conozco vuestro bien ponderado aprecio por el gusto italiano que yo comparto enteramente. Me atrevo a sugeriros, empero, que quizá ha llegado el momento de dar una nueva oportunidad al teatro nacional. Hace ya tres años que tuve el honor de ver representada El rapto del serrallo *y tengo grandes ideas para una nueva obra que sería del agrado de nuestro amado Emperador. Si vuestra Excelencia pudiera trasladarle este deseo mío o al menos la posibilidad de poder presentárselo personalmente... Quizá entonces el teatro nacional, cuyos gérmenes son tan hermosos, llegaría a su florecimiento; y sería una verdadera tarea para Alemania, si nosotros, alemanes, nos pusiéramos seriamente a pensar en alemán, actuar en alemán, a hablar en alemán, ¡e incluso a cantar en alemán!*

No me guardéis rencor, Excelencia, si en mi ardor he llegado quizá demasiado lejos. Os ruego lo consideréis sólo como una expresión de mi anhelo y mi deseo de complaceros, poniendo todo mi empeño en vuestro mejor servicio y el de Su Majestad. Vuestro más humilde servidor.

Wolfgang A. Mozart
Viena, 14 de diciembre de 1785

El papel en mis manos se movía ajeno a mi voluntad. Me costaba seguir las líneas al releer el texto. Si aquello realmente era lo que parecía, me encontraba con una carta autógrafa del propio Mozart, algo que siempre suponía una pequeña revolución en los estudios mozartianos.

Miré a mi alrededor; ninguno de mis compañeros parecía haberse dado cuenta de mi turbación. Andrea estaba discutiendo vivamente con una de las nuevas telefonistas del *call center* que no terminaba de aclararse con el sistema automático de reservas del ordenador. ¡Sólo nos faltaba otro problema con las entradas como el del grupo de japoneses del mes pasado, que casi ocasiona un conflicto diplomático! Llevaba ya años insistiendo a mis superiores para que contrataran a alguien que dominara ese endiablado idioma, pues eran la tercera parte de nuestros clientes y, aunque parecían siempre muy formales y respetuosos, cualquier dificultad con ellos era inevitablemente calificada de incompetencia y terminaba proporcionándonos un serio quebradero de cabeza. Peter, por su parte, estaba enfrascado en la lectura de un periódico deportivo que, como él decía, le ayudaba a compensar el peso de tantísima cultura y así mantener un cierto equilibrio espiritual.

Aparentando calma, metí la carta en mi portadocumentos, que guardé en uno de los cajones de mi mesa. Normalmente encendía el ordenador a primera hora con cierta prevención, porque la diferencia horaria con oriente hacía que nada más conectarme aparecieran en la pantalla no menos de treinta mensajes de mis amigos nipones. En aquella ocasión, sin embargo, esa tarea me vendría bien para estar entretenido y alejar de mis pensamientos el portadocumentos durante la mayor parte de tiempo posible.

* * *

Pasé una de esas noches de pensamientos sobreexcitados que me impedían conciliar el sueño, dando vueltas en la cama y girando la almohada cada vez que el sudor empapaba una de las caras. No acierto a recordar más que el desasosiego del insomnio y una imprecisa y rápida sucesión de imágenes y sensaciones. Lo que sí tenía claro al levantarme es que estaba dispuesto a olvidar mis frustraciones con Mozart y a investigar aquella carta hasta sus últimas consecuencias. Lo primero que tenía que hacer era comprobar la autenticidad del documento y esa determinación me tranquilizó. Tenía un plan.

Me levanté temprano y envié un correo electrónico al trabajo para excusar mi ausencia. Miré el horario de trenes y me apresuré a la Westbahnhof para coger el primer tren a Salzburgo. Me instalé en un departamento vacío y pronto nos pusimos en movimiento; rápidamente dejamos atrás las afueras de la ciudad. El paisaje que se divisaba desde la ventanilla estaba cubierto por una delgada capa de nieve, la primera de aquel fin de otoño, que comenzaba a derretirse mezclada con barro en el tibio sol de la mañana.

Al llegar a la estación, me encaminé a la fila de taxis y le di la dirección al primero —Schwarzstraße 26, por favor—. A pesar de su oscuro nombre*, la calle estaba enteramente cubierta de blanco, y la nieve hacía un curioso relieve en las cuatro figuras mitológicas que coronaban la fachada del palacio neoclásico de la Universidad Mozarteum, uno de los conservatorios más prestigiosos de Europa, que alberga la sede de la Internationale Stiftung Mozarteum, la Fundación Internacional dedicada a promover la música del genial compositor y la investigación sobre su vida y su obra, además de gestionar algunos de los templos de la devoción mozartiana: su casa natal (Geburthaus), la casa donde nació su madre —y en la que vivió su hermana Nannerl, hoy dedicada a recordar la historia de la familia Mozart—, la Mozart-Wohnhaus —la vivienda de la familia hasta 1780— y la Zauberflötenhäuschen —la cabaña de madera en donde cuenta la tradición que le encerró Schikaneder para componer *La flauta mágica* y que había sido transportada a Salzburgo desde su emplazamiento original en el jardín del Theater auf der Wien—. La Fundación también obtenía pingües ingresos de un sinfín de actividades, incluyendo el alquiler de salones de estos lugares para celebraciones y la organización

---

* En alemán *schwarz* significa «negro». [N. del e.]

de conciertos y todo tipo de eventos relacionados con la vida del músico.

Pero la razón por la que me había acercado al Mozarteum era una muy concreta: en el primer piso de la Fundación, cerca de la sala de audición, se encontraba la más amplia biblioteca sobre Mozart existente en el mundo, con más de treinta y cinco mil volúmenes, cartas y partituras autógrafas y todo tipo de material sobre la música del siglo XVIII, que se complementaba con el Mozart-Archiv, situado en la Geburthaus. Mi acreditación de la ÖBTV me abrió rápidamente las puertas y pronto estuve sentado en una inmaculada sala de aire neoclásico de altos techos, recubierta de estanterías repletas de libros y decorada con medallones de imágenes de compositores y molduras de escayola —también de ordenadores y pilas de libros y partituras acumuladas sobre las mesas de trabajo—, mientras esperaba sentado a que la amable bibliotecaria me trajera algunos documentos que había solicitado.

En el otro extremo de la mesa alargada que se encontraba en el centro de la sala de lectura se distinguía una cabeza rubia sumergida entre dos pilas de libros y documentos. Un tímido rayo de sol había logrado colarse entre las nubes y proyectaba los cuadros de la ventana sobre aquella cabellera; por un breve instante antes de desaparecer, arrancó un reflejo cobrizo que avivó en mí un fugaz recuerdo. La impresión fue efímera, pero lo suficientemente intensa como para hacerme levantar de la silla y acercarme a ella.

—Buenos días, mi nombre es Paul Rosenberg. Ejem...

La joven dio un respingo. La había sorprendido enfrascada en la lectura.

—Lo lamento, de veras, no era mi intención molestarla.

La joven se quitó las gafas con un gesto elegante, apoyó brevemente un extremo de la patilla en sus labios y me miró con aire interrogativo.

—¿Ha dicho usted... Rosenberg?

—Sí, Rosenberg, Paul Rosenberg. Le ruego por favor que disculpe mi atrevimiento. No pretendía asustarla. La he visto tan sumergida en sus investigaciones que me ha picado la curiosidad.

—¿Paul Rosenberg? —Bajó la vista y comenzó a rebuscar entre los papeles de la mesa—. ¿Es usted el Rosenberg que firmó con Schwarz el artículo del *Mozart Jahrbuch* sobre los cuartetos Haydn?

—Me halaga usted, señorita, no puedo creer que alguien recuerde aún aquel modesto ensayo. Han pasado más de veinticinco años desde que se publicó ese material.

—Pues lo debo de tener aquí mismo encima de la mesa, porque justamente estoy trabajando sobre ese tema.

—Ah, entonces...

En ese momento se acercó la bibliotecaria con algunos libros.

—Lo siento, señor, la edición autógrafa de la dedicatoria de los cuartetos que se conserva en el Museo de Viena no es más que una copia de principios del siglo XIX. Aquí tenemos la edición completa de los cuartetos editada por Artaria, pero está en préstamo. Precisamente...

—Precisamente está aquí —dijo la joven—. Es uno de los documentos que estaba consultando.

Me quedé de piedra. ¿Cómo había podido cometer el error de ir a Salzburgo estando en Viena el documento que quería consultar? Además el documento autógrafo no me servía porque era una mera copia. ¡Menudo patinazo! Era patente que mis antes vastos conocimientos de los lugares mozartianos estaban más que oxidados. Necesitaba una puesta al día inmediata si quería seguir adelante con mi proyecto. Así y todo, no debía desaprovechar el viaje, y allí tenía la publicación de los cuartetos Haydn que, si bien no me permitía cotejar la caligrafía, sí me serviría para comprobar algunas peculiaridades de la forma de escribir de Mozart en italiano que ya había detectado en la carta que guardaba celosamente en la cartera.

—¿Le importa que eche una ojeada? —pregunté—. Sólo quería mirar la dedicatoria.

—Por supuesto, no hay inconveniente. Recordará que la escribió en italiano, el idioma de la música.

—Claro, ésa es la razón por la que me interesa. Quiero comprobar una cosa.

Al mio caro Amico Haydn

Un Padre, avendo risolto di mandare i suoi figlj nel gran
Mondo, stimò doverli affidare alla protezione, e condotta
d'un Uomo molto celebre in allora, il quale per buona sorte,
era di più il suo migliore Amico. — Eccoti dunque del pari,
Uom celebre, ed Amico mio carissimo i sei miei figlj. — Essi sono,
è vero il frutto di una lunga, e laboriosa fatica, pur la speranza
fattami da più Amici di vederla almeno in parte compensata,
m'incoraggisce, e mi lusinga, che questi parti siano per essermi
un giorno di qualche consolazione. — Tu stesso Amico carissimo,
nell'ultimo tuo Soggiorno in questa Capitale, me ne dimostrasti
la tua soddisfazione. — Questo tuo suffragio mi anima sopra
tutto, perché Io te li raccommandj, e mi fa sperare, che non ti
sembreranno del tutto indegni del tuo favore. — Piacciati dunque
accoglierli benignamente, ed esser loro Padre, Guida, ed Amico!
Da questo momento, Io ti cedo i miei diritti sopra di essi: ti
supplico però di guardare con indulgenza i difetti, che l'occhio
parziale di Padre mi può aver celati, e di continuar loro
malgrado, la generosa tua Amicizia a chi tanto l'apprezza,
mentre sono di tutto Cuore.

Amico Carissimo
Vienna il p.mo Settembre 1785.

il tuo Sincersimo Amico

W. A. Mozart

Era la dedicatoria que Mozart escribió a Joseph Haydn para la primera edición de los seis cuartetos para cuerda publicada por Artaria & Co en septiembre de 1785*. Efectivamente, ahí estaban algunas de las expresiones y giros propios de un alemán: el uso de las mayúsculas en muchos sustantivos (*Amico, Amicizia, Padre, Mondo, Uomo, Cuore*), el innecesario pronombre *io* en italiano trasunto del obligado *Ich* o el dudoso uso de la coma para separar las oraciones subordinadas: *Questo tuo suffragio mi anima sopra tutto, perchè Io te li raccommandi, e mi fa sperare, che non ti sembreranno del tutto indegni del tuo favore.*

—¿Oiga? ¿Le ocurre algo?

Su voz me sacó de mi concentración. La miré de frente por primera vez. Era guapa, tendría unos veinticinco años y lucía unas gafas sin montura que daban

---

* Traducción tomada de Jean y Brigitte Massin: «W. A. Mozart», publicada en español por Ed. Turner, 1987 (p. 584):

Viena, 1 de septiembre de 1785.

A mi querido amigo Haydn.

Un padre que había decidido enviar a sus hijos al vasto mundo estimó que debía confiar su protección a un hombre, muy célebre entonces, y que, por una feliz circunstancia, era, además, su mejor amigo. Así es como, hombre célebre y amigo muy querido, yo te presento a mis seis hijos. Son, en verdad, el fruto de un largo y laborioso esfuerzo, pero la esperanza, que muchos amigos me han dado, de verlo, al menos en parte, recompensado, me ha alentado, persuadiéndome de que estas creaciones me serán un día de algún consuelo. Tú mismo, mi querido amigo, la última vez que estuviste en esta capital, me demostraste tu satisfacción. Esta aprobación por tu parte es lo que me animó más, y es por lo que te los encomiendo, con la esperanza de que no te parezcan indignos de tu padrinazgo. Complácete, pues, en acogerlos con benevolencia y en ser su padre, su guía, su amigo. Desde este instante te cedo mis derechos sobre ellos y te suplico en consecuencia que mires con indulgencia los defectos que el ojo parcial de su padre puede no haber visto, y conserves, a pesar de ellos, tu generosa amistad al que te aprecia tanto. Ya que soy, de todo corazón, muy querido amigo. Tu sincero amigo. W. A. Mozart.

a su rostro un aspecto estudioso y aseado, como de chica lista y ordenada. Pero lo que me enganchó fueron sus ojos, profundos, de un color pardo verdoso como de bosque otoñal. Me encontré así como en terreno propio, no sé, como en confianza, como si la conociera de siempre.

—¿Oiga? ¿Se encuentra bien? —Cruzó sus dedos a apenas diez centímetros de mi rostro como hace el cuidador con el boxeador medio grogui.

—Sí, cómo no, perdóneme, estaba... En fin, creo que sí, que voy por el buen camino.

—¿Puedo ayudarle? La verdad es que ahora quien me ha picado la curiosidad es usted. Me choca que le interese tanto la dedicatoria. Es un texto bien conocido de Mozart que seguramente encontrará en cualquier biografía.

—Es cierto, pero quería consultar la versión original. Es por el italiano. Quería comprobar algo.

No sabía quién era ella, ni a qué se dedicaba. No parecía muy sensato entrar en mayores confianzas. El mundo de la investigación mozartiana era duro —bien lo había sufrido yo de joven— y cualquier nueva pieza original que arrojara luz sobre algún aspecto de la vida del compositor era un extraordinario trofeo que podía dar la fama a su descubridor. Probablemente mi carta no era tan especial, pues no era muy distinta a otras de aquella misma época que habían sido publicadas hace mucho tiempo. Si acaso, podía sorprender que Mozart escribiera al conde Orsini-Rosenberg, que era un conocido detractor de su música, aunque Mozart era a veces tan ingenuo que quizá no fuera realmente consciente de la oposición que generaba en alguna gente.

Alcé la vista y aquello fue mi perdición. Los ojos que antes habían llamado mi atención se habían estrechado hasta formar una fina ranura en el fondo de la cual las pupilas chispeantes de la joven me escrutaban como valorando... ¿el qué? ¿Quizá si valía la pena lanzar sus redes?

Volvió entonces la sensación de *dejà vu*, de una familiaridad con aquella muchacha basada exclusivamente en percepciones, sin dato alguno que justificara de manera racional la confianza en ella. Pero aun así, después de todo —pensé—, la carta no era tan especial y algo me impulsaba a compartir con ella aquel hallazgo. En el fondo, quizá no me vendría mal contrastar con alguien mis primeros pasos en la investigación.

—Bien, es una historia un poco curiosa y algo difícil de creer. Lo mejor es que usted vea directamente lo que encontré ayer en la bandeja de entrada del correo.

Abrí la cartera y saqué el sobre.

Un brillo de excitación iluminó sus ojos al leer el nombre del destinatario y escrutar ávida el contenido del sobre. Sostuvo con delicadeza el folio entre sus dedos y comenzó a descifrar la sinuosa caligrafía.

—¡Dios mío, es una carta de Mozart a Rosenberg! ¡Y parece buena! —Siguió observando atentamente el papel—. No soy una experta, pero diría que el papel y la tinta tienen el aspecto y la textura adecuados y la letra me resulta muy familiar. Hay algunos rasgos... Por ejemplo, fíjese en esas oes. Todavía hay discusiones sobre ello, pero hay muchos que defienden que Mozart era zurdo, aunque en aquella época ser zurdo era casi pecado y obligaban a todos desde niños a trabajar con la derecha. Además, Mozart se ejercitó tanto con el piano que, aunque hubiera nacido zurdo, seguramente manejaba la derecha con igual agilidad. Para escribir música difícilmente lo haría con la izquierda, pues ensuciaría mucho la partitura y con Mozart no ocurre así. Pero otra cosa es la escritura normal. Una buena forma de identificar con qué mano está escrito un texto es fijándonos en las oes: normalmente, los diestros comienzan a trazar la letra «o» por la izquierda desde un punto entre las diez y las once horas; por el contrario, los zurdos lo hacen desde la una o las dos horas. Lo característico de algunos textos de Mozart es que se encuentran oes de los dos tipos, lo cual sólo tiene sentido si el que los escribe alterna ambas manos para escribir, una cosa bastante rara salvo en personas completamente ambidiestras y quizá con un notable sentido del humor, como el propio Mozart. ¡Fíjese! ¡Aquí tiene oes de los dos tipos!

—¡Es cierto! —respondí excitado—. Y concuerda perfectamente con el análisis que he realizado del texto. —Le conté entonces lo de la sintaxis italiana de un germanohablante y las similitudes que había encontrado entre la dedicatoria de los cuartetos Haydn y la carta. Nos quedamos unos segundos como suspendidos, pensando en las implicaciones de todo aquello.

—¡Y usted también se llama Rosenberg!

—Eso no puede ser más que una casualidad. De alguna forma, no me pregunte cómo, esta carta ha permanecido perdida en el correo durante doscientos años y ahora ha seguido su curso. Supongo que el hecho de que trabaje para la Unión de Teatros Federales ha podido provocar que fuera a parar a mi despacho.

—Mire, yo creo que merece la pena hacer algunas comprobaciones adicionales para autentificar la carta y analizar su relación con otros documentos conocidos de la época. No todos los días aparece una carta original de Mozart. Su contenido además podría apoyar alguna tesis que hasta ahora no ha conseguido demasiadas evidencias.

—¿A qué tesis se refiere?

—La verdad es que preferiría cerciorarme de la autenticidad antes de decirle más. Tendría que volver a Viena para consultarlo con un colega, pero para ello debería dejarme el documento unos días.

Me quedé pasmado ante aquella petición. Parecía una chica lista, pero no podía pretender que le prestara sin más la carta, un documento tan valioso.

—Perdone el atrevimiento, es absurdo, me he dejado llevar por el entusiasmo.

Se produjo un incómodo silencio entre nosotros.

—Mire, Paul, le aseguro que puede confiar en mí, pero entiendo que no quiera desprenderse de la carta. Hagamos una cosa. —Se detuvo unos instantes para enfatizar sus palabras—. Yo debo volver ahora a Viena. Consultaré este tema con un colega mío y me pondré de nuevo en contacto contigo. ¿Te importa que te tutee? Será entonces cuando podrás decidir si puedes confiar en mí —dijo al tiempo que clavaba su mirada en mis ojos.

No sabía qué hacer. Desde luego no iba a desprenderme de la carta pero, por otro lado, me intrigaban las palabras de... ¡no sabía ni su nombre! Debió de ver la duda reflejada en mi cara.

—No te preocupes, Paul, tranquilo. Apunta mi número de móvil y me tendrás localizable las veinticuatro horas del día. No lo apago nunca. Me llamo Brenda. Brenda... Schmidt.

—De acuerdo, Brenda. Sólo una cosa, me preocupa que cuentes esta historia a otra persona. Preferiría que esto quedara entre nosotros.

—No hay problema, el colega es mi padre y sabrá ser discreto. Te llamaré en cuanto tenga algo.

Le di mi número de teléfono y mi dirección en Viena, que guardó en un portafolio de cuero claro y, antes de que me diera tiempo a decir nada, cruzó la sala con paso veloz y decidido, y bajó las escaleras hasta la planta baja. A través de la ventana la vi alejarse por la acera flanqueada de nieve recién amontonada.

Capítulo

2

La ópera secreta

El sábado me levanté con un fuerte dolor de cabeza y el estómago revuelto. La botella de Cardhu casi vacía y el vaso sucio con las huellas de mis dedos impregnados de cacahuetes salados eran el testimonio de una estúpida noche de autocompasión y desvelo. Ahora la excusa era la carta de Mozart cuya existencia había compartido con una desconocida, mezclada con extraños sueños sobre aquella chica que había removido algo dentro de mí. Miré a través de la ventana y vi lo de siempre, unos cuantos tejados grises, a lo lejos la verde cúpula barroca de la iglesia de San Carlos Borromeo y, a mis pies, la calzada empedrada y húmeda, tonta, mojada y resbaladiza, esperando los torpes pasos de cualquiera que osara cruzarla sin reparar en la trampa que representaba. A pesar de ser sábado, parecía como si todo el vecindario hubiera decidido quedarse arrebujado en sus blancos edredones de plumas o hubiera escapado fuera de la ciudad a guarecerse junto al fuego y conjurar así la climatología y la soledad. Los pasos apresurados de un joven protegido con un paraguas sonaron amortiguados por el repicar de la lluvia sobre las ventanas del ático y se perdieron al doblar la esquina.

Seguía sin poder creerme la estupidez que había cometido. Parecía como si nunca lograra aprender de mis errores. Siempre igual. Y el alcohol sólo servía para embotarme la cabeza y sumergirme en un estado de semiinconsciencia en la que ya no era responsable de nada y nada de lo que me ocurriera en el fondo tenía que ver conmigo. Antes fue Birgit y ahora Brenda. Lo que sí que conseguía era ser indefectiblemente engañado por unos ojos bonitos y una sonrisa amable.

Debía de ser ya tarde. Es probable que las calles desiertas se debieran a algo más que a mi propio estado gris y dolorido. Era ya la hora del almuerzo y la gente había terminado sus compras y recados de la mañana.

No soy de esos solitarios que tienen la casa hecha un desastre, como si la ausencia de una mujer convirtiera a los hombres en seres sucios e insensibles. A mí me gusta tener las cosas ordenadas y en su sitio, aunque vivir solo es una invitación a la molicie. Era habitual por eso que, aunque no se pudiera llamar «pocilga» a mi apartamento, el frigorífico careciera de lo más elemental —los yogures caducaban invariablemente y la lechuga ennegrecía sin remedio—. Sólo alimentos no perecederos —básicamente pasta, arroz y conservas— tenían alguna posibilidad de sobrevivir en la despensa. Por eso acudía a lo más socorrido, ingerir nutrientes fuera y surtirme en casa de alimentos para el espíritu de preparación instantánea, tales como brandy, whisky, cacahuetes, aceitunas y nueces de macadamia. Aunque en las circunstancias de ese día fuera más que sacrificado, no me quedaba más remedio que arrastrarme hasta la cafetería de Manfred, mi primer refugio para estos casos, donde me podrían servir un plato combinado con el combustible necesario para unas horas más.

Me senté en mi sitio habitual, una mesa con bancos corridos a ambos lados para cuatro personas junto al ventanal nada más entrar, más propia de un local americano que de un auténtico café vienés. Eso sí, Manfred, fiel a las tradiciones, seguía trayendo el café en una bandejita de alpaca, con una pieza de chocolate negro cuidadosamente envuelta con papel dorado y un vaso de agua. Engullí unos huevos con salchichas y unas tostadas con mermelada acompañadas del café que Manfred hacía como pocos y comencé a sentir algo de consuelo. Tuve que dejar precipitadamente sobre la mesa el soporte de madera que sujetaba el *Wiener Zeitung* porque mi móvil comenzó a sonar con ese timbre intempestivo que siempre lograba sobresaltarme. No se identificaba el origen de la llamada.

—¿Sí, quién es?

No lo podía creer. Era Brenda. ¿Es que iba a cambiar mi suerte con las mujeres? Su voz sonaba excitada y apremiante.

—Tenemos que vernos, tengo algo que enseñarte. ¿Tienes conexión a internet en casa?

—Sí, pero...

—Estaré ahí en media hora.

Colgó antes de que pudiera reaccionar. Me quedé unos segundos mirando sin ver el cuero verde del respaldo del banco que tenía frente a mí. Miré el reloj, terminé el café, pagué la cuenta y salí aprisa de vuelta a casa.

Bastó una llamada de mujer para que lo que antes parecía un apartamento ordenado y casi digno ahora sí resultara una auténtica pocilga. A los restos de la triste noche de whisky y el dolor de cabeza que —a pesar del ibuprofeno— aún latía en mi nuca, se sumaba la escasa gracia de un piso de soltero exclusivamente masculino, sin una mala planta que diera un toque de verde al conjunto —mi éxito con el reino vegetal corría parejo al de mis relaciones con el sexo femenino—; sin que nadie pudiera decir que algo en concreto no estaba donde debía estar, el aspecto general era desaliñado e impersonal. No podía hacer mucho en el escaso tiempo disponible, salvo ventilar, estirar el edredón, ahuecar la almohada y pasar una bayeta rápida por los cercos de suciedad dejados por el vaso y la botella sobre la mesa frente al sofá.

Apenas terminé de adecentar un poco la casa retumbó en mis maltratadas sienes el pitido del portero automático. Di a Brenda la clave de entrada y me asomé a la puerta para oír el ruido del ascensor que se aproximaba. Cerré —no quería parecer impaciente— y me senté en el salón, obligándome a tardar unos segundos en abrir cuando sonara el timbre.

—Buenos días, Paul —dijo Brenda nada más entrar—. Espero que no te importe que me plante así en tu casa.

—Adelante, no te preocupes. No pensé que iba a tener noticias tuyas tan pronto.

—Nada más volver de Salzburgo me puse manos a la obra pero tardé unos días en contactar con mi padre para contarle lo de la carta. Me corroboró lo que hablamos tú y yo y añadió también que convendría echar un vistazo al papel. Él conoce bien las filigranas y el tipo de papel utilizado en la época de Mozart y podría autentificar el soporte de la carta. De todas formas, eso puede hacerse más adelante. No es eso lo más importante.

—¿Y qué es lo importante?

—Tiene que ver más con el contenido de la carta que con sus características físicas. Según me contó, hay una de las muchas historias y leyendas sobre Mozart que habla de una ópera secreta que compuso por encargo de José II y que nunca ha llegado a encontrarse.

—Sí, como aquello de que fue envenenado por Salieri o por los masones o que contrajo la sífilis en Praga y que, a través de varias transmisiones, acabó infectando a Beethoven. Si hiciéramos una lista de las leyendas sobre él, tendríamos que escribir una enciclopedia o, más bien, un especial de los mil mejores cuentos infantiles.

—Lo sé, es bastante increíble, pero antes de decir más quiero que veas algo. ¿Puedo...? —Señaló el ordenador que estaba sobre mi mesa de trabajo.

—Adelante, está conectado.

Coloqué otra silla a su izquierda y me senté apoyando los codos sobre la mesa para sujetar la barbilla. De reojo y a través del tablero de cristal podía ver sus rodillas que asomaban bajo la falda embutidas en unas medias negras. Brenda tecleó rápidamente www.mozart-web.com. El cursor se transformó en un reloj de arena mientras comenzaba a descargar los contenidos de la página.

Parecía ser una de tantas páginas creadas por admiradores de Mozart con todo tipo de datos sobre su vida y su obra. A la izquierda había un menú de botones en inglés: Forum, Köchel*, Biography, Images, Who is Who, Library, News, Search y About Us. Al pinchar Brenda en este último, vi que no me había equivocado:

Esta web está dedicada a la vida y obra de Wolfgang Amadeus Mozart, al mundo en que vivió y

---

* Ludwig Ritter von Köchel (1800-1877) fue el creador del Índice Köchel, primer catálogo completo de las obras de Mozart. Es habitual nombrar las obras de Mozart con el número del catálogo Köchel (por ejemplo, Don Giovanni K o KV 527). [N. del a.]

a la pasión por la música clásica que gracias a él sentimos millones de personas en todo el mundo. *La intención de los fundadores de este sitio es animar la exploración inteligente y compartida sobre Mozart y su mundo, utilizando todos los recursos que nos ofrece la red. Tenemos distintas procedencias y* backgrounds *y pensamos que eso es lo mejor de todo: poner en común nuestros conocimientos, habilidades y perspectivas para revivir juntos nuestra pasión y acceder a nuevas experiencias. Ahora te contamos quiénes somos:*

Ronald Stevenson. *Nacido en 1950 en San Diego, California. Soy ingeniero de producción en una empresa aeroespacial y jamás he sido capaz de tocar un instrumento ni de cantar afinado siquiera. Mi escasa formación musical, sin embargo, no me ha impedido disfrutar enormemente con la música clásica. Empecé con la curiosidad de un quinceañero pedante escuchando las sinfonías de Beethoven, pero mi vida cambió cuando, en 1978, tras comprar un pack de vinilos con los últimos conciertos para piano de Mozart, escuché el nº 21 en do mayor K 467 por primera vez en mi vida. El resultado fue que no sólo no devolví la compra —tenía diez días de periodo de prueba—, sino que empecé entonces la búsqueda incesante y apasionada de cualquier cosa que ese hombre hubiera compuesto. Después de 26 años la búsqueda continúa, contando con la paciencia y benevolencia de Megan, mi mujer. A* través de las maravillas de internet he conocido a muchos otros admiradores de Mozart como tú con los cuales quiero compartir este sitio web.

Ralf Garrison. Tengo cincuenta años y desde niño soy un amante de la música clásica. Mi padre me metió Chopin en vena y me puso a dar clases de piano a los seis años. Como casi todos, me reboté a los trece y dejé las clases. De todas formas, seguí metido en esto de la música a través de la banda de la High School y acabé estudiando en el California Institute of Arts, donde me gradué en interpretación musical y fotografía. Después de mi graduación toqué el clarinete en varias orquestas y conjuntos de viento y mi vida profesional se ha desarrollado entre interpretaciones y la industria del cine. Soy un aficionado a Mozart bastante tardío. La chispa prendió en el año 2000, cuando alquilé la película Amadeus. La música me llegó de una forma que nunca antes había experimentado e hizo de mí un fanático de Mozart y del mundo musical del siglo XVIII. Volví entonces a tomar lecciones de piano y he hecho muchos nuevos amigos gracias a Mozart. Estoy muy orgulloso de contribuir a la creación de este sitio web.

Daniel Petit. Nacido en Indianápolis en 1949 y aún residente en Indianápolis después de cincuenta y cinco años. Con suerte, dentro de otros cuarenta, seguiré viviendo en Indianápolis. Fui un fanático seguidor de todos los grupos de rock and roll que *venían de Inglaterra a mediados de los sesenta y comencé a aficionarme a la música clásica en los tempranos ochenta con Mozart y Haydn. Mi personalidad nunca se conforma con escuchar o ver pasivamente, así que pronto empecé a leer sobre todo lo que estaba alrededor y detrás de aquella música sublime. Casi sin querer me convertí en un experto sobre todos aquellos fragmentos y piezas que han sido equivocadamente atribuidos a Mozart. Esta vía de investigación era tan interesante que ha acabado por absorberme los últimos siete años. Consciente de que el conocimiento es inútil si no es compartido, durante ese tiempo he disfrutado mucho relacionándome con otros amantes de Mozart por internet. A lo largo de los años he reunido una absurda colección de varios miles de discos y CD de música clásica, pero todavía no puedo evitar un escalofrío de placer cuando de vez en cuando pongo a todo volumen* Ticket to ride *de los Beatles o cualquier canción olvidada de Dave Clark 5.*

Caroline McGregor. *Nací en 1952 en Perth, Australia, aunque avatares de la vida me llevaron a vivir en el sur de California cuando tenía doce años. Nunca tuve claro qué quería ser de mayor y las circunstancias me llevaron a hacerme programadora de informática cuando aparecieron los primeros PC. Musicalmente, como Ron, Ralf y Dan, soy una criatura de los sesenta y tuve la suerte de ir al colegio en una época en la que aún enseñaban a*

entender y apreciar la música. ¡Incluso creo que lle-
gué a ir a un par de conciertos de música clásica sin
que me supusiera un trauma! Pero todo cambió una
noche en 1984, cuando fui a ver la película de Milos
Forman con un amigo. Aquel día cambió mi vida.

© *Mozart-web, 2004*

—Es cierto que son aficionados, pero te aseguro
que la web es muy interesante y que los contenidos son
de gran calidad. No tienes más que navegar un poco
por la biblioteca o la biografía para verlo. De todas formas, lo mejor es el fórum.

Hizo clic sobre el icono del fórum y se abrió una
página en la que aparecía una invitación a inscribirse
como primer paso para participar. La mayor parte de
la gente solía registrarse con seudónimo, pues nunca se
sabe con quién se va a relacionar uno en internet.

—¿Qué ponemos? —preguntó ella.

—Probemos «Trazom», su nombre al revés, uno
de los juegos de palabras con los que a menudo se en-
tretenía.

Terminamos de rellenar los datos, con nuestra ciudad de residencia y una breve presentación que estaría
accesible a todos los miembros del fórum. Nos pre-
sentamos como Trazom acompañado de la correspon-
diente clave personal y remitimos nuestra solicitud. Teníamos que esperar un rato a que la petición fuera
procesada por el servidor y nos enviara la confirmación
del permiso para entrar en el foro.

Mientras llegaba el mensaje de correo electrónico seguimos buceando por los contenidos del sitio. Había una completa galería de imágenes —violando todas las leyes de *copyright*— sobre el compositor y su tiempo, personajes de la época, partituras originales, carteles de sus óperas... Había un apartado donde podía descargarse una amplia variedad de fotografías de los lugares mozartianos en la actualidad, donadas por fans que iban regularmente de peregrinaje a Viena, Salzburgo, Praga, Mannheim, Fráncfort y tantos otros sitios hollados por el pie del genio. Un *pop up* interrumpió nuestra navegación advirtiéndonos de que había entrado un *e-mail*.

—Debe de ser la confirmación. Ha sido rápido.

Metimos la clave en la página y entramos en el foro, donde nos recibió un mensaje de bienvenida del *webmaster* y unas cuantas normas de participación. Lo habitual: no entrar en temas personales, hablar con educación y respetar al resto de miembros del foro. Había un apartado con el archivo de todos los temas tratados anteriormente, donde se podía consultar por meses o investigar algo determinado mediante un buscador interno. Pulsé el botón del mes anterior y salió un listado de *threads* —«hilos» era el término utilizado para una conversación interactiva sobre un tema lanzado por cualquier miembro, al que se iban uniendo las respuestas y contrarrespuestas del resto—. Había de todo, de lo más simple y coloquial, hasta discusiones eruditas sobre una pieza determinada o sobre cómo conseguir una grabación ya agotada de una edición rara difícil de encontrar.

- Leopold Mozart: Paternal Pride and Prejudice
- Some Circumstances for Replacement Arias K 577 and K 579
- Mozart's grandmother
- Why did Mozart compose the Symphony K 551?
- Does anyone know the history of this?
- Music for Expectant Mothers
- Mozart's Viotti Additions K 470a and Lost Andante K 470
- F.X. Mozart
- Contemporaries of Mozart: Jan Ladislav Dussek
- NMA Listings
- Complete Violin Concerto Sets
- Website of Interest
- Clarinet Concerto on BBC Radio 3 archive
- Leopold Mozart's Grave
- Another «final hours of Mozart» picture
- My Trip to Viena and Salzburg
- Mozart's Viena
- Genius of Mozart DVD
- Violin Concerto in C K 271a

Por curiosidad pulsé en el tercero para ver qué decían de la abuela de Mozart.

La abuela de Mozart

Jan van der Suijen   5/10/2006 20:03

El otro día me tropecé con el árbol genealógico de la familia Mozart en un sitio de internet. Decía que la abuela de Mozart murió en 1766. Si eso es correcto, Mozart tuvo abuela durante los primeros diez años de su vida. Sin embargo, nunca he leído u oído nada sobre su relación. Mi pregunta es: ¿conoció Mozart a su abuela? Saludos.

Rob Bokowsky   5/10/2006 20:33

Leopold Mozart fue el mayor de cinco hijos. Nunca tuvo intención de seguir el oficio de encuadernador de su padre y eligió convertirse en músico en Salzburgo, fuera de su ciudad natal de Augsburgo. Allí conoció a Anna Maria Pertl y pidió la bendición de su madre para casarse con ella —su padre había muerto poco antes—. Su madre no quería dar su aprobación, aunque finalmente la dio sin saber que ya se habían casado. Lo que más dolió a Leopold es que él fue el único hijo excluido de un regalo de trescientos florines que sus hermanos recibieron al casarse.

En esta situación de separación es probable que ni Wolfgang ni Nannerl conocieran a su abuela. No es mencionada en ninguna correspondencia. Incluso cuando Leopold llevó a sus hijos a

Augsburgo donde dieron diversos conciertos públicos nadie de su familia asistió.

Gianna Barberini   5/10/2006 23:22

Cuanto más conozco de Leopold, más pienso que debió de ser un tío complejo y con mucha voluntad. Hay que tener muchos arrestos para ignorar el negocio de su padre y hacerse músico en una ciudad «extranjera». De todas formas, aunque hace tiempo que no releo biografías de Mozart, creo recordar que siempre se inclinaba por dar consejos de lo más conservador a su hijo, lo que es un poco chocante vista su propia historia. ¡Parece que eso es una «enfermedad» común a todos los padres de todas las épocas! *Ciao!*

Rob Bokowsky   5/10/2006 23:33

Leopold trató de controlar a Wolfgang todo lo que pudo. Uno diría que le quería «demasiado». Sin duda estaba alarmado por la conducta rebelde de su hijo y algunas sospechosas coincidencias con su propio pasado. Habiendo experimentado en su propia carne lo que podía ocurrir en las relaciones familiares, trató de usar el conservadurismo como herramienta para «domar» a su hijo. Lo que pasa es que le salió el tiro por la culata.

Recientemente he estado oyendo algo de música de Leopold, que está bien, es bonita, pero nada del otro mundo.

Agnes Salisbury   5/10/2006 23:42

Jan: es muy improbable que Wolfgang llegara a conocer a su abuela de Augsburgo. Nacida en 1696 como Anna Maria Sulzer, era hija de un tejedor y fue la segunda mujer del padre de Leopold. Las obsesiones de Anna Maria con sus vecinos mayoritariamente protestantes la llevaron a numerosos pleitos que mermaron la economía familiar. Finalmente, fue enviada a una institución mental por las autoridades de la ciudad donde murió en 1766. Un abrazo

Rob Bokowsky   5/10/2006 23:43

Querida Agnes, perdona por haber mandado el mail cuando tú lo acababas de hacer. Se conoce que lo estábamos tecleando al mismo tiempo...

Agnes Salisbury   5/10/2006 23:45

No pasa nada, Rob. Siguiendo con el tema, yo lo que sospecho es que Leopold heredó de su madre su naturaleza obsesiva y la destructividad asociada a la misma. Su conducta para con su hijo, particularmente durante los años de Mozart en Viena, su testamento en el que dejó a Nannerl la mayor parte de la herencia, su obsesivo odio hacia la mujer de Wolfgang, su falta de disponibilidad para cuidar de sus nietos y que Wolfgang pudiera ir a Londres... Este tipo de «enfermedad», si es que hay que llamarla así, incluso apareció en

> la descendencia de Mozart: una tataranieta (no sé
> cuántos «tatas») fue capturada por los nazis en un
> manicomio junto con el resto de internos y lleva-
> da a un campo de concentración.

Brenda me interrumpió.

—Puedes pasarte horas leyendo los *threads*. Son apasionantes. Se entrecruzan y lían como una auténtica red. Muchas veces te dan pistas sobre otros recursos de la web y, si te descuidas, puedes ir rastreando un solo tema durante días accediendo a los sitios más pintorescos. De todas formas, lo que quería enseñarte está aquí. Déjame un segundo.

Brenda manejó con destreza el ratón y entró en el buscador de *threads*. Tecleó velozmente las palabras «ópera secreta» y, mientras lo miraba sorprendido, fue apareciendo en pantalla el resultado de la búsqueda.

La ópera secreta de Mozart

Otto Salzburg   7/11/2006 19:01
He leído en una extraña web que Mozart compuso una ópera por encargo de José II que desapareció sin llegar a conocerse. ¿Alguien sabe algo de esta historia?

Caroline McGregor   7/11/2006 19:21
Se me ocurre que podría ser *Semíramis*, un melodrama que le encargó en 1778 el barón Herbert

von Darlberg, ministro de Estado e intendente del teatro de Mannheim, sobre un libreto de Gemmingen adaptado de una tragedia de Voltaire. Gemmingen era un conocido masón y la obra era una vía muy adecuada para hacer propaganda de algunas ideas fundamentales de la corriente racionalista e ilustrada de la masonería. Lo malo es que nunca se supo qué fue de esa obra. Saludos

Otto Salzburg   7/11/2006 19:30
 Gracias, Caroline, pero no es *Semíramis*. Aparentemente, es una ópera de la que no se conoce el título y la encargó José II. En 1778 aún vivía la emperatriz María Teresa y es muy improbable que su hijo José tuviera algo que ver con *Semíramis*.

Sylvain Massot   7/11/2006 20:11
 El 5 de febrero de 1783 Mozart escribió a su padre: «Estoy escribiendo una ópera alemana para mí mismo. He elegido la comedia de Goldoni *Il servitore di due padroni,* y el primer acto ha sido ya traducido por el barón Binder». Nada más se sabe de este proyecto. Los investigadores están divididos: algunos piensan que en realidad nunca la empezó y otros sostienen que algunas partes pueden ser encontradas en otras composiciones posteriores hoy conocidas, como las arias K 435 (aria *Müsst ich auch durch*) y K 433 (arieta *Männer suchen stets*).

Agnes Salisbury   7/11/2006 20:49

¡Muy bien, Sylvain, es un buen comienzo! Os propongo que trabajemos un poco más este tema. Por mi parte, os mando una sugerencia: ¿recordáis una de las obras perdidas de Mozart, el aria K 569 para soprano *Ohne Zwang aus eignem Triebe*? Está listada en su catálogo (el suyo autógrafo, el de las pastas rosas) en enero de 1789 como «un aria alemana». Podríamos ver si lo poco que se sabe del inicio de la letra corresponde con alguna parte de la obra de Goldoni. Puede ser un poco complicado o tedioso, y al menos hay que controlar el alemán y el italiano. ¿Algún voluntario?

Maurizio Rovereto   7/11/2006 20:58

Lo intentaré, Agnes. Si encuentro un *match* de palabras, podría confirmarse la tesis de que fragmentos de la ópera aparecen en composiciones posteriores. De todas formas, a mí me atrae más la idea de pensar que existe realmente una ópera desconocida de Mozart. ¿Os imagináis el bombazo?

Otto Salzburg   7/11/2006 21:20

Yo me apunto a lo que dice Maurizio y voy a empezar a investigarlo. Por mi parte tengo una tesis: la única razón que se me ocurre para que la ópera no llegara a conocerse es que tuviera que ver con la masonería y tuviera que ocultarse para huir de la represión del emperador Leopoldo tras la muerte

> de su hermano José II. De ser así, tendría que haber recibido el encargo antes de enero de 1790. Quiero chequear unas cuantas cosas antes de ir más allá. Os propongo que nos demos una semana para reabrir el *thread* y comentar los avances.

Caroline, Sylvain, Maurizio y Agnes enviaban mensajes de confirmación, citándose para la semana siguiente, es decir, para el martes o miércoles siguiente.

En mi cabeza se agolpaban los datos e informaciones y me resultaba difícil pensar. Es cierto que la carta que teníamos entre manos encajaba en esa explicación —la existencia de una ópera secreta de la que nunca se supo, tan secreta que no aparecía en ningún papel—. Era un hilo que, como decía Otto, bien merecía la pena investigar. Mi mirada se cruzó con la de Brenda y un guiño de complicidad brilló en sus ojos.

Capítulo
3
El plan

Era una hermosa mañana de primavera en el Prater. Los vieneses aprovechaban los tímidos primeros rayos de sol para asomar sus blancas carnes, blandas y faltas de vitalidad tras la hibernación. La mayor parte de los cuerpos tumbados sobre el césped del jardín correspondían a estudiantes de la Universidad de Viena que escapaban de sus clases, ansiosos de absorber un poco de luz y calor. Junto a los grupos de jóvenes tendidos en animada conversación, no faltaban algunos más deportistas o juguetones que se lanzaban pelotas o se retaban a carreras.

Algo golpeó sorpresivamente mis hombros, lo suficientemente fuerte como para haberme ocasionado un serio disgusto si me hubiera dado un poco más arriba. Me volví y a medio metro en el suelo vi un *frizzbie* de plástico rojo, mientras se acercaba hasta cubrir la luz del sol el rostro más bello que jamás pisara la tierra.

—Perdona, ha sido un tiro estúpido —dijo aquel prodigio de la naturaleza—. ¿Te he hecho daño?

Me quedé embobado sin poder pronunciar palabra. Aunque el golpe había sido fuerte, me habían dejado sin habla aquellas facciones divinas, unos ojos de miel amusgada con reflejos de ámbar y la sonrisa que configuraba unos graciosos hoyuelos en las mejillas y que daba forma a una expresión que oscilaba entre burlona y preocupada, como no sabiendo si reír por la situación o si más bien procedía una tierna inquietud por el daño aparentemente causado. Un brillo de sol atravesaba unos cabellos rebeldes que escapaban a la disciplina de la trenza.

A pesar de que habían pasado casi treinta años, aquella escena había quedado firmemente grabada en mi memoria con la impronta de las cosas eternas, como las retahílas de cosas aprendidas en la infancia que, por más que pasara el tiempo, permanecían ancladas en lo más profundo del yo y afloraban con voluntad propia cuando la situación lo propiciaba, el ego las solicitaba o ellas mismas reclamaban el oxígeno del recuerdo.

De esa forma tan prosaica fue como Birgit entró en mi vida.

* * *

Añadí una cucharada de nescafé a la taza de leche descremada y encendí de nuevo el ordenador. Una vez abierto el navegador y ya dentro de la página del foro, escribí otra vez en la ventana de búsqueda la palabra «masonería». Quería ver si había algún *thread* anterior sobre este tema. Repasé la lista de resultados de la búsqueda, descartando los que hacían alusión directa a las obras de inspiración masónica ya conocidas de Mozart, como las cantatas. Abrí el último *thread*, que era de un par de semanas atrás.

Quizz: Mozart y la masonería

Ronald Stevenson   12/10/06 18:25

El concurso de esta semana es sobre Mozart y la masonería. A ver quién sabe cuál fue el primer contacto de Mozart con un masón y cuántos años tenía.

Sylvain Massot   12/10/06 18:30

Supongo que al preguntar cuántos años tenía, te refieres a Mozart y no al masón. Por mi parte, no sé si fue la primera, pero probablemente la primera importante. Me refiero a la primera obra de carácter masónico, *Thamos, rey de Egipto*, sobre un libreto del barón Tobias-Philip von Gebler, cuando aún no había cumplido los dieciocho años. Gebler era vicecanciller en Viena, comendador de la Orden de San Esteban, amigo de Lessing y francmasón, pues llegaría a ser gran maestre de la logia *La Gran Alianza* en Viena.

Ronald Stevenson   12/10/06 18:35
Good try, Sylvain! Buen intento, pero no es el primer contacto. ¿Más sugerencias?

Maurizio Rovereto   12/10/06 18:52
¿Qué tal el libretista Giuseppe Parini, a quien conoció Mozart en Milán en 1771? Parini había sido preceptor de la noble familia de los Serbelloni y acabó peleado con ellos. Luego fue redactor jefe de la *Gazzetta di Milano*, diario ilustrado de los liberales. Propagó por el norte de Italia las ideas de la filosofía francesa de las luces y sobre todo el igualitarismo de Rousseau, aunque tampoco le gustaba la imitación servil del estilo francés entonces tan en boga. ¡Por lo menos, me acerco más que Sylvain! Entonces no tenía más de quince años.

Agnes Salisbury   12/10/06 19:59
No estoy muy segura de que Parini fuera masón, pero de todas todas os gano. Ahí va. A finales de octubre de 1766 la familia Mozart huyó de Viena para escapar de una epidemia de viruela, pero no hubo suerte y el pequeño Wolfgang cayó enfermo en Olmütz, en la vecina Moravia. Allí fue atendido por el doctor Joseph Wolff, el primer francmasón que conoció Mozart, en casa del conde

Podstatsky. Lo curioso es que dos años antes su padre Leopold había rechazado la vacuna en París —entonces una gran novedad que suscitaba apasionadas polémicas—, manifestando su aversión hacia esas cosas y poniéndose en manos de dios. Así que la respuesta es «diez años», Mozart tenía diez años cuando tuvo su primer contacto con los masones.

Aquella conversación no parecía llevarme a nada concreto. Quizá fuera más productivo recurrir a un rincón de mi librería donde había aparcado la bibliografía sobre Mozart, que había acabado acumulando una fina película de polvo y olvido. Allí yacían algunos clásicos mozartianos, desde la primera biografía de Niessen hasta los documentados estudios de Einstein, los más recientes de Landon o el matrimonio Massin —pues, a pesar de mi supuesto abandono, no había dejado de completar mi biblioteca con el paso de los años— y las fantasías noveladas por Stendhal o Mörike. También tenía una serie incompleta de los *Mozart Jahrbücher*, que recogían lo mejor de la investigación sobre el compositor.

Comencé con una mezcla de ansiedad y aprensión, no sabiendo muy bien adónde me podía conducir aquella búsqueda, quizá absurda y disparatada, pero que hacía bullir la sangre en mis venas como hacía mucho que no sentía. Acumular tomos sobre mi mesa de trabajo fue una primera terapia que de forma mecánica me sumergió de nuevo en la pasión de la investigación y el amor por el saber.

Enemigo de la improvisación, recuperé mis hábitos de estudio concienzudo y decidí no dejar cabos sueltos desde el principio. En el fondo, estaba convencido de que, si la hipótesis de la ópera secreta era cierta, debía haber claves en la propia biografía de Mozart que arrojaran luz sobre esta historia. Recorrer los hitos principales de su vida era el primer paso para abordar la investigación. También había quedado grabada en mi pensamiento la frase del tal Otto de que la ópera desconocida de Mozart debía tener algo que ver con su vinculación con la masonería. Por ello, comencé mis indagaciones con una especial atención a lo que se sabía de Mozart y la masonería.

Tardé tres días en releer intensivamente un par de biografías tomando notas sobre algunos elementos que me habían suscitado interés. Fue al pasar al ordenador los borradores anotados en una libreta cuando empecé a observar un cierto hilo conductor en determinados acontecimientos que, si bien leídos aisladamente nada significaban, ordenados adecuadamente y poniéndolos en relación unos con otros, configuraban lo que desde ese mismo momento bauticé como la «trama masónica».

Que Mozart fue uno de esos niños prodigio que desde muy pequeño impresionó a las principales cortes europeas es probablemente una de las pocas cosas que los escolares de todo el mundo recuerdan de esas tediosas clases de música en la escuela, en las que pocos profesores llegan a suscitar el interés de sus alumnos en una materia que la docencia suele presentar de forma compleja y poco atractiva. Sólo otros hechos también notables como la sordera de Beethoven o la larga descendencia de Bach —todavía recuerdo la lasciva risita del profesor Lindenberger al decir aquello de... «¡como en aquella época no había televisión...!»— podían competir en el recuerdo de los escolares con la precocidad de Mozart y la explotación comercial que su padre Leopold hizo de sus habilidades infantiles. Sin embargo, lo que de verdad importa es que, gracias a la disciplina de trabajo que le inculcó su padre y, sobre todo, la posibilidad de viajar por toda Europa y escuchar la amplia variedad de la música que entonces se componía en los distintos países, Mozart pudo absorber influencias y formarse desde su niñez un juicio propio sobre la técnica y la estética de la composición. Morir sin haber cumplido los treinta y seis años es sin duda una muerte prematura —aunque no tanto en aquellos tiempos en los que un mal resfriado o una simple infección te podían mandar a la tumba sin demasiada ceremonia—, pero aun así Mozart había disfrutado ya de una relativamente larga vida productiva y contaba en su haber con cientos de composiciones que muchos de los músicos de la actualidad no serían capaces de escribir ni siquiera con una vida longeva.

Los viajes de la familia Mozart fueron capitales para su formación como músico, pero casi más importantes para su formación como persona. Y ése era el aspecto en el que más me había fijado en mi relectura de esos días. Dejando de lado los primeros viajes infantiles con su familia, especialmente la gran gira europea entre los siete y los diez años que le llevó por Múnich, Augsburgo, Mannheim, Bruselas, París, Londres, La Haya, Ámsterdam, Lyón, Ginebra, Lausana y Zúrich, su primera estancia en Viena y los tres viajes por Italia de su adolescencia, me detuve más despacio en su primer viaje a París, cuando huyó del provincianismo y del control del príncipe-arzobispo Colloredo de Salzburgo, libre de la presencia de Leopold y bajo la tutela de su madre.

Mozart contaba entonces veintiún años y no pude por menos que sonreír para mí mismo al pensar en lo que París significó para mí a esa edad. Si a los veintiún años no te quieres comer el mundo, mejor no vayas a París.

La versión oficial de las biografías mozartianas consideraba aquella larga estancia en París un sonoro fracaso. El antaño niño prodigio había perdido su condición de fenómeno inextricablemente unida a la edad y tenía entonces que competir como uno más en una corte llena de talentos en la que poco había que hacer sin las recomendaciones que abrieran las puertas adecuadas. La escasa modestia del joven músico —si uno no es soberbio a esa edad...— no ayudaba a hacer las cosas más fáciles. Así, llegó a rechazar un puesto de organista en Versalles, que podía haberle dado estabilidad económica. Pero no, él era un músico —*Ich bin ein Musikus!*, exclamaba orgulloso en su correspondencia— y no quería plegarse a un empleo mal remunerado que no le permitiera dedicarse a la composición.

Entonces anoté el primer ítem de lo que internamente había denominado «la trama masónica». En una carta a su padre en abril de 1778 Mozart mencionaba a François Joseph Gossec. Gossec era director del Concert des Amateurs —una fórmula de organización de conciertos entre aficionados que se iría replicando por diversas ciudades europeas—, y más tarde segundo director de la ópera y director de la Escuela Real de Canto. Compuso varias óperas, sinfonías y música de cámara. Me llamó la atención que desde 1789 fuera un fervoroso partidario de la revolución y compusiera numerosas obras para las grandes fiestas revolucionarias. La amistad de Mozart con Gossec parecía, pues, el primer eslabón de una cadena que luego continuaba.

Mannheim era la segunda etapa de ese itinerario formativo. La corte de Karl-Theodor en Mannheim representó para Mozart algo muy especial. Karl-Theodor, como la mayoría de los príncipes alemanes, comenzó organizando su corte como un pequeño Versalles: trajo arquitectos franceses para construir su residencia de Schweitzingen y seguía con asiduidad las representaciones teatrales de un grupo de comediantes franceses. Pero Karl-Theodor fue también uno de los primeros que percibió la poderosa corriente nacional que agitaba

Alemania y comenzó a favorecer su desarrollo. Prescindió de los actores franceses y los cambió por alemanes, aunque no disponía de piezas para interpretar que no fueran traducciones de obras francesas. Para paliar esa carencia, fundó la Sociedad palatina alemana para la defensa de la lengua y la cultura nacionales y decidió la construcción de un teatro nacional alemán. Mozart pasó de nuevo por Mannheim tras su estancia en París y allí trabó amistad con otro personaje clave, Otto von Gemmingen, a quien adjudiqué el dorsal nº 2 después de Gossec. También en Mannheim se creó una Académie des Amateurs a imagen y semejanza de la de París, lo que daba pie a especular con la posibilidad de que Mozart fuera protegido por una red masónica que facilitaba trabajo y relaciones a miembros y simpatizantes, de la que seguramente Gemmingen formaría parte.

Gemmingen nació un año antes que Mozart y era autor dramático y escritor, traductor de Shakespeare, Diderot y Rousseau. Era un gran impulsor del movimiento nacional alemán Sturm und Drang* y colaboró con Mozart durante su estancia en Mannheim en el drama musical *Semíramis,* hoy perdido, y que había sido mencionado en el foro de internet por uno de los

---

* *Sturm und Drang* es un drama de Klinger que acabó dando nombre a un movimiento alemán de jóvenes artistas y pensadores (algunos muy conocidos como Goethe, Wagner o Schiller) que es algo así como el precedente inmediato del Romanticismo. La expresión es difícil de traducir sin perder contenido y riqueza: *Sturm* equivaldría a huracán, ardor apasionado, vértigo, asalto, y *Drang* es una presión imperiosa, un impulso impetuoso.

participantes. Me gustó aquello de ir hilando con las aportaciones de otros miembros. Pero la historia de Gemmingen continuaba y tenía que seguirle la pista: en 1781 fue a Viena y dos años más tarde fundó la Logia de la Beneficencia, en la que ingresaría Mozart al cabo de un año. Es evidente que él fue uno de los determinantes para la iniciación de Mozart en la masonería, pero quizá lo más significativo era que Mozart llevaba ya años bebiendo de las fuentes del pensamiento ilustrado y empapándose de los ideales masónicos de fraternidad, verdad y justicia. En su regreso de París, y antes de pasar nuevamente por Mannheim, Mozart se demoró en Estrasburgo, aparentemente sin motivo alguno. Dio un concierto al que acudieron muy pocos, que le reportó un único luis de oro de beneficio, pero en cambio él parecía estar contento. Algunos especialistas especulaban con el hecho de que esos aires de optimismo y bienestar —que, por otra parte, fueron relativamente frecuentes en distintos momentos de la vida de Mozart, a veces coincidiendo paradójicamente con problemas económicos y familiares— se derivaran de sus contactos con un grupo de masones de esa ciudad, entonces como ahora a caballo entre Francia y Alemania.

Así marqué Estrasburgo como un nuevo hito de mi investigación y pasé al siguiente elemento que tenía anotado en mi cuaderno. Ya de vuelta en Salzburgo, en 1779-1780 una compañía de comediantes ambulantes, dirigida por un tal Boehm, recaló en la corte de Colloredo donde ofreció numerosas representaciones. Boehm era un apasionado del teatro alemán y además violinista y director de orquesta. Trabó amistad con Mozart y entre ambos transformaron *La finta giardiniera* —una obra realizada por encargo de la corte de Múnich en 1775— de ópera *buffa* en *singspiel*, traduciéndola al alemán. También abordaron la recuperación del drama heroico-masónico de Gebler *Thamos, Koenig in Egypten*. Mozart estaba muy encariñado con la partitura, y reforzó algunos números y añadió un melodrama y un coro final. Aunque en 1783 reclamaba a su padre la partitura para que se la enviara a Viena, el arreglo de *Thamos* no pareció haber tenido más éxito que su versión inicial de diez años antes.

Cuando la compañía de Boehm abandonó Salzburgo en septiembre de 1780, el teatro fue alquilado a la compañía de Emmanuel Schikaneder, que recibió inmediatamente en mis notas el dorsal nº 4 en la lista de personajes clave de la trama, por detrás de Gossec, Gemmingen y Boehm. Músico ambulante primero, luego actor, ya tenía en 1780 una sólida reputación como comediante y un fino olfato para la puesta en escena, no exenta de cierta extravagancia. Tenía una compañía bien conjuntada, capaz de dar cuatro representaciones a la semana muy variadas, con comedias, tragedias, *singspielen* y ballets. Aparte de convertirse en uno de los grandes amigos de Mozart, le introdujo en el conocimiento de numerosas obras teatrales, entre ellas las de Shakespeare. Se decía que incluso Mozart pensó en poner música a *La tempestad*. Schikaneder era miembro de la misma sociedad de tiro con arco a la que pertenecía la familia Mozart y compartió pertenencia a la misma logia masónica.

Otro personaje muy importante, francmasón, pasó a engrosar la lista: Van Swieten. Gottfried van Swieten era hijo del médico personal de la emperatriz María Teresa. Nació en Holanda y pronto se trasladó con su padre a Viena. Tras entrar en el servicio exterior austriaco, fue nombrado embajador en la corte de Federico el Grande de Prusia, donde descubrió la obra de Bach y Haendel, que eran por entonces las influencias que marcaban la vida musical prusiana. Después de permanecer allí siete años, regresó a Viena, donde fue prefecto de la Real Biblioteca Imperial y, algunos años después, presidente de la Comisión de Educación de la Corte Imperial. Como fiel servidor del estado, Van Swieten fue uno de los pilares del programa reformista del emperador José II. Compartió con Mozart algo más que conciertos y mecenazgo: fue destituido exactamente el día de la muerte del compositor, el 5 de diciembre de 1791, acusado de estar involucrado en una conspiración masónica.

Gossec, Gemmingen, Boehm, Schikaneder, Van Swieten... Si Mozart había estado involucrado en algún proyecto secreto, seguro que alguno de estos personajes tenía algo que ver.

* * *

El día que se cumplía una semana de nuestra incursión en internet, Brenda se presentó puntualmente a las nueve para poner en común nuestras investigaciones. Tras resumirle las notas que había tomado, ella me hizo partícipe de sus propios descubrimientos.

—Cuando me encontraste el otro día en Salzburgo, estaba consultando un material sobre los cuartetos dedicados a Haydn. Ya conoces lo que significan en la historia de la obra de Mozart, pero lo que he hecho es verificar una serie de fechas. Recordé que la carta autógrafa que recibiste es del 14 de diciembre de 1785 y resulta que precisamente ese día se cumplía el primer aniversario de un hecho capital en la vida de Mozart: su adhesión a la masonería al iniciarse como aprendiz en la logia vienesa de La Beneficencia, justo entre la composición del cuarto y el quinto cuartetos. Era la logia de su viejo amigo Gemmingen.

—Es cierto; en lo que no había caído es en la coincidencia de fechas. Por otro lado, hay un dato muy revelador: a partir de ese momento, alguien nos ha escamoteado la correspondencia de Mozart, que antes de esa fecha era una fuente fundamental para conocer su vida. A partir de entonces, los historiadores y musicólogos han tenido que conformarse con testimonios indirectos y, por supuesto, su propia música. Bien, vamos a ver si el resto de los miembros del foro han conseguido algo más.

Entramos en la web y tecleamos las claves para acceder a la discusión, que ya se había reiniciado hacía rato.

La ópera secreta de Mozart (II)

Otto Salzburg   14/11/06 18:31

Tal como quedamos, recuperamos el hilo de la investigación. ¿Alguien ha averiguado algo que merezca la pena?

Maurizio Rovereto   14/11/06 18:55

Antes de nada, os diré que no he tenido mucha suerte con el *thread* del otro día. He comparado lo poco que se sabe del texto del aria perdida en alemán con la obra de Goldoni y no he encontrado nada. Era mucho más complicado de lo que parecía en un principio y tampoco puedo aseguraros que no se me pasara algo por alto.

Caroline McGregor   14/11/06 19:03

Yo tampoco tengo gran cosa. He buscado antecedentes de la preocupación de Mozart por la ópera alemana y la verdad es que es una constante en sus deseos. Eso hace que la tesis de la ópera por lo menos parezca plausible.

Sylvain Massot   14/11/06 19:06

Como dice Caroline, hay muchos testimonios sobre ese interés de Mozart. Por ejemplo, el 3 de octubre de 1777 escribe desde Múnich: «¡Y aún lo sería más [feliz] si participase en el relanzamiento del teatro nacional alemán para la música!

Esto sucederá así seguramente, pues desde que he oído el *singspiel* alemán, me he sentido lleno de un ardiente deseo de componer [...] Desean dar pronto una ópera alemana seria, y quisieran que fuese yo quien la compusiera». No he podido encontrar más datos de si realmente esas frases tenían una base real o si más bien eran la expresión de un anhelo.

He encontrado otra pista parecida que no he conseguido que me llevara a ninguna parte. Parece ser que en 1785 Anton Klein le ofreció un libreto para una ópera en alemán, pero Mozart lo rechazó. ¿Tenéis idea de si en 1785 pasó algo que explicara esta situación?

Otto Salzburg   14/11/06 19:08
Luego volveré sobre 1785, porque el tema tiene miga. ¿Alguna aportación más?

Sylvain Massot   14/11/06 19:22
Yo seguí también la pista del renacimiento del teatro alemán y me llamó la atención la historia de Mannheim. Lo más curioso que he encontrado es que, aun siendo conocido que Karl-Theodor fue un gran impulsor del teatro alemán, cuando accedió al trono de Múnich a la muerte de Maximiliano dio un giro conservador y le encargó a Mozart una ópera seria en italiano (*Idomeneo*), y no una en alemán. No se trataba sólo de acercarse a los gustos de sus súbditos: parece que su nuevo confesor

y director espiritual, el otrora jesuita Frank, se propuso hacer de aquel débil príncipe ilustrado un autócrata reaccionario.

Rob Bokowsky   14/11/06 19:45

Yo me he fijado en otra línea de investigación, que indirectamente encajaría con lo que nos cuenta Sylvain. Cuando Otto mencionó su teoría, en lo primero que pensé fue en *El rapto del serrallo*, la primera gran ópera de Mozart en alemán, si olvidamos algunas composiciones menores anteriores de su adolescencia.

La historia del *Rapto* tiene sustancia y hay muchas interpretaciones del libreto que la presentan como una obra con mensaje. El personaje que más me gusta es Selim, ese dictador moro que cede y deja libres a los amantes. De alguna forma, representa el carácter magnánimo, tolerante y compasivo de los gobernantes de la Ilustración.

Otto Salzburg   14/11/06 19:53

Es verdad lo que dice Rob. Al poco de conocer a Mozart en una recepción de la condesa Thun en abril de 1781, en la que se presentó una audición de *Zaïda*, el conde Rosenberg encarga en agosto a Gottlieb Stephanie, inspector del teatro alemán en Viena, que proporcione a Mozart un libreto en alemán para componer. Stephanie, amigo del compositor, le ayuda adaptando *Zaïda* y así nace *El rapto del serrallo*. Rosenberg quiere tener dos óperas listas para ser representadas cuando venga el gran duque Pablo de Rusia, hijo de Catalina la Grande, a Viena.

Rob Bokowsky   14/11/06 20:13
Exactamente, Otto. Y hay dos personajes importantes en aquella audición en casa de la condesa Thun: Sonenfels y Van Swieten...

No pude evitar un estremecimiento al ver juntos los nombres de varios de los personajes que yo había incluido en mi lista de personas clave de la trama masónica. Brenda me puso una mano sobre el hombro y seguimos leyendo.

... lo que nos debe hacer pensar: ¿quién presentó Mozart a Stephanie? Todo parece apuntar a que Mozart estaba patrocinado por los masones ilustrados y que eso hizo unir los destinos de ambos en *El rapto del serrallo*. Sí que está claro que el parentesco entre *Zaïda* y el *Rapto* va más allá de lo circunstancial: aparte de las coincidencias en el texto, ambas obras se proponen visiblemente exaltar la tolerancia y la libertad religiosa. El encargo del *Rapto* se inscribiría entonces en el marco del esfuerzo iniciado por José II para el desarrollo de un arte y un teatro plenamente alemanes, para el desarrollo de la cultura alemana como pilar fundamental del josefismo. En 1776 José II había reorganizado por completo el antiguo Burgtheater y lo había elevado al rango de teatro nacional.

Ronald Stevenson   14/11/06 20:15

Estoy siguiendo atentamente el hilo y tengo un dato curioso aunque circunstancial que apoya esta historia. Por lo visto, nuestro amigo Salieri, tan italianísimo él, quiso componer también en 1781 un *singspiel* alemán *(Der Rauchfangkehrer,* que me aspen si sé lo que significa la palabra) al ver que José II se inclinaba por la ópera alemana.

Agnes Salisbury   14/11/06 20:20

Eso sí que tiene gracia, Ron. ¡Salieri componiendo *singspielen* alemanes! Otto, Rob, seguid con la discusión, que estoy en ascuas.

Rob Bokowsky   14/11/06 20:32

Lo curioso de esta historia es que el *Rapto* fracasó. Se habla de una conspiración de los reaccionarios, que no tenían ningunas ganas de apoyar esta nueva política de José II. Para que veáis lo complejo de la situación, os paso dos testimonios de la época:

«*El rapto del serrallo* es una obra que rebosa belleza. En el estreno superó todas las esperanzas del público y las intenciones de su autor. Las nuevas ideas que contiene son seductoras; recibieron la acogida más vibrante y más calurosa. Estoy persuadido de que en ningún teatro de Alemania será interpretada la obra de Mozart con la maestría que conoció en el Teatro Nacional Vienés».

(Revista de la Música de Cramer).

«Por la noche en el teatro: *El rapto del serrallo*. La música es un revoltijo de cosas cazadas al vuelo. Fischer ha interpretado bien. Adamberger es rígido como una estatua».

(Diario del conde Zizendorf, 30 de julio de 1782)

Otto Salzburg   14/11/06 21:14

He comenzado por intentar poner fecha al supuesto encargo de José II y me gustaría comentar con vosotros los resultados. He procedido hacia atrás desde la muerte de José II en enero de 1790 y descartando periodos en los que no me parece que encaje el encargo de una ópera alemana.

La segunda parte de 1789 no me parece probable, porque Mozart estuvo componiendo *Così fan tutte,* una petición expresa del emperador. En primavera de ese año tuvo que ir de gira a Praga, Leipzig y Berlín con el conde Lichnowsky en busca de nuevos fondos. Si hubiera tenido un encargo, no se habría ido.

En 1788 tiene que dedicarse a componer mucha música de danza para la corte y se representa

Don Giovanni en Viena, auspiciado por el emperador. La obra se había estrenado en Praga el año anterior con mucho éxito. Me pregunto por qué José II se interesa por esta obra y le da una nueva oportunidad en Viena. El año 1787 lo veo muy completo con *Don Giovanni* en Praga y todo lo que le rodeó. Y 1786 es el año de *Las bodas de Fígaro*, que comenzó a componer a escondidas con Da Ponte en el verano de 1785. Todavía es un misterio por qué el emperador dejó que *Fígaro* siguiera adelante, cuando era una obra que él mismo había censurado. No sé. Estoy empezando a pensar que la autorización de *Fígaro* corresponde a un plan premeditado. ¿Qué tal si en realidad José II encargó por aquella época la ópera secreta, más o menos cuando se enteró de los planes de Mozart con *Fígaro*?

Otto había llegado al mismo punto que nosotros, pero a la inversa. Habíamos reconstruido la vida de Mozart hasta 1785 y habíamos alcanzado una conclusión parecida: algo había pasado a finales de 1785 o a principios de 1786. Y ese algo era la carta que teníamos en nuestras manos y que nadie más conocía, la primera prueba palpable de que quizá Mozart había compuesto una ópera alemana desconocida hasta la fecha, la ópera secreta que Brenda y yo íbamos a encontrar.

* * *

Hacía mucho tiempo que no padecía de insomnio. De joven era muy común que un nuevo proyecto, la cercanía de los exámenes de la facultad o las ensoñaciones con Birgit me produjeran una excitación que mi propio cerebro parecía querer estimular, al tiempo que un resto de conciencia responsable intentaba sin éxito introducir un átomo de cordura en mis pensamientos: «Necesitas descansar, deja eso ya o mañana no vas a dar pie con bola», decía aquella tímida voz interior, que inmediatamente era arrollada por potentes conexiones neuronales que comenzaban a dar forma —eso sí, bastante caótica— a mis ideas más prometedoras. Sólo al cabo de varias horas, avanzada ya la madrugada, vencía no ya la voz interior de la sensatez sino la luz roja del cansancio, que desconectaba la unidad de proceso de datos antes de que el recalentamiento de los circuitos amenazara con fundir la materia gris hasta hacerla inservible. La consecuencia de esas noches de sueño agitado y creador era doble: al día siguiente estaba de un humor bastante insoportable y con escasa paciencia para amoldarme a lo que mis semejantes esperaban de mí pero, al mismo tiempo, podía conseguir dar pasos de gigante en la concreción de mis proyectos más ambiciosos.

Una de aquellas etapas de gloria e inspiración que arruinó mi sueño durante varias semanas fue la gestación de mi investigación sobre los cuartetos Haydn de Mozart, germen de lo que luego, según mis cálculos y ensoñaciones, habría podido llegar a convertirse en mi tesis doctoral. Y digo bien ensoñaciones, porque junto a grandes ideas y proyectos, aquellas horas de insomnio eran también las que me hacían confundir sueño y realidad, pensando que el resto de los seres humanos se iba a comportar precisamente como mi calenturiento cerebro había soñado durante aquellos momentos de exaltación. Y la vida no es así, como tuve ocasión de comprobar de forma traumática al poco tiempo. Comunicar mis proyectos a mi compañero del alma, Klaus Schwarz, fue ese monumental error que mi mente había concebido como parte —¿lógica?— de un proyecto feliz de vida y colaboración en la investigación mozartiana, sin tener en cuenta que la naturaleza humana o, más bien, la mezquindad y falta de escrúpulos del que yo creía mi amigo, arrollarían mis buenas intenciones y se apoderarían de mi sueño. Firmamos conjuntamente aquel artículo seminal en el *Mozart Jahrbuch* y poco después, y no sé muy bien cómo, Klaus se había convertido en el alma de aquel gran proyecto, en la mente privilegiada que a ojos del mundo —incluso ante los ojos de mi adorada Birgit— había concebido aquella línea genial de investigación.

La vida es una sucesión de pequeños acontecimientos, cada uno de ellos banal en sí mismo, pero que conforme se suceden van configurando nuestro destino de una manera que parece manejada por los hilos de un gigante torpe o un dios desatento. Esos hilos se ramifican según pasan los días y cada evento queda registrado como un nudo indeleble de esa espesa red sin retorno posible. Cuando queremos darnos cuenta, nos encontramos en el sitio al que nuestro destino nos condujo, con la sensación de que nuestra participación en el proceso no es mucho más importante que la aportación de una hormiga solitaria a la construcción del mundo. Así me ocurrió con Klaus y Birgit veinticinco años atrás; así fue cómo mis dos inseparables compañeros me expulsaron del paraíso y me condenaron a vagar por la vida sin su amor.

Aquella noche estaba siendo tan complicada como el momento de gestación de mi tesis. Revivir a Mozart había traído inexorablemente a Klaus y Birgit a mi pensamiento. Pero este dolor aparecía envuelto ahora en una nube de esperanza pues, de alguna forma, la posibilidad de un nuevo hallazgo sobre Mozart, y nada menos que una ópera secreta y desconocida, era la oportunidad para reivindicarme y recuperar la autoestima que mis dos ex compañeros me habían arrebatado. La traición de Klaus no había sido suficiente como para alejarme de Mozart, con quien me unían vínculos muy sólidos: su música y su vida, su lucha por ser él mismo y componer lo que quería, su generosidad y su anhelo de crear y legar al mundo su música, sus miserables últimos años, vividos en la pobreza. Desde siempre me había desesperado leer los testimonios de la época, especialmente sus dramáticas cartas a Puchberg solicitando nuevos préstamos para poder seguir viviendo; me llevaban los demonios que Mozart no hubiera podido disfrutar de las rentas que podrían haber producido sus composiciones si en aquella época hubiera existido algo parecido a los modernos derechos de autor. Tenía que malvender obras, montar conciertos para recaudar fondos y, cuando conseguía publicar sus partituras, éstas eran burdamente copiadas por otros editores y difundidas sin que llegara a sus manos ni un mísero *gulden* del beneficio que producían.

No era extraño, pues, que esa noche se mezclaran en mi mente los rostros de Klaus, Birgit y Mozart, y los hallazgos que habíamos hecho a través del foro en internet. Pero, sobre todo, estaba la carta de Mozart, lo único tangible entre todos aquellos pensamientos entrecruzados. Y para mí aquello dotaba de realidad a todo ese marasmo de ideas y sentimientos: la carta de Mozart había viajado en el tiempo hasta mí para abrir una nueva oportunidad al destino. Entonces una idea cruzó mi cabeza breve, instantánea, luminosa: si la carta de Mozart había conseguido superar la barrera del tiempo para llegar hasta mí, ¿por qué no podía funcionar en sentido contrario? Si lograra comunicarme con Mozart, ¿no podría llevarle la oportunidad de rehacer su vida y lograr un éxito que le trajera seguridad económica y así pudiera dedicarse enteramente a la creación? Mi ensoñación progresaba: ya veía a Wolfgang recibiendo la carta que le enviaría esa misma mañana citándole a palacio para encargarle la ópera más maravillosa que jamás escribiera músico alguno...

Capítulo

4

El encargo de José II

¡Constaaanze!

Mozart se levantó de un salto, justo cuando el peluquero estaba terminando de hacerle la coleta con su propio pelo color trigueño, arruinando el trabajo de la última media hora. Sin llegar a soltarle la coleta, el infeliz se arrastró detrás de él a la habitación contigua donde Constanze recogía las hojas sueltas de música que se extendían desordenadas sobre el piano, el taburete y el suelo.

—¿Qué ocurre, mi amor? —Cuando Wolfgang utilizaba su nombre completo era signo de que algo iba mal.

—¿Dónde diablos está mi lazo rojo? Quiero ponerme la casaca con los botones nacarados y necesito mi lazo. Como siga así voy a llegar tarde a palacio.

—No te pongas nervioso, ahora mismo te lo busco. Tienes tiempo suficiente.

Constanze salió del estudio, atravesó la sala y se encaminó al dormitorio. Tras rebuscar en varios sitios, abrió la puerta corredera chapada en cerezo de la mesilla de noche y vio la punta del lazo asomar por debajo de un libro: *La folle journée ou le marriage de Figaro. Comédie en cinq actes et en prose. Par Mr. Caron de Beaumarchais.* Cogió el lazo y atravesó furibunda la habitación para entrar en la sala donde el peluquero había reanudado sus esfuerzos para arreglar la abundante cabellera de Mozart.

—Wolfgang, estás loco. ¿Qué haces con *Fígaro* en tu mesilla de noche? ¿Es que no sabes que el emperador la ha prohibido? Te pido, por favor, que no hagas locuras, ahora que parece que vamos a tener suerte. Todavía no consigo creerme la nota del conde sobre la ópera y la invitación del emperador.

—La carta funcionó, Stanzi, te dije que funcionaría. El emperador José no es ningún estúpido y sabe que yo puedo ayudarle a relanzar el teatro nacional, a pesar de ese petulante de Rosenberg, que está absolutamente absorbido por los italianos. Y lo de *Fígaro* olvídalo, es un asunto entre Da Ponte y yo. Tú sabes que soy músico, que tengo talento y que necesito componer óperas. No puedo soportar que Salieri o Dittersdorf apenas puedan con los encargos que reciben y que les cubran de honores, mientras que yo tengo que contentarme con mis conciertos y mis alumnos. Si tengo que seguir dando clases a todas esas criaturas sin oído ni ganas de aprender, no sé qué haré. La ópera es lo más sublime y lo que realmente me importa.

—Lo sé, querido, pero no te alteres, que no te hará ningún bien. Ante todo, sé respetuoso con el conde Rosenberg. Él tiene la llave del teatro, ni el mismo emperador se atreve a llevarle directamente la contraria. Y al fin y al cabo, ha tenido que pasar tu petición al emperador para que te ordenara presentarte en palacio hoy. No le des motivos para que malmeta más de lo que ya hace.

—Tengo más confianza en Van Swieten. Le conozco desde que era pequeño y sé que es un hombre sensato y que me aprecia. Me paso media vida adaptando para él obras de Haendel y Bach y creo que me debe algo. Tengo que aprovechar su cercanía al emperador.

—No seas tan petulante, querido, que los nobles nunca deben nada. Son los amos y los demás estamos a su servicio.

—Y tú tampoco hace falta que te pongas tan sarcástica, «baronesa». Van Swieten no es de esos de palabra afectada y grandilocuente, que abren la boca en general antes de saber de qué están hablando... y casi siempre vuelven a cerrarla sin haber dicho nada. Te digo que además de noble es un gran hombre y le tengo en muy alta estima.

—Pero parece que es Rosenberg quien te abre la puerta del teatro, así que ten cuidado con lo que dices y habla lo menos posible, que más vale ser discreto y respetuoso que desperdiciar una ocasión como ésta.

* * *

José II era emperador desde la muerte de su padre, Francisco I, en 1764, pero mientras vivió su madre fue sólo correinante y los hilos del poder siguieron siendo manejados por la piadosa y conservadora María Teresa. Sólo la desaparición de la emperatriz en noviembre de 1780 abrió a José II la posibilidad de comenzar a implantar sus ideas reformistas, que hicieron de él uno de los mejores exponentes europeos del despotismo ilustrado.

El emperador estaba firmemente imbuido de las ideas de su tiempo, del racionalismo y la filosofía de la ilustración, que procedió a aplicar de forma autoritaria, convencido de su papel como primer servidor del estado. La principal dificultad residía en la complejidad de la monarquía austro-húngara, construida sobre una realidad plurinacional y multilingüe. Por ello, sus primeros pasos se encaminaron a la creación de un estado centralizado y unificado, que tropezó con la oposición de los húngaros, que además se sintieron ultrajados con la imposición del alemán como lengua administrativa del imperio. A pesar de ser el idioma más difundido, gracias entre otras razones a la política educativa de María Teresa, en Hungría avivó el espíritu nacionalista y provocó un profundo descontento.

En política religiosa, José II puso límites al poder del papa, pues no se publicaría ningún decreto de la santa sede sin el plácet del soberano. Para el emperador, los monjes y monjas de los conventos de clausura que se dedicaban a la vida contemplativa perdían el tiempo y los recursos de la sociedad. Era mucho más productivo dedicarse a su feligresía a través del trabajo parroquial, educar a la juventud y ayudar a la gente a llevar una vida buena y ejemplar, lo que le llevó a cerrar una orden religiosa tras otra. En lo que respecta a los servicios religiosos, acortó su duración y restringió el uso de los instrumentos musicales en las iglesias. Para José II, la iglesia debía ser un instrumento más del estado al servicio de la instrucción ciudadana. Aunque el catolicismo siguió siendo la religión dominante del estado, José II dejó bien claro que los tiempos de la contrarreforma habían acabado con la promulgación del edicto de tolerancia en 1781, que concedió a protestantes y ortodoxos la libertad de culto y les restituyó sus derechos civiles.

En 1783 la comisión de educación y censura extendió su campo de acción a toda la monarquía. Había doscientos mil alumnos en los diversos niveles educativos, en un sistema organizado por el Estado, pero con una perspectiva confesional, porque José II consideraba la religión como la mejor enseñanza moral. Lo que funcionó bien en la escuela primaria, con inspectores que controlaban los contenidos impartidos y la conducta de los docentes, se convirtió en algo funesto en el entorno universitario, lo cual se unía al nulo interés del emperador por la ciencia y la investigación.

* * *

José II prefería vivir en el Hofburg que en el palacio de Schönbrunn, utilizado sólo en verano, algo incómodo al encontrarse en las afueras y quizá más identificado con su madre de lo que a él le hubiera gustado para sentirse a su gusto. Por su parte, el Hofburg era un edificio imponente, casi más castillo que palacio, en pleno centro de la ciudad, que, aunque exteriormente podía parecer monótono, tenía un interior de extraordinaria riqueza como correspondía a un gran monarca. El lujo y la exquisitez de la decoración llegaban a todos los rincones del inmenso edificio, hasta las mismas caballerizas. Circulaba la broma de que los caballos del emperador estaban mejor alojados que el principal inquilino, lo cual era literalmente cierto.

Mozart atravesó a grandes pasos el inmenso patio interior acompañado de un soldado de la guardia. De ahí partían las grandes procesiones ceremoniales de la corte en las ocasiones especiales como el Corpus Christi o la festividad de san Esteban el 26 de diciembre.

Era digno de verse entonces el carruaje imperial precedido por pajes y escoltado por la noble guardia personal alemana, mientras dos escuadrones de caballería y dos de infantería saludaban con aire marcial el paso del cortejo. La pléyade de cortesanos que abarrotaba el palacio se asomaba por detrás de los guardias, mientras que la alta nobleza ya ocupaba sus puestos en la catedral esperando la llegada del emperador.

Las menudas piernas de Mozart no daban para una zancada demasiado poderosa, pero su impaciencia le hacía correr ligero sobre el empedrado del patio.

Un lacayo anunció su entrada en el salón verde, acompañando el anuncio de dos fuertes golpes sobre la tarima de madera.

—¡El señor Mozart, Majestad!

Mozart dio unos pasos apresurados para cubrir la distancia que le separaba del emperador. Al contrario de lo habitual, en esa ocasión sólo dos personas acompañaban a José II. Fue el barón Van Swieten quien se acercó para saludar a Mozart.

—Mi querido Mozart. Por favor, acercaos. —Le puso una mano sobre el hombro al tiempo que le susurraba en el oído—: El emperador tiene algo importante que comunicaros, pero esperad a que él entre en materia, no os precipitéis.

Mozart avanzó unos pasos y saludó con una amplia reverencia a José II y al conde Orsini-Rosenberg.

—Bien, bien, Mozart, hace tiempo que no tenemos el honor de contar con vuestra presencia.

—Majestad, siempre estoy a vuestro servicio. No tenéis más que llamarme y será para mí un honor prepararos alguna composición.

—No estaba pensando en una composición, sino en una pequeña celebración. Dentro de unos días vamos a tener, ejem, una pequeña fiesta familiar y nos complacería que nos amenizarais un poco al piano.

La cara de Mozart no podía ocultar su decepción.

—¿Al piano? —balbuceó.

—Sí, herr Mozart. Sois realmente bueno al piano. Todavía recuerdo la competición que sostuvisteis con aquel italiano... ¿cómo se llamaba?

—Clementi, Majestad —apuntó Van Swieten.

—Cierto, barón, Clementi. Aquel concurso fue glorioso, verdaderamente digno de verse.

—Majestad, ciertamente Clementi era un buen ejecutante, muy bueno con la diestra en terceras pero quizá un poco mecánico. ¡Para que luego digan que los fríos somos los alemanes!

Van Swieten apenas reprimió una sonrisa mientras Rosenberg enarcaba las cejas entre escandalizado y sorprendido del desparpajo de aquel hombrecillo.

—Majestad —dijo de nuevo Mozart con un ligero temblor de voz—. Tocaré para vos con placer, creedme, mas debo deciros algo.

Van Swieten emitió un ligero carraspeo de advertencia, pero Mozart no se detuvo.

—No puedo escribir un poema, Majestad, pues no soy poeta. No puedo disponer mis frases de manera tan artística que difundan luces y sombras, pues no soy pintor. De la misma forma, no puedo expresar por gestos y pantomimas mis pensamientos y mis sentimientos, porque no soy bailarín. Pero puedo hacerlo por medio de los sonidos: yo soy músico. Y ser músico es crear, componer. Ése es mi verdadero anhelo, Majestad. Os ruego que disculpéis mi atrevimiento, pero, si confiáis en mí, puedo crear para Vos una música única que no sólo placerá a vuestro pueblo sino que perdurará...

Van Swieten se llevó las palmas de las manos hacia el rostro en actitud suplicante mientras Rosenberg espetó:

—¿Por eso os dedicáis a escribir óperas sobre temas prohibidos a espaldas de Su Majestad?

—Creo que ya hemos hablado de eso, señor conde —terció Van Swieten.

—Caballeros, por favor. No quiero discusiones sobre ese tema. Veo que teníais razón con el carácter de nuestro amigo —intervino el emperador.

Se dirigió a Mozart con una sonrisa socarrona.

—Bien, parece que pronto hemos llegado al verdadero motivo de esta pequeña reunión. Es mi deseo que escribáis una ópera...

—Oh, Majestad. —Mozart prácticamente se arrojó a los pies de José II.

—Levantaos, por favor, no dramaticéis. Me vais a hacer cambiar de opinión.

Mozart se recompuso rápidamente, aunque apenas podía contener su ansiedad.

—Como decía antes de que me interrumpierais, dentro de un mes vamos a tener una celebración en palacio y me gustaría disponer de una pequeña pieza teatral para entretener a mis huéspedes. Había pensado en una pequeña sátira sobre las dificultades de un empresario teatral para seleccionar a los cantantes adecuados para una representación. Stephanie conoce el tema y ya le he dado algunas instrucciones para que prepare el texto. Todo debe estar listo para primeros de febrero, porque espero la visita de mi cuñado.

—Efectivamente, señor, como dice Su Majestad, estamos organizando las fiestas de recepción en honor de su excelencia don Alberto de Sajonia-Teschen, gobernador de los Países Bajos, y hemos previsto representar la obra en una fiesta que tendrá lugar en el invernadero del palacio de Schönbrunn el próximo 7 de febrero —apuntó Rosenberg—. Espero que no haya dificultades.

La mirada del conde se clavó en los ojos de Mozart.

—Por supuesto que no hay ningún problema, todo lo contrario. —Mozart trató de ocultar su decepción con una risita nerviosa.

—No os lo toméis a broma, querido joven —intervino Van Swieten—, pues si hacéis las cosas bien Su Majestad os tiene reservado un encargo mucho más importante. Una obra en alemán, el primer verdadero *singspiel* que muestre al pueblo en su propio idioma la fuerza de la razón y del conocimiento. No hay por qué reservar la exclusiva a la lengua italiana, como si el alemán fuera un idioma impropio.

Mozart se quedó quieto, sin atreverse a mover un solo dedo que pudiera poner en peligro el milagro que estaba sucediendo.

—Ni yo mismo lo habría expresado mejor —dijo el emperador—. Dentro de un tiempo se os proporcionará un libreto adecuado para esta obra. Eso sí: deberéis mantener este encargo con absoluta discreción. Ni vuestra misma esposa debe saber en qué estáis trabajando. Ya sabéis que decir algo a una mujer es la garantía de su inmediata difusión por toda la corte. —Todos rieron la ocurrencia de José II—. Quiero, no obstante, que tan pronto como comencéis la composición me tengáis informado de vuestros progresos a través del conde.

—Deberéis informarme permanentemente del estado de la composición, puesto que este encargo se sale de lo habitual —explicó el conde Orsini-Rosenberg—. Tendréis que trabajar con el texto que se os entregue y no tendréis posibilidad de comunicaros con su autor. Tampoco podréis componer durante los ensayos, ni hablar con los intérpretes, puesto que no se ha de conocer nada de la obra hasta que sea el momento oportuno.

—Pero, su Excelencia, eso lo hace de todo punto impo..., bueno, dificulta mucho la tarea. En una ópera es absolutamente necesario que la poesía sea una hija obediente de la música. La relación con el autor... En fin, no puedo. Muchas veces es necesario cambiar textos para dar el curso adecuado a la acción y mantener el ritmo de la trama. Particularmente, tengo especial horror a esos largos discursos que a nadie interesan y que retardan el desarrollo de la historia hasta hacerla insoportable.

—¿Debemos entender, entonces, que no os sentís capaz de aceptar este encargo? —preguntó sarcástico Rosenberg.

—En absoluto, Excelencia, espero que me disculpéis. Sólo estaba reflexionando sobre algunas dificultades que puede suponer esa... ¿cómo diría?... inusual forma de trabajar. Pero estoy dispuesto a ello, y estoy seguro de que no defraudaré vuestra confianza —respondió Mozart.

José II y Van Swieten intercambiaron una mirada cómplice.

—Entonces queda claro, herr Mozart —dijo el emperador—. El conde os proporcionará un libreto y compondréis la ópera en el tiempo que se os indique. Se os abonarán doscientos ducados por la partitura completa original y no se realizarán copias de la misma. Y sobre todo, ni una palabra a nadie.

Una palmada del mayordomo y la entrevista finalizó con unas rápidas reverencias. Como saliendo de la nada apareció a la espalda de Mozart un lacayo que emprendió la marcha con rapidez hacia la salida.

* * *

Unas horas más tarde, el barón Van Swieten pudo por fin retirarse a su despacho de la biblioteca imperial, desde donde extendía su amplia influencia sobre la política del imperio como presidente de la Comisión de la Corte para la Educación, en un amplio edificio frente al Hofburg, al otro lado de la Josephsplatz. Había sido una dura jornada y la entrevista con el emperador se había desarrollado según sus planes. A pesar de la oposición de Rosenberg, había conseguido que el emperador encargase la ópera a Mozart, de acuerdo con lo decidido en la última reunión de la logia. Aunque había que ser pacientes —como insistía siempre Ignaz von Born—, no siempre era fácil. Una y otra vez los planes se frustraban y todavía había que esperar los resultados de la orden recientemente decretada por el emperador para fusionar las logias y reducir su número de miembros, incrementando su control sobre ellas mediante el establecimiento de un censo que mantendrían los servicios secretos. El control del gobierno sobre los Hermanos era creciente, pero habían logrado salir con éxito del empeño, pues el propio José II no dejaba de ver la importancia que tenía el apoyo de los masones para el éxito de sus reformas.

Tras pedir algo de beber a un lacayo, se enfrentó a la pila de correspondencia que su secretario le había preparado diligentemente. Destacaba sobre el conjunto un sobre lacrado remitido por el conde Johan Nepomuk Esterhazy, maestro de la recién fusionada logia de La Nueva Esperanza Coronada.

El secretario había preferido no romper el sello, al saber la impaciencia con que el barón esperaba noticias de Esterhazy desde su nuevo cargo en Transilvania. A pesar de no poseer dominios en esa región, el conde Esterhazy había recibido de José II la cesión de dos señoríos en Transilvania, con una encomienda muy clara de impulsar las reformas del sistema educativo, que tropezaban con la fuerte oposición de la iglesia y de los ambientes locales fuertemente conservadores.

El informe era amplio y detallado y reflejaba las graves dificultades con que tropezaban las nuevas políticas. La nobleza local, protestante y puritana, no dejaba de atacar al conde católico, casado además con una noble transilvana que había abjurado de su fe protestante para convertirse en una «traidora papista». Esterhazy le relataba cómo poco a poco comenzaba a superar las difíciles circunstancias en las que se desenvolvía su trabajo, gracias a la colaboración de los hermanos masones de Hermannstadt, agrupados en la logia St Andreas zu den drei Seeblätern.

La lectura de la carta de Esterhazy le reafirmó en sus propósitos. No bastaba con reducir el poder de la iglesia en la educación, pues tampoco el monarca quería ir demasiado lejos. Era preciso ser más ambiciosos con la germanización: el idioma debía ser el vínculo que convirtiera el mosaico de pueblos que conformaban el Imperio austro-húngaro en una verdadera potencia continental. Pero esa política lingüística no tendría éxito si se pretendía imponerla por decreto.

Debían conseguir una persuasión efectiva con medidas de revitalización de la cultura alemana que fuera de la mano de las nuevas leyes. Un nuevo teatro, asequible al pueblo, debía transmitir los valores de los nuevos tiempos, de la tolerancia y de la razón, pero también del respeto a la autoridad. Y nada como el teatro para difundir los objetivos de los Hermanos.

5

La conspiración

Roma, enero de 1786

*A*ngelo Braschi llegó al final de la estancia y volvió sobre sus pasos para continuar el ir y venir con el que trataba de mitigar su ansiedad. Frotaba sus manos colocadas a su espalda, como en un intento de asir algo que se le escapaba, como si los planes que estaba urdiendo estuvieran pendientes de algo que no acertaba a identificar. Pero no podía seguir así: era necesario tomar una determinación, porque el futuro de la iglesia comenzaba a estar seriamente amenazado.

Desde que accediera al trono de San Pedro hacía once años con el nombre de Pío VI, todo se había complicado. La iglesia católica tropezaba en el continente europeo con una creciente hostilidad: las sucesivas divisiones del protestantismo y la ambición de poder de los príncipes venían a sumarse a las nuevas ideas de la Ilustración, que estaban adquiriendo un tinte anticlerical que lo contaminaba todo.

Sus primeras actividades como pontífice no habían tenido mucho éxito. Particularmente doloroso fue su enfrentamiento con el emperador José II. Recordaba vívidamente las humillaciones sufridas en su viaje a Viena en 1782 para intentar poner freno a la política eclesiástica del sucesor de María Teresa, que no se había conformado con seguir los pasos de su madre, sino que había ido mucho más allá: sustrajo el gobierno de los monasterios de los superiores generales de Roma; impidió que los obispos pudieran comunicarse libremente por escrito con el papa, sometiendo la publicación de las bulas al plácet imperial; suprimió conventos de todas las congregaciones religiosas y se hizo con el control de los centros de estudio de teología con la creación de los seminarios generales, sostenidos por el gobierno, para la formación de los futuros sacerdotes. Sus reformas habían llegado a producir una nueva legislación estatal del matrimonio, sacramento que el Concilio de Trento había declarado de institución divina. Todavía resonaban en su cabeza las altaneras palabras del soberbio canciller Kaunitz: «Le importa mucho al príncipe que el Dogma permanezca conforme al Evangelio, y que tanto la disciplina del clero como el culto se ajusten a las necesidades del bien público, no menos que el determinar con libre criterio a quién, sea éste quien fuese, pueden confiarse cosas de tanta trascendencia». De poco sirvió la visita que luego le devolvió el emperador un año después. José II estaba determinado a continuar sus reformas eclesiásticas e incluso —según supo el papa a través del diplomático español Azara— llegó a proyectar la separación de la iglesia germana de Roma. Al final, para evitar males mayores, el papa había tenido que transigir y otorgó al emperador el derecho a nombrar obispos en los ducados de Milán y Mantua en el Concordato de 1784.

Las cosas no podían seguir así y por eso había mandado llamar a Pacca y Migazzi. Cansado de tanto paseo, intentó calmar su nerviosa indignación sentado ante su escritorio, una recargada pieza veneciana con abundancia de dorados y una delicada taracea en el tablero. Sus reflexiones fueron interrumpidas por un discreto golpe en la puerta de su despacho.

—Santidad, están aquí monseñor Pacca y el cardenal Migazzi —dijo su secretario asomando apenas la cabeza.

—Hacedlos pasar —respondió Braschi.

Posiblemente no había dos personas en Roma tan distintas, aunque quizá sus diferencias físicas podían hacer alimentar la equivocada hipótesis de que su forma de pensar difería. Separados por más de cuarenta años de edad, ambos compartían algo más que su condición sacerdotal: el celo por la doctrina de Roma pero, sobre todo, la pasión y la ambición de conseguir que la iglesia católica recuperara su primado en Centroeuropa.

Christoph Anton von Migazzi von Waal und Sonnenthurn era un tirolés septuagenario, grande como un armario, de abundante cabellera canosa y voz atronadora. Su italiano era perfecto, aunque era perceptible el acento norteño en sus marcadas erres guturales. Su presencia física imponía por sí misma y le había sido sumamente valiosa en momentos críticos de su vida, como en los tres cónclaves para la elección de papa en los que el veterano cardenal había participado. Migazzi era arzobispo de Viena desde los tiempos de María Teresa y había tenido ya serios encontronazos con José II, quien nada más ascender al trono a la muerte de su madre obligó a Migazzi a renunciar a la administración de la sede de Waitzen, en Hungría, bajo la excusa de que era deseo del emperador que cualquier eclesiástico que disfrutara de dos beneficios renunciara a uno de ellos. Abandonar Waitzen después de veinticinco años de dedicación a la sede, en los que erigió la catedral y el palacio episcopal y fundó el Collegium Pauperum Nobilium, fue la gota que hizo colmar el vaso y convirtió a José II en un enemigo personal del cardenal.

Bartolomeo Pacca, por el contrario, era un enjuto moreno de Benevento, de familia noble, que no había cumplido aún los treinta. Su aspecto frágil se acentuaba por unas gafas que mantenía en precario equilibrio sobre sus narices cuando tenía que leer algún documento. Hablaba de manera pausada y reflexiva y cuanto decía revelaba su gran sensatez —a pesar de su juventud— y su sólida formación intelectual, adquirida en el Colegio de los Jesuitas de Nápoles, el Clementino de Roma y la Academia de los Eclesiásticos Nobles. Pacca, por su parte, acababa de ser consagrado arzobispo titular de Damiata y nombrado por Pío VI nuncio en Colonia, el principal centro de la agitación antirromana.

—Antonio, Bartolomeo, acercaos, por favor —dijo el papa.

Ambos prelados fueron junto a Braschi y le besaron por turno el anillo. A una indicación de éste tomaron asiento en un amplio diván junto al sillón en el que descansaba el papa.

—No puedo ni debo ocultaros que la iglesia está en una situación muy difícil y que requiere de los servicios incondicionales de todos nosotros para intentar revertir la débil posición de Roma en el continente —comenzó a decir Pío VI.

Migazzi y Pacca asintieron en silencio.

—Las tesis de Febronio se están extendiendo por el Sacro Imperio y de poco ha servido poner sus obras en el Índice o su falsa retractación en Tréveris. Es preciso que la autoridad de Roma se haga respetar en todas las diócesis, pues de lo contrario nos vamos a encontrar con una rebelión generalizada que no sabemos cómo puede acabar —continuó Pío VI.

Se produjo un respetuoso silencio en espera de que el papa retomara su discurso. Tras unos momentos de vacilación y viendo que Su Santidad no proseguía, Bartolomeo Pacca tomó la palabra.

—Santidad, tengo noticias que confirman lo complicado de la situación —dijo Pacca—. Acabo de recibir una carta del arzobispo de Colonia, archiduque Maximiliano de Austria, en la que muy cortésmente me comunica que no me reconocerá como nuncio de Su Santidad a menos que prometa solemnemente no ejercer acto alguno de jurisdicción en su diócesis. También me informa de que ha solicitado a los arzobispos-electores de Maguncia y Tréveris que actúen de la misma forma. Tenemos, por tanto, garantizado el conflicto.

—¡Malditos sean! —La vehemencia del papa cogió por sorpresa a sus dos interlocutores—. No podemos permitir esta situación. Monseñor Pacca, cardenal Migazzi: habéis sido elegidos para hacer todo lo necesario para acabar con los enemigos de la iglesia en dos lugares clave del imperio. Colonia y Viena deben plegarse a Roma. No voy a consentir que se rebelen mis obispos ni que el emperador se adueñe de lo que a la iglesia tanto le ha costado conseguir: la autoridad y el poder para marcar los destinos de los pueblos y de las naciones. Partid a vuestros destinos y tenedme informado de vuestros progresos.

* * *

El coche avanzaba con rapidez camino de Innsbruck en una mañana soleada y fría. La velocidad del carruaje acentuaba la sensación de frío para el cochero, aunque los pasajeros estaban bien protegidos en el interior abrigados con gruesas mantas de lana sobre el regazo. Atrás quedaba el difícil puerto del Brennero que, casi milagrosamente, había permanecido abierto lo suficiente como para permitir el paso de los viajeros a pesar de lo avanzado del invierno. Las duras condiciones del paso en aquella época del año les habían obligado a apearse en varias ocasiones para esquivar placas de hielo y rodear rocas que, al precipitarse desde la ladera, obstaculizaban el camino, haciendo especialmente penoso el viaje para el cardenal y sus acompañantes.

Rodaban ahora ya veloces y el suave traqueteo del coche permitía a Migazzi reanudar sus lecturas, haciéndole mucho más llevadero el camino. Pero sus preocupaciones no eran precisamente llevaderas, puesto que su lectura de viaje no era otra que *De statu ecclesiae et legitima potestate Romani Pontificis liber singularis ad reuniendos dissidentes in religione christianos compositus,* la obra publicada por Juan Nicolás de Hontheim bajo el seudónimo de Justinus Febronius. Hontheim era un teólogo alemán de Tréveris, cuya obra había sido traducida enseguida al alemán, al francés y al italiano y que, para desgracia de la iglesia, había conseguido una rápida difusión y una entusiasta acogida sobre todo en las monarquías absolutistas. Y no era de extrañar, porque, en los postulados de Febronio, la autoridad temporal del papa quedaba fuertemente menoscabada en beneficio de los príncipes.

Lo peor de todo era que aparentemente Febronio quería facilitar y acelerar el retorno de los protestantes a la iglesia católica mediante determinadas reformas que debía emprender la propia cabeza suprema de la iglesia, pues «sería difícil de soportar, además de poco honroso para la sede papal, que el poder temporal tuviese que hacer uso del poder que se le ha concedido para la protección de sus súbditos, debiendo intervenir contra los excesos del poder espiritual» —leyó Migazzi con creciente indignación—. El papa —decía Febronio— no debía tener más que los derechos fundamentales —*iura essentialia*—, necesarios para el cumplimiento de su doble misión: asegurar la unidad de la iglesia y velar por la estricta observancia de los cánones y que, por tanto, fueron otorgados por el propio Cristo a su Vicario en la tierra. En cambio —continuaba Febronio—, otros derechos —*iura adventicia*— habían sido adjudicados a los papas por diversas decretales en los siglos siguientes y debían ser reformados o eliminados. Concretamente, Febronio proponía retirar de nuevo a la Santa Sede la decisión sobre los asuntos eclesiásticos más importantes —*causae maiores*—, aumentar a los obispos sus derechos y dar a los sínodos provinciales funciones sobre el nombramiento de los obispos y el poder de juzgar el ejercicio de su ministerio.

Por otra parte, en cuestiones de disciplina eclesiástica, la cabeza suprema de la iglesia no debía dictar por sí misma leyes ni disposiciones obligatorias, sino sólo proponer; su obligatoriedad dependería única y exclusivamente de la aceptación por parte de los obispos encargados de la dirección de sus diócesis. Aceptación que sólo se podía esperar cuando según su leal saber y entender —*propter intrinsecam aequitatem*— estuvieran convencidos de que serían útiles para la iglesia y que no podían dañar al estado.

Febronio atribuía al poder temporal una marcada influencia en los destinos de la iglesia. A los gobernantes competía proteger a la iglesia y mantener la paz en su seno, debiendo para ello preocuparse sobre todo de que el ordenamiento jurídico de la iglesia no fuera vulnerado. Por otra parte, el poder temporal había de vigilar siempre que por abuso del poder pontificio —sobre todo por la expansión en el terreno económico y financiero de sus estados— no se perjudicara el bienestar material del estado y no se menoscabara su suprema soberanía. Además, comoquiera que las desviaciones en la constitución eclesiástica causaban la mayor parte de los males en la iglesia, poniendo en peligro también la autoridad de los príncipes, y podía debilitar la capacidad económica de sus súbditos, los príncipes tenían el derecho y el deber de controlar por medio del plácet real todos los escritos procedentes de Roma así como las instrucciones a los nuncios apostólicos. Sería también de desear que los distintos gobernantes se pusiesen de acuerdo sobre la forma de proceder conjuntamente contra los abusos de Roma y en caso necesario hiciesen uso de su derecho a organizar una resistencia activa contra los desafueros del poder pontificio.

El cardenal Migazzi cerró el grueso volumen con una mueca de disgusto. Febronio había proporcionado a José II la munición necesaria para respaldar su política religiosa que, si el cardenal no lo remediaba, acabaría definitivamente con la influencia de la iglesia en el gobierno del imperio.

* * *

Viena, enero de 1786

El templo tenía forma oblonga alargada y estaba ricamente ornamentado con paneles de caoba, pinturas al fresco y capiteles jónicos. Al apartar los gruesos cortinajes de la entrada destacaba la iluminación de la sala presidida por una lámpara central que colgaba del artesonado y completada por varios pares de candelabros de tres brazos torneados que, colocados a lo largo de las paredes de la sala, permitían apenas distinguir los rostros de la treintena larga de Hermanos que ya ocupaban sus asientos en medio de un discreto murmullo. Al fondo del templo, en la fachada oriental, subiendo tres escalones flanqueados por dos columnas, se ascendía a un estrado en el que se alzaban los dos altares de los Maestros. En el de la izquierda se distinguía una espada, la biblia y una calavera, mientras que el de la derecha estaba dominado por la presencia de diversos símbolos masónicos: el compás, el nivel y la plomada. Los Hermanos no veían mayor contradicción entre el nivel, que representaba la igualdad, y la plomada, que encarnaba el principio de jerarquía con el que funcionaba la Orden. Por encima de ambos altares y ocupando toda la pared había una pintura alegórica de grandes dimensiones que representaba el agua, la estrella de seis puntas que simbolizaba el sol y el arco iris del diluvio, signo bíblico de esperanza, que indicaba que Mozart se encontraba en el templo de La Nueva Esperanza Coronada, la logia masónica fruto de la fusión de otras tres logias impuesta por el decreto de unificación de José II.

El Maestro saludó ceremoniosamente a Mozart y le indicó el pequeño grupo de viento que esperaba en un lado del estrado con sus instrumentos preparados. Adamberger hizo una reverencia y, cuando los instrumentos le dieron entrada a una señal de Mozart, entonó con su bella voz de tenor:

Ved cómo al ojo atento del que busca, la naturaleza desvela poco a poco su rostro, cómo le llena el espíritu de prudencia y el corazón de virtud. Aquí está la felicidad de los masones, la ferviente alegría del masón.

El barón Ignaz von Born reprimió su emoción al escuchar de nuevo aquellos bellos acordes que Mozart le había dedicado hacía unos meses. El título que le había concedido José II y en cuya celebración se interpretó por primera vez esa cantata era el justo premio a una vida dedicada al saber y al servicio al Imperio, desde que María Teresa lo llamó a Viena tras sus estudios de filosofía y derecho en Praga y sus investigaciones en mineralogía, que habían hecho de él un hombre sabio, con un talento universal, dedicado en cuerpo y alma a difundir la filosofía de las luces y uno de los más leales consejeros del emperador.

Gebler, el nuevo Venerable de La Nueva Esperanza Coronada, levantó el mazo para pedir silencio y comenzar el ritual de iniciación. En aquella ocasión, se aprovechaba la recreación de la nueva logia para iniciar en ella a un nuevo aprendiz, que cubría sus ojos con una venda, como signo de que no sería iluminado por la Luz hasta su ingreso en la Orden.

Mozart se había sentado junto a su amigo Gemmingen. El fino oído de Mozart había quedado aturdido por la impresión del momento, como consciente de la importancia de aquella ceremonia. Los masones habían dejado de ser los hijos predilectos del emperador y estaban bajo sospecha. La policía secreta tenía sus nombres y vigilaba sus actividades, y por ello tenía aún más mérito el ingreso de aquel nuevo Hermano. En ese inquietante espacio entre el sueño y la realidad comenzó a distinguir la voz que exhortaba al neófito a cultivar las cuatro cualidades necesarias para un francmasón:

—La primera es la Humanidad —declaró solemnemente Gebler—. La filantropía no era la base de las leyes de Licurgo, de Solón, de Numa. El amor a la patria, mal entendido y llevado hasta el exceso, destruía muchas veces, en esas repúblicas guerreras, el amor a la humanidad en general. Pero el mundo entero es una gran república, de la que cada nación es una familia y cada individuo un hijo. Para reavivar y extender estas máximas esenciales, sacadas de la naturaleza del hombre, fue establecida principalmente nuestra sociedad. Su único fin es la reunión de las almas y de los corazones, para hacerlos mejores y formar, con el transcurrir del tiempo, una nación espiritual donde, sin derogar los diferentes deberes que cada estado exige, se creará un pueblo nuevo que, estando compuesto de muchas naciones, las cimentará de suerte que estén unidas por el lazo de la virtud y de la ciencia.

—Sí, y ahora viene la segunda, una moral pura, que no sé si cumplís muy fielmente —bromeó Gemmingen mientras Gebler continuaba su discurso.

—¡Por favor, no me comprometáis! —rogó Mozart.

—¡Si no es ningún compromiso! ¿O es que habéis olvidado que lo que aquí se diga no puede ser repetido fuera de estos muros? El tercer requisito es... —La frase de Gemmingen quedó en suspenso como enlazando con las palabras del Maestro.

—... una discreción inviolable —continuaba Gebler—, sin cuya concurrencia estaríamos expuestos a la incomprensión de los ignorantes y a los enemigos de la razón. El cuarto y último requisito es la afición a las bellas artes. Así, la Orden exige de cada uno de nosotros que contribuya con su protección, con su libertad y con su trabajo a esta gran obra, a la que ninguna academia puede bastar, porque, estando todas estas sociedades compuestas de un escaso número de hombres, su trabajo no puede abarcar algo tan extendido. Todos los Grandes Maestres en Alemania, en Inglaterra, en Italia y en otros lugares, exhortan a unirse a todos los sabios y a todos los artistas de la confraternidad para proporcionar los materiales de un Diccionario universal de las artes liberales y de las ciencias útiles.

—En vuestro caso, herr Mozart —susurró Gemmingen a su oído—, hemos pensado en una fórmula especial para que realicéis vuestra aportación a esta magna obra del conocimiento: vuestra música para un libreto.

Mozart se quedó petrificado. Aquello no podía ser una casualidad.

—¡Cómo! ¿Sabéis lo de la ópera? —preguntó angustiado.

—Hasta que no fuera algo firme no podíamos anticiparos nada, porque lo habríais echado a perder, querido amigo. Ahora comprenderéis que lo que se os ha encomendado no es un mero capricho del emperador, sino algo capital en nuestros planes. Ésta es una misión en la que no nos podéis fallar, Hermano —respondió Gemmingen mientras le estrechaba con suavidad el antebrazo.

* * *

Viena, marzo de 1786

Era de noche y fuera batía el viento. La vela que iluminaba el rostro de Leopold temblaba por efecto de las ráfagas de aire que se filtraban por el quicio de la ventana. La luz apenas permitía distinguir algunos muebles con los que se decoraba austeramente la habitación. Leopold se giró con un gesto de desaprobación. Aquello era muy distinto del orden con que él conducía sus asuntos y del cuidado que su esposa siempre había puesto en los detalles de la organización de la vida familiar. La temporada que estaba pasando con su hijo y su nuera, a pesar del orgullo de ver a Wolfgang aplaudido por los personajes más ilustres de la corte vienesa, estaba salpicada de pequeños incidentes y continuos desencuentros. No aprobaba la forma de gobernar la intendencia de la casa ni la vida inconsciente y descuidada de su hijo, que tan pronto ingresaba una cantidad la derrochaba sin remedio, invitando a sus amigos o comprando el último capricho. Intentó oponerse a la boda con Constanze Weber, pero las maquinaciones de frau Weber tramaron una celada infalible que atrapó a Wolfie, aprovechando su buen corazón y sus ganas de agradar, no menos que su pasión por cualquier cosa que llevara faldas. En fin, aunque Constanze era una muchacha alegre y pizpireta que sin duda conseguía arrancar de Wolfgang grandes sonrisas de felicidad como

Leopold no había visto jamás en su rostro, este último conservaba una rigidez en su forma de ver el mundo que le impedía abrir su corazón y rendirse a los encantos de su nuera. «¡Ya podía Constanze adecentar un poco esto o buscarse alguien de servicio que pusiera un poco de orden!» —musitó entre dientes Leopold—. Con un gesto cansino mojó una vez más la pluma en el tintero, poniendo especial cuidado en que no goteara, y se apresuró a terminar la carta para su hija Nannerl.

... academias diarias, ruido, música... Es imposible describir todos los trastornos y la agitación. El fortepiano de cola de tu hermano ha sido transportado de casa al teatro, o a otra casa, como mínimo doce veces desde que estoy aquí. Se ha hecho construir un gran forte piano pedale, *que se coloca debajo del piano de cola, y es tres palmos más largo y extraordinariamente pesado. Está dotado de grandes teclas que pueden ser pulsadas con los pies con toda comodidad. Ya conoces la maestría de tu hermano con los grandes órganos, por lo que se maneja con los pies con entera libertad. Lo que resulta singular de este invento es la posibilidad de doblar armónicamente, lo que le permite multiplicar el sonido del piano manual y así hacerse oír por encima de la orquesta cuando es menester. Los últimos viernes ha sido transportado a la casa del consejero von Greiner en el Mehlgrube, un templo de la música donde se reúnen los mejores artistas*

locales y extranjeros. Greiner es uno de los más influyentes funcionarios de Su Majestad, miembro de la Sociedad Imperial y Real de Estudios y un estrecho colaborador del barón Van Swieten, de quien ya te he dado noticias por extenso. Greiner es un hombre afable, sensato, comprensivo, activo y digno de respeto; protector de las ciencias y de la Ilustración, enemigo de la hipocresía y la intolerancia y amigo de todos aquellos que poseen talento y actitudes. Por eso se ha fijado en nuestro querido Wolfgang, a quien aprecia profundamente. Muestra de ello es la serie de conciertos que está organizando en su casa de forma privada con lo más selecto de la sociedad vienesa para que tu hermano pueda difundir sus nuevas composiciones. Esta mañana vinieron los mozos para transportar el forte piano pedale *y esta tarde Wolfgang tocará sus dos últimos conciertos para piano, en la mayor y en do menor. He de confesarte que el segundo me ha dejado algo perplejo. Hay algo extraño en esas notas que me causa una honda zozobra, como si tu hermano quisiera revelar algo que no se atreve a decir con palabras. Y no son sólo sus innovaciones, esas modulaciones que, debo confesarte, llegan al límite de lo que creo razonable admitir, aunque no dejan de admirarme los excesos a los que cada vez más a menudo se lanza. Pero luego le miro y le encuentro como siempre, haciendo payasadas. No sé si alguna vez madurará y se convertirá en un hombre de provecho al servicio de algún príncipe importante o del propio emperador. Sin embargo, ya sabes que él se considera un espíritu libre y no hago más que repetirle que de libertad no se alimenta una familia. En fin, ya te contaré, hija mía, cómo va el concierto, aunque estoy tan seguro de que será muy aplaudido como de que tu hermano no verá un solo gulden de esta velada, salvo lo que la generosidad de los asistentes pudiera depararnos.*

—¡Padre! ¡Apresuraos o llegaremos tarde! —se oyó la voz de Mozart mezclada con unos golpes decididos en la puerta.

—¡Ya voy, ya voy! —respondió Leopold—. ¿No quieres poner unas letras a tu hermana?

—Ahora no puede ser —dijo Mozart asomando la cabeza por la puerta entreabierta—. Padre, de verdad debemos irnos. Greiner se ha esforzado mucho para organizar esta velada y no quisiera defraudarle. Últimamente no está siendo fácil reunir a todos los que cuentan en Viena, pero Gemmingen y Van Swieten se han movilizado y parece ser que tendremos un lleno. Más nos vale no llegar tarde.

* * *

El carruaje del conde Zizendorf dobló la esquina y penetró en el patio del palacio arzobispal. Un lacayo con librea del cardenal abrió presto la portezuela y acercó un escabel para que el conde descendiera con comodidad. El conde se apresuró a penetrar en el palacio para evitar la lluvia fina que envolvía la bruma del atardecer.

El cardenal Migazzi esperaba en un suntuoso salón del arzobispado, decorado con frescos de motivos alegóricos y gruesas alfombras orientales que amortiguaban el paso del visitante. Le acompañaba Pietro Maria Gazzaniga, un fino tomista bergamasco que ocupaba la cátedra de teología dogmática de la Universidad de Viena desde los tiempos de María Teresa. Era algo más joven que Migazzi, pero mientras éste conservaba un porte distinguido y una presencia imponente, Gazzaniga tenía un aspecto tortuguesco, con un cuello fibroso que sujetaba una pequeña cabeza escamada que asomaba por el cuello de su sotana, como el galápago que sólo expone al exterior una breve pieza de su anatomía, siempre presto a esconderse en su caparazón.

—Buenas tardes, conde —saludó Migazzi.

—Eminencia, es un honor para mí acudir a vuestra llamada —respondió Zizendorf mientras se inclinaba para besar el anillo cardenalicio—. ¿Me permitís que os pregunte si habéis tenido un buen viaje de regreso de Roma?

—El viaje no merece mayor relato que el simple hecho de estar de vuelta. Cada vez me resulta más difícil lanzarme a los caminos y anhelo encontrarme de nuevo en Viena, de donde no saldría si asuntos de gran importancia no me obligaran a ponerme en marcha —respondió Migazzi.

—Ya me gustaría a mí tener la energía de Su Eminencia —aseguró el conde.

—Sentaos, por favor, conde Zizendorf, y no caigáis en la adulación. Aún disponemos de tiempo antes de acercarnos al concierto —indicó Migazzi con un gesto.

Tomaron asiento los tres mientras un criado les servía un poco de vino en unas delicadas copas de cristal veneciano. Una vez se hubo retirado el servicio, el cardenal comenzó su relato.

—Vengo de Roma después de un largo viaje en el que he tenido oportunidad de conocer en detalle los planteamientos del Santo Padre, algunos de los cuales deberéis conocer si queréis hacer un gran servicio a la Iglesia.

—Os ruego que continuéis, Eminencia.

—Nos conocemos hace tiempo, conde, y por eso me dirijo a vos, convencido de que no defraudaréis mi confianza. Ante todo debéis comprometeros a guardar el necesario sigilo en materias tan delicadas como las que vamos a tratar.

Zizendorf hizo un gesto de asentimiento y escuchó con atención.

—Su Santidad, Pío VI, me ha hecho un encargo de la mayor importancia. La iglesia no puede seguir permitiendo que el ateísmo, el sensualismo filosófico y el espíritu secular de lo que algunos llaman el «siglo de las luces» —una mínima inflexión en su voz convirtió el término en un sarcasmo— minen las bases del catolicismo y erosionen el poder de la iglesia. La Enciclopedia es un índice doctrinario en el que pululan los principios que quieren organizar el mundo según normas completamente opuestas a los principios de la iglesia, y por supuesto, de la monarquía. Porque el poder temporal es un instrumento valiosísimo al servicio del Señor y no podemos rehuir nuestras responsabilidades ante el mundo. Tengo, por tanto, la encomienda de Su Santidad de organizar la más firme oposición a la política reformista del emperador, alejarle de las malas influencias de determinados consejeros y atraerle de nuevo al lado de Roma.

La languidez y el amaneramiento con que se conducía habitualmente Zizendorf desaparecieron de inmediato y su rostro se perfiló con dureza en un reflejo de su plena comunión con las palabras de Migazzi.

—Quisiera manifestaros, Eminencia, que aunque en ocasiones se me pueda haber tomado por afrancesado, lo es por mi amor al trono y a la iglesia, por tanto todo lo alejado que se puede imaginar de las posiciones de esos extremistas del absurdo igualitarismo y del más odioso anticlericalismo. Tened, pues, confianza absoluta en mi completa disponibilidad para colaborar en todo lo que esté a mi alcance para llevar adelante esa encomienda. Debo deciros que llevo mucho tiempo esperando algo así, y lo único que puedo lamentar es que hasta ahora no haya habido conciencia de lo delicado de la situación. Me alegra ver que mis más íntimos pensamientos se corresponden con la preocupación del Santo Padre. Podéis contar conmigo, Eminencia, pero ¿qué esperáis en concreto de mí?

—Monseñor Gazzaniga —el aludido asomó su cabeza fuera de la protección de su caparazón— se encargará de organizar a los eclesiásticos, y de vos esperamos asistencia para consolidar el partido católico entre la nobleza. Contaremos también con el apoyo del embajador español.

Ante la mirada interrogativa de Zizendorf, Migazzi amplió su explicación.

—Su Santidad alcanzó un pacto de mutua asistencia con el conde de Floridablanca en el momento de su elección, que ahora ha invocado para obtener el apoyo español a nuestra causa. Floridablanca desempeñó un papel decisivo en ese momento y desde entonces hay una alianza estrecha entre la Santa Sede y la Corona española que puede ser muy útil para nuestros propósitos.

—De acuerdo, Eminencia. Pensaré la mejor forma de aprovechar estos apoyos —respondió Zizendorf.

—Bien, llega la hora de ir al concierto —dijo el cardenal—. Será una buena ocasión para observar de cerca a algunos de nuestros adversarios, pues tengo entendido que Greiner ha conseguido reunir a lo más granado de Viena para oír las composiciones de ese joven salzburgués.

* * *

Migazzi hizo una mueca de disgusto ante la falta de deferencia y clase que percibía en los anfitriones. Todavía desorientado por el inexistente protocolo —no alcanzaba a comprender cómo ningún lacayo había anunciado su entrada— ya comenzaba a lamentar haberse acercado a un salón burgués, que intentaba emular pretenciosamente las recepciones de los salones aristocráticos sin conseguir siquiera aproximarse a la más humilde de las grandes familias nobles vienesas. Las miradas de los asistentes se clavaban en él y sus acompañantes y un murmullo de comentarios les acompañó mientras el propio Greiner y su esposa se afanaban en llevarles personalmente a ocupar sus asientos. El barón Van Swieten, que departía en un extremo del salón con los Mozart y el conde Rosenberg, se apresuró a saludarle, mientras Wolfgang se encaminó a la orquesta para dar las últimas instrucciones y comprobar la afinación de los instrumentos.

—Buenas noches, Eminencia. Es un verdadero honor contar con la presencia de tan distinguidas personas. Monseñor, conde... —saludó Van Swieten con leves inclinaciones de cabeza a Gazzaniga y Zizendorf.

—Mi querido barón —respondió Migazzi con falsa lisonja—, no podía dejar de acudir a esta cita. Hacía mucho tiempo que no oía a este muchacho que toca tan maravillosamente, aunque me dicen que últimamente no frecuenta buenas compañías.

—Es joven, Eminencia —exclamó Rosenberg, que se había aproximado por la espalda de Van Swieten para meterse en la conversación—, aunque estoy de acuerdo con vos. Herr Mozart está eligiendo temas bastante inquietantes para sus últimas composiciones.

—Y ¿cómo es eso? —inquirió Migazzi con curiosidad.

Van Swieten casi fulminó con su mirada a Rosenberg, pero éste hizo como que no le entendía.

—Pues la última ocurrencia de nuestro amigo ha sido componer una ópera sobre las bodas de Fígaro que, para desgracia de todos, ha sido aprobada por el emperador. Están comenzando los ensayos y se estrenará en unas seis semanas.

—Pero... ¡eso no es posible! ¡Si es una obra prohibida, que hace escarnio de la autoridad y se mofa del santo sacramento del matrimonio! ¡No puedo creer que el emperador José se haya prestado a ponerla en escena!

—Yo mismo me encargué de obtener la aprobación de Su Majestad —terció Da Ponte introduciéndose a su vez en la conversación—. Le expliqué que la obra era inofensiva, ya que para adaptar el drama a la música he tenido que omitir muchas escenas y acortar muchas más, por lo que todo cuanto podía ofender a su Soberana Majestad ha desaparecido del libreto. Y en cuanto a la música, por lo que he podido juzgar, me parece de maravillosa belleza.

—Perdonadme pero... ¿quién sois vos? —inquirió Migazzi más que molesto por la interrupción.

Van Swieten intervino, preocupado al observar cómo la situación se le iba de las manos.

—Es el *signor* Da Ponte, Eminencia, el libretista de la obra. Pero no debe preocuparse por la ópera. El emperador cuenta con el conde Rosenberg y conmigo mismo para que la programación del teatro nacional se adecúe perfectamente a la corrección, la moral y la política del imperio.

—Ahí quería llegar yo, a la política del imperio. No sé si está en las mejores manos, cuando se permite que cierto tipo de gente —dijo Migazzi indicando a Da Ponte con un gesto despectivo— marque los estándares de la conveniencia. La libertad, tal como la proclaman algunos, está destinada a deshacer los lazos que unen a los hombres, en vez de estrecharlos. Y la política imperial no está ayudando nada: libertad de culto, libertinaje en las costumbres, degradación de la educación, destierro del buen gusto... y vos, conde Rosenberg, me sorprende que os prestéis a estos juegos.

—Sois un ultramontano, cardenal, los tiempos están cambiando y juegan en vuestra contra —alegó Van Swieten, perdiendo la paciencia.

—Si ultramontano es defender a Roma, sí, lo soy, porque el Santo Padre es la única referencia en un mundo que se desmorona. El liberalismo económico, la crítica de la civilización y el elogio del buen salvaje, ese absurdo símbolo de una pretendida libertad natural que garantiza a los hombres la libertad absoluta y la igualdad... Todo eso es ridículo. No tardarán en rodar cabezas y los que creen que esos «nuevos aires» —dijo con mofa Migazzi— nos traerán algo bueno, están absolutamente equivocados.

—Ultramontano es algo más que defender al papa, Eminencia. Un ultramontano es quien pone la idea de la iglesia sobre la de religión; quien sustituye a la iglesia por el papa; quien cree que el reino de dios es de este mundo y que, como los eclesiales del medioevo, afirma que el poder de las llaves, dado a Pedro, incluye también la jurisdicción temporal; quien cree que la convicción religiosa puede imponerse o puede romperse por la fuerza material; quien está en la vida dispuesto a sacrificar a una autoridad extraña el dictado de su propia conciencia —exclamó exaltado Van Swieten—. Pues bien, yo afirmo que están abocados a perder, porque los seres humanos no están dispuestos a aceptar la imposición de un principio de autoridad de origen divino...

El propio Van Swieten se interrumpió, aterrado de su propia osadía. Aquel hombre le había sacado de sus casillas, pero no hacía ningún beneficio a la causa cediendo a sus impulsos y enzarzándose en una discusión cuyas consecuencias no podía prever. Sus temores se confirmaron al observar los ojos de Migazzi entrecerrarse en un gesto de cólera. Algún mecanismo funesto parecía haberse puesto en marcha cuando el cardenal se giró sin pronunciar palabra para dirigirse a su asiento con sus acompañantes.

Tan pronto se acabaron los murmullos y se hubieron ocupado las butacas, Mozart inició con suavidad el primer movimiento de su concierto en la mayor. La dulzura de los clarinetes aportó sosiego a una velada que momentos antes parecía destinada a fracasar incluso antes de empezar. Tras algo más de diez minutos de allegro se inició un suave adagio en una tonalidad inusual, un melancólico fa sostenido menor, cargado de amargura, en el que el piano dialogaba sucesivamente con el viento y las cuerdas. Pero antes de que los asistentes cayeran en la tristeza, arrancó vibrante el final con el piano a la cabeza y la orquesta al completo detrás.

Aprovechando momentáneamente el forte de los instrumentos, Migazzi aprovechó para comentar con el conde Zizendorf la discusión anterior.

—¿Lo veis, conde? La situación es mucho peor de lo que cabría esperar. Nuestros adversarios son numerosos y están organizados. Y ese Van Swieten... me preocupa constatar que tiene tanta influencia sobre el emperador. A él es al primero que hay que neutralizar.

—Tenéis razón, Eminencia, aunque debemos pensar cuál es la mejor manera de hacerlo sin despertar sospechas —apuntó Zizendorf bajando la voz, pues se había dado cuenta de que su conversación estaba llamando la atención—. Lo mejor sería urdir algo que le enemistara con el emperador y así dejará de confiar en él. Por ahora, sigue teniendo la llave de la política educativa y no deja de opinar también en materia religiosa. Quiero acercarme a Rosenberg, porque estoy convencido de que es sensible a nuestra posición. Será mejor que...

Un feroz maullido dejó helado al público. Mozart se había levantado bruscamente del piano en medio de la representación y había saltado por encima de sillas y mesas hasta plantarse frente al cardenal con los brazos en jarra en gesto de desafío.

—Si pensáis que mi talento no merece un poco de silencio, Eminencia, creo que interrumpiré el concierto ahora mismo.

—Pero ¡maldito botarate! ¿Quién creéis que sois, por ventura de Dios? Tenía razón su Excelencia el arzobispo Colloredo: sólo sois un patán orgulloso.

—Naturalmente que soy orgulloso. Me comporto hacia los demás como ellos se comportan conmigo. Si veo que alguien me desprecia, que no sabe apreciarme, puedo ser tan soberbio como un mono.

—No me extraña que el conde Arco os despidiera de Salzburgo con una patada en vuestras simiescas posaderas. Porque os comportáis como lo que sois, un criado ingrato y arrogante que sólo a fuerza de repetir sus monadas ante un teclado se cree tocado por la gracia divina.

Mozart se revolvió furioso y sólo a duras penas logró atemperar su respuesta.

—Excelencia, es el corazón lo que ennoblece al hombre y no su cuna. No soy un conde, pero tengo probablemente más honor que muchos condes —espetó mirando de reojo al conde Zizendorf—, y criado o conde, desde el momento en que Arco me ultrajó, es un canalla.

—Conde, monseñor —dijo Migazzi a sus acompañantes—, creo que ha llegado el momento de poner fin a esta absurda pantomima. Por favor, preparad mi carruaje inmediatamente —ordenó imperioso a un doméstico dándose la vuelta bruscamente y encaminándose hacia la salida.

Greiner trató inútilmente de disculpar a Mozart, que había quedado sentado en una silla, como agotado por el enfrentamiento. Leopold ocultaba su rostro entre las manos, horrorizado por la escena vivida. Definitivamente su hijo había perdido la cabeza. Ni siquiera sus amigos podrían mantener por mucho tiempo su apoyo después de haberse ganado la enemistad del poderoso cardenal.

6

La Storace

A vanzaba ya la primavera y la temporada de ópera estaba en su plenitud. El teatro nacional era un hervidero de gente: obreros preparando decorados, cereros reponiendo el alumbrado de las enormes lámparas, músicos probando sus instrumentos y cantantes calentando sus voces con escalas. Un ejército de lacayos fue abriendo paso a José II, que se había desplazado al teatro para revisar la preparación de los trabajos con el conde Rosenberg. Encontró al director en plena discusión con Mozart. Las voces se oían desde el exterior y los cantantes asistían indirectamente a la disputa entre bambalinas, cruzándose apuestas sobre el resultado. Al entrar el emperador se hizo un incómodo silencio.

—Tengo la impresión de que mi presencia aquí va a ir algo más allá de una mera supervisión. ¿Se puede saber qué ocurre? —preguntó el emperador con un gesto entre divertido y molesto.

—Llevamos un retraso enorme, Majestad. Con todo respeto, os ruego que perdonéis mi atrevimiento, pero es preciso que ordenéis el comienzo de los ensayos de *Fígaro* cuanto antes. Hay otras dos obras de Salieri y Righini esperando y no hay forma de trabajar en esta situación. Esto está demorando además el libreto de la obra que me encargasteis y... en fin, por una vez os pediría que me dierais prioridad —imploró Mozart.

—¿Es eso cierto, conde Rosenberg?

—Vincenzo Righini ha compuesto una bella obra, *Il Demorgonone ovvero Il filosofo confuso,* y Antonio Salieri tiene lista *Il Grotto di Trophonius.* Merecen también...

—¡Os aseguro que tiraré la partitura al fuego si *Fígaro* no es la primera en representarse! —exclamó Mozart a grandes voces—. ¡No estoy dispuesto a que Salieri o Righini se salgan con la suya y me releguen de nuevo como segundo plato!

El emperador observó el estallido de Mozart con su sorna habitual, pero con una señal de preocupación en su mirada. Rosenberg se anticipó tomando la palabra.

—Calmaos, herr Mozart, no será necesario, aunque esa idea vuestra de quemar la obra no deja de atraerme —dijo Rosenberg con una risita seca—. Pero, en fin, antes de venir al teatro Su Majestad me ha

comunicado su decisión de que comiencen inmediatamente los ensayos de las *Bodas,* por lo que no hay
motivo para que pongáis esa cara. Venid conmigo y os
presentaré a los cantantes que he seleccionado para esta producción.

—No os vayáis, conde. Hacedlos entrar. Me gustaría saludarlos un momento —ordenó el emperador.

Rosenberg indicó a un lacayo que hiciera entrar
a los intérpretes.

Al cabo de unos instantes hicieron su aparición
los que iban a ser los protagonistas sobre la escena. Mozart quedó turbado al verlos. Sólo tenía ojos para la bella joven que encarnaría a Susana y que lucía una hermosa figura, casi voluptuosa. Su blanco cuello y el
nacimiento de los pechos destacaban delicados en el escote de su vestido y su boca fresca y la tersura de su piel
rosada reflejaban la inocencia y petulancia de la primera
juventud.

—*Mia cara signorina* Storace —saludó efusivamente José II, cogiendo de las manos a la azorada muchacha—. ¿Cómo os encontráis? ¿Os habéis recuperado ya de la separación de aquel hombre?

—¡Oh, sí, Majestad! Os agradeceré toda mi vida
vuestra intervención en esa terrible situación. Me encuentro ahora espléndidamente y dispuesta a dar lo mejor de mi voz al teatro de la Corte.

—No podíamos permitir que un marido ridículo y violento pudiera poner en riesgo una carrera tan
prometedora como la vuestra. Canta como un ángel,

¿verdad, conde? —afirmó con la cabeza el emperador dirigiéndose a Rosenberg.

—Sin duda alguna, Majestad. La *signorina* Storace es uno de los más firmes pilares de la compañía.

—Y vos debéis de ser el maestro Mozart —dijo Nancy Storace apuntando con sus coquetos ojos azules a Wolfgang—. Vuestra fama os precede. Estoy ansiosa por comprobar si con la ópera italiana tenéis la misma maravillosa mano que con... ¿cuál es el endiablado título en tudesco de esa obrita donde se pelean dos sopranos por ser la *prima donna?*

Nunca le había sucedido que una mujer le dejara sin habla en público, ni mucho menos en privado. Normalmente era él quien llevaba la iniciativa en sus tratos con el bello sexo, sin que le preocupara su posición social o la presencia de gente ilustre a su alrededor. En aquella ocasión, sin embargo, la dulzura y el descaro combinados de esa deliciosa criatura le habían dejado paralizado, como un muchacho balbuciente que no sabe responder y esconde la mirada azorado.

—Querida Nancy, habéis conseguido que se sonroje uno de los más grandes maestros de la música. No tenéis perdón —dijo Michael Kelly, un tenor de origen irlandés que hablaba con un agradable acento napolitano fruto de sus años de estudios musicales en esa ciudad—. Desde ahora mismo tomo bajo mi custodia al maestro para que la hechicera Storace no ponga en peligro la representación de la obra.

Todo el grupo prorrumpió en una alegre carcajada mientras Mozart encogía los hombros para esconder su rostro enrojecido por el rubor. El emperador estaba feliz y distendido, mientras Rosenberg fruncía el ceño.

* * *

Viena, abril de 1786

Vestía muy elegante, casi demasiado para ir a pie. Su peluca empolvada se recogía en una graciosa coleta en la nuca. El lazo que la adornaba combinaba con su casaca azul celeste y oro. Las medias de seda revelaban su gusto y refinamiento, aunque la gruesa hebilla de sus grandes zapatos estaba deslucida por el barro que había salpicado sobre sus pies. Miraba a un lado y a otro de la calle, como habituado a mantenerse en alerta permanente. Aunque no era habitual en Viena, y menos en una mansión de la nobleza, aquel hombre portaba en su cintura un espadín corto, que más parecía adorno de mujer que arma amenazadora.

Don Álvaro de la Nava y Fernández era un segundón de la nobleza castellana que había optado por la vida aventurera para no sufrir la dura competencia de su hermano. Su padre, el conde de Farzuela, era gobernador político y militar en una plaza fuerte del Mediterráneo, pero él tuvo la desgracia de nacer después de su hermano Gaspar María, que heredó el título a la muerte de su padre. Gaspar pronto comenzó a destacar en todo: si empuñaba las armas, se distinguía por sus servicios como en el ataque a Gibraltar; si manejaba la pluma, era capaz de componer los más bellos versos a la manera de Garcilaso. Álvaro, por despecho o por odio, o por ambas cosas, abandonó la casa familiar y pasó a Italia, donde se unió a la numerosa colonia española en Milán, que se había alimentado del exilio después de la guerra de sucesión, cuando los partidarios del archiduque Carlos de Austria fueron derrotados por el partido francés de Felipe de Anjou. En aquel caldo de cultivo de intrigas y traiciones, don Álvaro encontró rápidamente el tipo de trabajo que mejor convenía a sus cualidades. Su cultura, su don de gentes y su formación militar, junto con su gusto por la conspiración y su habilidad para introducirse en los salones más influyentes, se convirtieron en las mejores credenciales para el oficio de espía. Su falta de escrúpulos era el complemento perfecto de esa ocupación, sobre todo si se producía una situación incómoda en la que fuera preciso eliminar de forma discreta a algún oponente.

Mientras don Álvaro esperaba en el gabinete, el conde Zizendorf le observó concienzudamente a través de una abertura disimulada en el tejido que cubría la pared. Tendría que confiar en el embajador español, que le había recomendado a este personaje para ayudarles en sus planes de forma prudente y, sobre todo, anónima. Los informes del cónsul de España en Génova, don José Uriondo, eran excelentes, y nadie podría sospechar jamás que aquel curioso caballero español estuviera a su servicio. Lo mejor era que don Álvaro aparentaba ser exactamente lo que era: un noble juerguista y abúlico, un crápula capaz de ganarse la confianza de burgueses y artistas, que se sentían especialmente halagados cuando alguien de alta cuna se mezclaba con ellos y les trataba como a un igual. El billete de Rosenberg alertándole sobre la nueva ópera que José II había encargado a Mozart les había obligado a acelerar sus planes y Migazzi se estaba poniendo impaciente. Era necesario ocuparse de Van Swieten y de Mozart y, al menos sobre el papel, don Álvaro de la Nava era el candidato ideal para ello.

* * *

Atravesar los muros de la ciudad y cruzar el glacis no era como estar fuera del mundo, pero era lo más parecido a una fuga que podía experimentar sin poner en riesgo lo que dejaba atrás. En realidad, no era una fuga propiamente dicha, porque en la fuga de un presidiario o de un esclavo encadenado nunca hay nostalgia de lo abandonado, sino esperanza de no volver jamás al cautiverio. Más que una fuga, era un ejercicio mañanero de desperezamiento, de alejamiento temporal de una existencia que, si bien hasta cierto punto era un motivo de orgullo para Mozart, no llegaba a materializarse en el tipo de vida que le gustaría llevar. Aún podía sentir en su rostro el frescor del amanecer y la exaltación de las cabalgadas de verano por el Augarten, y esa sensación de estar en la cumbre del mundo a la que había tenido que renunciar porque este año ya no podía permitírselo. Amaba demasiado las cosas bellas como para estar separado de ellas mucho tiempo, aunque fueran bellezas ajenas a las que sólo tenía acceso por su cercanía ocasional a los poderosos y que él consideraba como un derecho natural que le correspondía, no sabía si por su talento, su nacimiento o por el mero hecho de su singularidad, de la que quizá él era exageradamente consciente y que no siempre le era reconocida, ni mucho menos recompensada. Vivir esa divergencia entre la opinión de uno mismo y la valoración de los demás era un sufrimiento permanente, sólo atenuado por los breves instantes de gloria que ocasionalmente había experimentado y que, eso sí, en su ánimo compensaban tantos momentos sombríos. Por eso la zozobra que acompañaba los embrollados ensayos de *Fígaro* le tenía en un sinvivir. Ni la presencia reconfortante de Nancy Storace ni la complicidad de Michael Kelly eran suficientes para compensar los continuos obstáculos que el resto de cantantes y el propio conde Rosenberg le planteaban cada día. Era como una carrera contra el tiempo, una sensación de perpetua escalada por una pared en la que un golpe de viento le obligaba a retroceder en un solo momento lo que con tanto esfuerzo le había costado avanzar. El comportamiento del conde era de lo más peculiar: tan pronto le colmaba de alabanzas como ponía todo tipo de impedimentos a sus deseos en la producción de *Fígaro*. Lo de la danza ya había sido el colmo: Rosenberg se había empeñado en suprimir el fandango que bailan los campesinos al final del tercer acto, mientras Susana deslizaba una nota al conde y éste se pinchaba con el alfiler que sujetaba la nota, bajo el pretexto de que el reglamento prohibía la introducción de ballets en la ópera *buffa*. Fue el propio emperador el que desbarató los planes de Rosenberg, al presenciar en un ensayo general esa escena tan absurda con los personajes moviéndose en el escenario en completo silencio. A partir de ese momento su relación con Rosenberg empeoró sin remedio y ya no se atrevía a pedirle que apresurara la elaboración del libreto de la nueva ópera encargada por José II. Su contestación a su anterior pregunta sobre el mismo tema — «Herr Mozart, mejor será que no os distraigáis con nuevos encargos antes de finalizar vuestros actuales compromisos» — le había cohibido tanto que ya no se atrevía a formularla de nuevo.

Mozart iba tan ensimismado en sus pensamientos que no se percató de una oscura figura que le seguía a una prudente distancia.

Fuera del recinto amurallado, las casas se espaciaban y la ciudad recobraba ese aire de libertad que a veces le faltaba. Ante su vista se abrían los campos de cultivo y pequeñas masas boscosas salpicaban el paisaje, espesándose conforme se alejaban de la ciudad. De todas formas, su ejercicio matinal no se alargaba demasiado, porque en el fondo, aunque disfrutaba mucho de la naturaleza, su entorno de verdad era la gran ciudad. No se había alejado mucho de las murallas cuando dio la vuelta para regresar.

Ya camino de casa, al pasar junto a la catedral de San Esteban, casi tropezó con Van Swieten y Von Born, que paseaban en animada conversación. La sombra que seguía a Mozart desde que salió de su casa se ocultó en un portal manteniendo la vigilancia de los tres hombres.

—¡Herr Mozart, por favor, acercaos! —dijo Van Swieten.

—Buenos días, queridos amigos. Veo que os complace pasear como a mí.

—Hablábamos precisamente de vos y de la obra que el emperador os ha pedido, Mozart. Teníamos concertada la participación de un insigne poeta para hacerse cargo del libreto, pero en el último momento ha declinado nuestro encargo. No sé, es algo extraño, parece como si alguien le estuviera presionando, porque no ha atendido a razones ni ha dado ninguna explicación de su negativa.

—Entonces, ¿aún no se ha comenzado la redacción? ¿Tenemos fecha? Me preocupa que el emperador no haya concretado un plazo para la elaboración del encargo y ahora estoy volcado en *Fígaro*. No me gustaría que el proyecto cayera en el olvido. Es demasiado importante para mí.

—No más que para nosotros, Mozart —repuso Von Born—. Es una extraordinaria oportunidad para mostrar los ideales de la Razón, para animar a los hombres a salir de su minoría de edad y pensar por sí mismos. ¡Ten valor para servirte de tu entendimiento!

—Sí, pero necesito una historia para dar cuerpo a todo ello. ¿Debo deducir entonces de vuestras palabras que aún no hay nada sobre lo que trabajar?

—Desafortunadamente, así es —dijo Van Swieten—. ¿Tenéis alguna idea en concreto?

—No he pensado mucho sobre ello, pero hace ya tiempo compuse un drama heroico que escribió Gebler y que nunca llegó a funcionar. Se titula *Thamos, rey de Egipto*. Veréis, es una bella epopeya de lucha entre la luz y las sombras, que puede dar mucho juego.

—¡Oh, sí, ya recuerdo! Gebler me lo comentó. Así, partiendo de una historia existente, podríamos avanzar mucho más deprisa —apuntó ya más animado Von Born.

—Es cierto, Venerable Maestro, pero he de deciros que aquel drama fracasó. Era demasiado serio y poco accesible para el público. Creo que si de verdad queremos hacer algo nuevo que realmente deje huella debemos buscar un tono más popular. Yo me puedo encargar de ello. Sé bien cómo tocar la fibra sensible para hacer que las melodías se queden en el corazón de la gente y las repitan en su interior una y otra vez. Es la única manera de convencer al público vienés. Por la música entrarán las ideas, os lo aseguro.

—Bien, entonces hablaremos con Gebler de inmediato para preparar los textos —dijo Van Swieten—.

Yo me ocupo de ello. Y a ambos os rogaría la máxima discreción: ya hay demasiada gente que conoce la existencia del proyecto y eso no nos va a ayudar. Ya es suficiente con las propias reticencias de Rosenberg.

Continuaron el paseo durante un breve espacio, mientras Ignaz von Born les ilustraba sobre sus últimas investigaciones mineralógicas. Al runrún de las explicaciones del sabio, Van Swieten y Mozart se sumergieron en sus propios pensamientos y Von Born continuaba su disertación tan entusiasmado que algunos transeúntes que pasaban junto al trío sonreían divertidos señalándoles con el dedo.

* * *

Los aplausos fueron atronadores y el público jaleaba el nombre de Mozart para que saludara. El estreno de *Las bodas de Fígaro* estaba resultando un éxito extraordinario, aunque no todo eran parabienes. El palco que ocupaba el conde Zizendorf permanecía obstinadamente en silencio, mas nadie parecía apercibirse de ello, salvo el conde Rosenberg, que observaba atento la reacción de la platea y los palcos. La salida del Burgtheater se convirtió en un pequeño caos, pues todos los espectadores se detenían a comentar sus impresiones, algunos de ellos a voz en grito.

—Al final creí que los espectadores no iban a cesar de aplaudir y llamar a Mozart. ¡Todos los números bisados! Creo que el emperador va a tener que prohibir tantas repeticiones o, de lo contrario, la función durará como dos óperas —exclamó entusiasmado Michael Kelly—. Pero ¿sois vos, Josefa? ¡No sabía que estuvierais en Viena! —Kelly saludó efusivamente a Josefa Dušek, que había acudido a la representación acompañada de su marido.

—Pues sí, Michael, me siento una privilegiada por haber tenido la oportunidad de presenciar esta obra de Wolfgang. Estoy absolutamente embelesada y voy a hacer todo lo posible por llevar *Fígaro* a Praga. Estoy segura de que allí será muy apreciada.

En aquel momento apareció don Álvaro en el vestíbulo.

—Pero... ¿sois vos, don Álvaro? ¡Qué alegría veros! —exclamó la Dušek entusiasmada.

—¡Mi querida Josefa! ¡Sólo por veros merece la pena venir a Viena!

—Michael, permitidme que os presente a este caballero que conocí el año pasado en Italia. Don Álvaro de la Nava y Fernández. El señor Michael Kelly.

—Es un placer conoceros —dijo don Álvaro con una reverencia—. ¿No os he visto en el escenario?

—Pues sí, modestamente represento a don Curzio en esta producción de Mozart. ¿Sois aficionado a la música?

—La música y el teatro son mi debilidad. Viajo por toda Europa siguiendo a los mejores profesionales y por eso estoy en Viena. Había oído hablar del maestro Mozart, pero lo que hoy he presenciado aquí ha superado todas mis expectativas. Para mí sería un honor conocerle y tener la oportunidad de tratarlo.

—No os preocupéis, eso corre de mi cuenta —respondió Michael Kelly—. Wolfgang es un gran amigo y siempre está deseoso de conocer a los que saben apreciar su arte.

—Pues a mí personalmente me ha aburrido soberanamente la obra, la música de Mozart es como manos sin cabeza —replicó el conde Zizendorf apareciendo entre el resto de los espectadores mientras don Álvaro se escabullía.

—¿Cómo podéis decir eso? —intervino Van Swieten, que también se había unido al grupo en el vestíbulo del teatro—. La música es extraordinaria y el libreto está muy conseguido. ¿O es que os preocupa cómo queda alguno de los personajes en particular?

—¿A qué os referís? —inquirió secamente Zizendorf.

—Vámonos, Gottfried, no cedáis a la provocación. No merece la pena —dijo Ignaz von Born arrastrándole del brazo hacia su carruaje, mientras le susurraba en voz baja—: hay que evitar estos enfrentamientos, que no nos llevan a ningún sitio y ponen en peligro nuestros planes.

Zizendorf se les quedó mirando mientras se alejaban e hizo una seña a don Álvaro.

—De acuerdo, Ignaz, tenéis razón —reconoció Van Swieten—. Vayámonos. ¿Vais a pie o preferís que os acompañe en mi coche?

—Prefiero caminar, gracias. Llevamos muchas horas sentados y hará bien a mis piernas.

—Adiós, entonces. Que paséis buena noche.

La noche de mayo era hermosa y las estrellas brillaban con fuerza, visibles cuando aumentaba la oscuridad al alejarse de la iluminación del teatro. La calle empedrada transmitía al coche una fuerte vibración, que iba en aumento conforme avanzaban. Al cabo de un rato, cuando viraban en una curva para entrar en la Renngasse sintió un fuerte golpe y el carruaje perdió velocidad hasta detenerse. El ruido de los cascos de los caballos al galope se perdía al fondo de la calle.

—¿Qué ocurre, Wilhelm? —preguntó Van Swieten al cochero.

—Ha ocurrido algo extraño, señor. Los caballos se han asustado y, no sé cómo, se ha soltado el enganche y han escapado. No entiendo lo que ha pasado; estoy convencido de que estaba bien trabado, señor, os lo aseguro. Con vuestro permiso, señor, voy a ver si consigo recuperarlos.

—Ve, por favor. Ya estamos cerca y continuaré a pie. Cuando te hagas con ellos, engánchalos de nuevo y regresa a casa.

—Así lo haré, señor.

El cochero partió veloz a cumplir con su encargo y Van Swieten se entretuvo unos instantes para coger su sombrero y comenzó a caminar. No había un alma y sus pasos resonaban en los adoquines y en los muros de piedra que se levantaban a ambos lados de la calle.

Una ventana se abrió fugazmente para cerrar los postigos con un golpe seco que le sobresaltó. Pero la noche era encantadora y la suave brisa que circulaba entre los callejones refrescaba agradablemente el ambiente.

Una oscura figura apareció de improviso como surgida de la nada, alta y fuerte, embozada en una capa y con una negra careta de carnaval en el rostro. Antes de que pudiera darse cuenta, el embozado se le echó encima y sintió un fuerte golpe en el bajo vientre que le hizo doblarse y perder la respiración, cayendo como un fardo sobre el suelo. Encogido como estaba para protegerse, una tremenda patada en los riñones le obligó a estirarse y redobló su dolor. Una lluvia de golpes azotó su cuerpo y su rostro. Sintió el sabor de la sangre fresca en sus labios y un mareo que le llevó al límite de la inconsciencia. Apenas un minuto había sido suficiente para dejarlo seriamente maltrecho, sin que su agresor hubiera pronunciado una sola palabra.

Cuando parecía que todo había acabado, un zapato enorme con una gruesa hebilla deslucida por el barro se apoyó sobre su cuello apretando hasta dejarle sin respiración. Aquello no era un simple robo: no sería capaz de aguantar un minuto más sin desmayarse, su vida corría serio peligro. Entonces oyó una voz extranjera que le heló el corazón: «Más os vale olvidar esa nueva ópera si no queréis morir. La próxima vez no seré tan benévolo. Estáis advertido, barón». Y con una última patada en las costillas, el hombre se escabulló en la noche.

* * *

Había terminado el descanso estival y toda la alta sociedad vienesa había vuelto a la ciudad. Era el momento de reanudar las veladas musicales que comenzaban pronto, apenas caía la tarde. Unos pocos amigos escogidos formaban el círculo de privilegiados que asistía cada domingo a disfrutar de aquellas verdaderas fiestas del paladar en casa de los Mozart. Los grandes conciertos estaban reservados para audiencias más amplias, unos conciertos pensados para unir en su justo término a diversos públicos: brillantes, agradables al oído, hechos para que los verdaderos entendidos pudieran encontrar satisfacción en ellos y, sin embargo, que también pudieran gustar a los no entendidos, sin saber muy bien por qué. Mozart era muy consciente de que, para tener éxito, había que escribir cosas tan comprensibles que cualquiera pudiera cantarlas enseguida, o bien que fueran tan incomprensibles que gustaran precisamente porque ninguna criatura razonable podía comprenderlas.

Las veladas musicales de los domingos, sin embargo, estaban reservadas para auténticos *connaisseurs*, capaces de apreciar las novedades estructurales y los pequeños saltos en el vacío hacia los que Mozart les dirigía. Los conjuntos de cuerdas, ocasionalmente acompañados por algún solista de viento, eran la estrella de esas reuniones.

Habitualmente se sentaban por pares, frente a frente, para que una simple mirada fuera suficiente para empastar los instrumentos. El cuarteto era espléndido. Mozart tocaba la viola; Haydn, el segundo violín; Dittersdorf, el primer violín, y Wanhal, el violonchelo. Sobre los atriles, la flamante partitura editada por Artaria del último de los cuartetos que Mozart había dedicado a Haydn.

Comenzó tímido un preámbulo meditativo cargado de disonancias. Los asistentes se miraron extrañados ante lo inusitado del inicio. Nancy Storace hizo una seña interrogativa a Michael Kelly y a don Álvaro, que se encogieron de hombros por turnos. La atmósfera continuaba casi átona durante unos cuantos compases más, llena de angustia y turbación; de repente, se aclaró sin llegar a iluminarse con el franco arranque del *allegro* en do mayor. Todos suspiraron aliviados, aunque no terminaba de explotar la viveza de la tonalidad, como si la música se resistiese a tranquilizar el ánimo de los presentes y quisiera mantenerles en un estado de vigilancia permanente.

Cuando finalizó el último de los tres cuartetos que habían programado, los cuatro músicos se levantaron para recibir el aplauso de los invitados.

—Nos habéis tenido en vilo durante toda la interpretación —comentó Michael Kelly al felicitar a Mozart—. Parece increíble que algo tan aparentemente sencillo con sólo cuatro instrumentos nos llene de desasosiego y, a la vez, nos acaricie el alma.

—Os aseguro que he sudado sangre componiéndolos, enmendando lo escrito como pocas veces hago.

Me resulta más fácil escribir una gran sinfonía que abordar un desnudo cuarteto sin los ropajes de la instrumentación. De todas formas, si habéis sentido desazón y dulzura en dosis variadas, quizá haya conseguido estar a la altura de lo que os merecéis.

Mientras esta conversación tenía lugar, Leopold recibía la felicitación de Haydn.

—Os lo digo, delante de Dios, como hombre de honor —dijo Haydn—: vuestro hijo es el compositor más grande que conozco, en persona o de nombre. Tiene gusto y también la más grande ciencia para la composición. Pero no se lo digáis en persona, que ya está bastante pagado de sí mismo. Lo que hay que conseguir es que algún poderoso le dé un poco de seguridad económica, mas le deje libre para decidir sus composiciones a su entero gusto. Si quiere sujetarle, lo perderá, y lo perderemos todos los que amamos la música.

—Vos que sois su amigo a quien tanto estima y admira: ayudadme en ese empeño, pues cada palabra que sale de mi boca parece condenada a ser ignorada aun antes de ser escuchada.

* * *

Viena, octubre de 1786

La alegre cuadrilla paseaba por el Graben a la caída de la tarde, cuando comenzaban a ofrecer sus servicios las muchachas de compañía que eran demasiado pobres para vestirse de forma atractiva para poder pasear a mediodía. A instancias de Nancy Storace, que había sentido un impulso incontrolable por el dulce, y secundada enseguida por don Álvaro, continuaron hasta el final de la plaza alargada hasta girar hacia el Kohlmarket para ir al café Demel, un establecimiento recién inaugurado que se había hecho un hueco en el gusto de los vieneses por sus tartas y mazapanes. El café se había convertido en la bebida nacional del imperio desde el asedio turco de hacía un siglo. Mozart y sus amigos se habían habituado a consumirlo para recibir una inyección de vigor antes de empezar sus correrías nocturnas, sobre todo en aquella época del año en la que el incipiente frío obligaba a mantener la temperatura corporal.

Era tarde y el local estaba a punto de cerrar, aunque al ver al grupo el dueño se acercó obsequioso a saludarles y les buscó acomodo en una mesa bien situada.

—Os digo, mi querido amigo —decía Kelly—, que debéis venir a Londres con nosotros la próxima primavera. Los informes que hemos recibido son muy positivos: nadie ha conseguido ocupar el puesto de Haendel en el corazón de los ingleses. Estoy seguro de que triunfaríais y hay un buen número de personas ilustres apasionadas de la música que os podrían asegurar unos ingresos estables.

—¡Oh, sí, Michael! ¡Qué maravillosa idea! ¡Tenemos grandes planes para abrir una temporada estable

de ópera italiana y allí podríamos representar *Fígaro!*
—apoyó entusiasmada Nancy.

Mozart movía la cabeza divertido, viendo los esfuerzos de sus amigos por convencerle. Sólo había estado una vez en Londres durante su infancia en compañía de su familia y sus recuerdos eran estupendos. La tentación de cambiar de aires era fuerte y, salvo la ópera encargada por el emperador, pocas cosas le retenían.

Por su parte, don Álvaro reflexionó a toda velocidad para hacerse cargo de la nueva situación. La posibilidad de que Mozart fuera a Londres abría las opciones y le facilitaba el trabajo. Las veladas alusiones del músico a un proyecto que no acababa de fraguar demostraban que el susto a Van Swieten estaba produciendo sus efectos. Si ahora Mozart salía de viaje, el encargo de la ópera se demoraría irremediablemente y caería en el olvido. Además, si fuera necesario, los caminos eran peligrosos, y siempre podía ocurrir algún percance.

El quinto componente del grupo, el pianista Attwood, que llevaba ya un año en Viena como alumno de Mozart, retomó la conversación.

—Pero no creáis que los teatros londinenses tienen la sofisticación de Viena —dijo entre sonrisas—. A veces el público se impacienta cuando oye cantar en un idioma extranjero y no entiende la historia. Entonces es frecuente que facciones rivales invadan el escenario y entablen verdaderas batallas campales. En una ocasión presencié una pelea terrible en escena animada por las voces del gallinero, mientras un *castrato* italiano seguía cantando impertérrito. Al poco, en medio de la confusión, la diva se lanzó a interpretar sus arias favoritas, aunque no tenían nada que ver con la ópera representada.

—Tengo entendido que eso es habitual en el Covent Garden o en el Drury Lane, pero en el King's Theatre el comportamiento del público es mucho más respetuoso por la frecuente presencia del monarca —replicó don Álvaro matizando la inoportuna intervención de Attwood, que también recibía una furibunda mirada de la Storace mientras Kelly y Mozart apenas podían contener las carcajadas.

—Me sorprende, don Álvaro, que conozcáis esos detalles —repuso Kelly.

—He visto mucho mundo, querido, y conozco más gente de la que podéis llegar a imaginar.

—Pues en este asunto no os han informado demasiado bien. Aunque cabría esperar que el King's Theatre fuera un local más respetable, o al menos, más respetado, tampoco escapa a esa plaga —explicó Kelly—. Precisamente cuando acuden miembros de la familia real a una función la confusión está garantizada. El público se olvida del escenario y se dedica a cotillear. Admirar a la realeza y a la nobleza vestidas con sus mejores galas es mucho más interesante que la representación. Los juegos de miradas, de ropas, de quién va con quién, las cortinas de los palcos que se abren y se cierran, las risotadas, las doncellas llevando dulces bocados a las grandes señoras, los caballeros a la caza de nuevas amantes... todo ello hace que el espectáculo se traslade al patio de butacas y el público prescinda de la obra. Una vez que acudió el rey Jorge se produjo una aglomeración en el vestíbulo que causó dieciséis muertos. Y lo curioso del caso es que ningún miembro de la familia real se enteró de lo ocurrido hasta el día siguiente.

—¡Pues sí que me estáis animando! Además, no puedo —dijo Mozart—. No podría irme sin Constanze, y los niños son demasiado pequeños para plantearnos un viaje así con ellos. Johann-Thomas acaba de nacer y no estamos en condiciones de llevarlo por esos caminos.

—Dejadlos con vuestro padre en Salzburgo —respondió Nancy.

—¿Bromeáis? Es un tacaño y siempre está obsesionado por el dinero. No dejaba de recordarnos lo a disgusto que se encontraba con nosotros y, sin embargo, no había forma de que se volviera a Salzburgo. En fin, ¿por qué no nos vamos a beber algo más consistente?

Fuera era noche cerrada y se había levantado un viento racheado que les obligó a abrigarse y calarse los sombreros sujetándolos con la mano para que no volaran. Nancy se colgó del brazo de Mozart y le susurró en el oído.

—Hagamos un trato, Wolfgang: escribid a vuestro padre pidiéndole que se ocupe de los pequeños y, si la respuesta es negativa, no hablaremos más de este asunto. ¿Lo haréis por mí? —preguntó rozándole la oreja con los labios.

—Sabéis que no os puedo negar nada, Nancy. Pero no os hagáis ilusiones. Mi padre es duro de pelar.

* * *

Leopold agitaba la carta de su hijo paseando enfadado de un lado a otro del salón en su casa de Salzburgo. Apenas lograba controlar la cólera que le invadía y acudió de nuevo a la terapia del papel. ¡El imbécil de Wolfgang! Mojó la pluma en el tintero y comenzó a redactar una carta para su hija:

Querida Nannerl:
He tenido que responder hoy a una carta de tu hermano, lo que me ha producido gran malestar. Puedes suponer que me he visto obligado a responderle de manera muy firme, pues me proponía, nada menos, que tener a sus dos hijos de pensión en mi casa, mientras que, hacia la mitad del carnaval, él emprendería un viaje a Inglaterra, pasando por Alemania. He rehusado enérgicamente y le he prometido darle explicaciones en un próximo correo. ¡Como si esta casa se hubiera convertido en una posada! Comprendo que eso les hubiera solucionado las cosas. ¡Se explica muy bien! Sólo tendrían que marchar tranquilos, podrían morir o establecerse en Inglaterra, y yo no tendría más remedio que correr detrás de ellos, con los chiquillos o con reclamaciones de dinero, ya que me propone una

indemnización por la pensión de los niños y la niñera. ¡Basta! Mis excusas son firmes y él debe solucionar sus problemas.

Leopold, 17 de noviembre de 1786

* * *

Viena, diciembre de 1786

Constanze comenzó a preocuparse. Aquella velada tenía un clima especial, distinto. Aquí ocurría algo más que otro escarceo de Wolfgang con la Storace —«gracias, dios mío, por hacer que se vaya a Inglaterra»—. En ese momento la Storace se levantó y apoyó una mano sobre el piano y lanzó una breve pero intensa mirada a Mozart. A una señal de éste, la pequeña orquesta comenzó a tocar y la voz de la soprano entonó cargada de emoción:

Ch'io mi scordi di te?
Che a lui mi doni puoi consigliarmi?
Ch'io possa struggermi ad altra face,
ad altr'oggetto donar gl'affetti miei,
come tentarlo?

¿Que yo te olvide?
¿Puedes aconsejarme que me entregue a él?
¿Que pueda yo encenderme en otra llama,
dar mis sentimientos a otro,
cómo intentarlo?

Una cascada de rizos rubios se derramaba por sus blancos hombros y sus transparentes ojos azules se posaban como una caricia sobre la hipnotizada mirada de Mozart, mientras su voz pulcra y nítida envolvía la atmósfera del salón penetrando los objetos, como si la vibración sonora les insuflara el aliento vital. Las manos de Mozart se deslizaban con ternura sobre el teclado y las notas del instrumento se elevaban fundiéndose con la melodía, enroscadas en el aire, en amante sociedad, hasta que el aria se apagó con una nota suspendida, casta e inaprehensible.

Los aplausos fueron tímidos, temerosos de romper el hechizo. Poco a poco los invitados fueron recuperando el habla y reanudaron sus conversaciones. Constanze luchaba entre su amor por la música y por su esposo y los celos que le punzaban el corazón al verle hechizado por la hermosa soprano. Tres embarazos no le habían ayudado a mantener su cuerpo lozano, mientras que aquella muchacha era como un capullo en plena eclosión. Aunque intentara engañarse, sabía que era inútil: por mucho que se repitiera que su marido era un artista con sus propios códigos de conducta, era consciente de las condiciones de vida del teatro, pues ella misma —debía confesarlo— amaba la libertad y las licencias de la farándula. Pero ella también tenía sus armas. No tenía la voz de su hermana Aloysia o de Nancy, ni tampoco su cuerpo, y hubo de entrenarse para poner en marcha otros mecanismos de seducción. Si algo superaba a la voz en la escala de valores de Wolfgang era la risa, una risa abierta y franca, infantil si se quiere: hacer reír a su esposo era su arma secreta, y estaba segura de que ni la más florida coloratura de cualquiera de aquellas cantantes podía competir con su humor siempre listo para la broma y la bufonada. Y en cuanto al cuerpo, sabía bien que los hombres no trabajaban sólo con la vista: había muchos trucos que una mujer podía emplear para mantener a un hombre junto a ella, siempre que estuviera dispuesta a disfrutar con cosas nuevas.

Cuando terminaron las interpretaciones sacaron unos dulces y unas copas de vino. Los invitados se fueron distribuyendo en pequeños grupos por los salones de la planta baja de aquel bello palacio, mientras la anfitriona, la condesa Thun, hacía lo posible por que todos se encontraran a gusto. Constanze se dio cuenta de que Wolfgang había desaparecido. Mientras buscaba con la mirada a la Storace, se le acercó Michael Kelly.

—Mi querida Constanze, voy a sufrir mucho sin veros. ¿Estáis seguros de que no podéis organizar las cosas para acompañarnos a Inglaterra? No podré sobrevivir mucho tiempo alejado de vuestro rostro.

—No seáis tonto, Michael, aunque os agradezco esas adulaciones que sé que no sentís. Pero escribidnos y contadnos vuestra experiencia en Londres. Quién sabe... quizá las cosas cambien y haya alguna posibilidad en el futuro.

A pesar del frío de la noche, Mozart y Nancy Storace habían abierto una de las hojas de las puertas acristaladas que daban paso a la amplia terraza trasera de la mansión. Apoyados sobre la balaustrada y mirando al jardín envuelto en sombras, mantenían un silencio emocionado.

—Anna Selina, jamás os olvidaré.

—Callad, Wolfgang, no habléis. Escuchad los sonidos de la noche y conservadlos en vuestro corazón. Cada semana, a esta misma hora, deteneos unos minutos a escucharlos y ahí estaré yo, a vuestro lado.

—Os escribiré.

—Esto no es una despedida, Wolfgang. Nos instalaremos en Londres y cuando esté todo organizado os llamaremos. Estoy segura de que la vida allí nos traerá nuevas posibilidades.

Permanecieron quietos unos instantes, sin atreverse a moverse para no romper el hechizo de la noche, hasta que una nube oscura ocultó la amable cara de la luna.

Capítulo
7

Villa Bertramka

Camino de Praga, septiembre de 1787

La cosecha había sido recogida hacía tiempo y los colores habían mudado del pardo al gris. El agua de las primeras lluvias del otoño formaba grandes charcos que salpicaban al paso del carruaje de cuatro caballos y que pronto, convertidos en trampas de lodo, dificultarían el tránsito de carros y bestias haciendo del viaje una empresa de valientes. El cielo se oscurecía con rapidez al cubrirse de densos nubarrones y la brisa de la tarde se convirtió en molestas ráfagas de viento que obligaron al cochero a subirse el cuello de su raída casaca de lana. Mientras el coche subía hacia Znaim por la carretera, Mozart tarareaba y marcaba el compás con el pie mientras su mirada se perdía absorta en el paisaje.

—¡Wolfgang! ¿No podrías dejar de canturrear, por favor? ¿No hemos tenido suficiente Storace para mucho tiempo? —se quejó Constanze.

Mozart interrumpió sobresaltado su ensoñación y hubo de sujetarse el sombrero que se deslizaba torcido sobre su cabellera al incorporarse en su asiento. Su vista se posó con una mezcla de enojo y compasión sobre su mujer, cuya figura reflejaba las curvas de un nuevo embarazo ya avanzado. El rostro de Constanze, cansado por el ajetreo del viaje, se superponía al recuerdo de Nancy. *Ch'io mi scordi di te...* Podía oír el llanto del piano acompañando a su dulce voz. Habían pasado nueve meses desde su partida, pero ¿cómo mientras viviera iba a ser capaz de olvidar a aquella mujer?

La pizpireta muchacha había traído un soplo de aire fresco a su vida y la compañía de los alegres irlandeses casi habían dado al traste con su matrimonio y con su economía familiar. Las largas partidas de billar y las apuestas regadas con abundante ponche apenas dejaban sitio para componer y mucho menos para una vida marital que, aunque llena de cariño, iba poco a poco perdiendo la pasión del principio.

Lo que no podía entender era el efímero éxito de *Las bodas de Fígaro* en Viena. ¡Sólo nueve representaciones! No importaba que algunos la consideraran demasiado novedosa para el público vienés. Afortunadamente, las representaciones en Praga habían sido apoteósicas y habían provocado una invitación de Bondini para dirigir la obra en persona. Aún vivía en un sueño al recordar el baño de multitudes que recibió a orillas del Moldava y cómo aquel éxito le había puesto en bandeja el encargo de una nueva obra para representar aquel otoño. Por eso les acompañaba en el viaje su libretista Da Ponte, un excelente compañero con quien tenía ya muy avanzada la composición de *Don Giovanni*.

Habían salido pronto, hacia las ocho de la mañana, y tardarían tres días en llegar a Praga, después de veintiuna postas. Había que atravesar las enormes fincas solariegas del valle del Danubio, después la ciudad comercial de Stockerau y el castillo de los príncipes de Colloredo-Mansfeld en Siendorf, para llegar a Göllersdorf, dominio de los condes de Schönborn. Luego verían los viñedos de Retz, ya preparados para su sueño invernal, y llegarían a Znaim, con el viejo castillo de los margraves de Moravia. Después de otras cuatro postas, entrarían en Bohemia, y la carretera descendería suavemente a través de bosques y campos hasta Deutsch-Brod y la antigua ciudad mercado de Caslau. A partir de entonces el alemán era desplazado por el checo.

Entonces lo oyó en su interior, ocupando su mente como si de la bóveda de una catedral se tratase. El acorde de entrada en mi bemol mayor vibraba majestuoso, largo, profundo, prometedor, seguido de un aviso en do menor, con la orquesta al completo. Al poco, un tema fugado de las cuerdas juguetonas al que se iban uniendo el resto de los instrumentos creciendo hasta el forte. Cerramos. Silencio, cambio de estrategia. Tempo lento, adagio, con una pauta de tres acordes en si bemol repetidos tres veces.

A los Hermanos les gustaría, sin duda. Y para los que supieran escuchar, esos aldabonazos estarían cargados de significado.

Movía la cabeza y marcaba el ritmo dando golpecitos con los dedos sobre su rodilla derecha, por encima del estruendo de los caballos y de la rodadura del carruaje. La mirada se perdía de nuevo por las ondulantes colinas y el balanceo del camino se acompasaba con los temas que se perfilaban en su cabeza. Sin embargo, no lograba avanzar tanto como le hubiera gustado. El libreto continuaba retrasándose y no tenía más que lo poco que habían decidido rescatar de *Thamos* para empezar. Lo único que había podido hacer era almacenar ideas en su cerebro y en algunos apuntes desordenados que llevaba Constanze en su carpeta de música. Así no había forma de progresar y todo aquello amenazaba con dar al traste con el proyecto. Otra cosa muy distinta era *Don Giovanni*: la historia era conocida, los personajes bien trazados y el texto no estaba mal. Además Da Ponte estaba presto a incluir las modificaciones que él le pedía, siempre que consiguiera mantener su miembro encerrado en sus calzones y su cabeza razonablemente sobria. Eso sí: su *Don Giovanni* iba a ser muy distinto a sus predecesores.

Al cuarto día el coche cruzó la puerta nueva y siguió por el antiguo foso que separaba la ciudad nueva de la vieja hasta encontrar la casa de Los Tres Leones Dorados, una agradable residencia de dos plantas en la esquina del mercado del carbón en la que ya se habían alojado en su anterior estancia y que era propiedad de sus amigos los Dušek. Da Ponte se instaló en el hotel Plattensee, apenas a unos metros de los Mozart. Esto le permitiría tener un cierto control sobre las actividades del poeta y así respetar los apretados plazos que tenía para terminar la composición.

* * *

Se había levantado como de costumbre en sus días de mayor inspiración, cuando se sentía seguro, con la obra completa en la cabeza, y le bastaba con tener pluma y papel pautado a su alcance para escribir con soltura y sin errores las líneas de cada instrumento que, combinadas de forma matemática y admirable, compondrían la más sublime música jamás escuchada. Los acordes de la tonalidad principal de *Don Giovanni* invadían su mente e impregnaban cada uno de los motivos que desarrollaban los distintos personajes. Dar forma a todo aquello, casarlo con los versos de Da Ponte, transmitirlo al papel, hacérselo comprender a los intérpretes... todo aquello conformaba el absoluto gozo de la creación, la fuerza de la vida que latía en cada uno de sus pensamientos, la seguridad de estar trascendiendo la vulgar vida cotidiana y estableciendo una conexión con el infinito, siempre en el inestable y difuso borde que separa el justo canon de la provocación heterodoxa.

Sus pasos ligeros y el suave balanceo de sus brazos marcaban el dulce compás de *La ci darem la mano* mientras le transportaban casi imperceptiblemente hacia el Teatro Nacional del Conde Nostitz, la magnífica sede del estreno praguense de *Las bodas de Fígaro,* donde tenían lugar los ensayos de *Don Giovanni.* Al contemplar la verde fachada neoclásica del hermoso edificio, vinieron a su memoria los momentos de gloria vividos, con el público a sus pies coreando su nombre y tarareando a la luz de cientos de candelas las melodías que habían hecho de *Fígaro* el mayor éxito musical en la historia de la capital de Bohemia.

—*Dobrý den*, herr Mozart —le saludó el portero—. Os esperan ya en el escenario.

—Veo que han madrugado. ¿Están también todas las chicas?

—Todas, señor, la Saporiti, la Micelli y hasta la mujer del jefe —contestó el portero mientras le conducía al interior del teatro.

—¿Por fin la Bondini hará de Zerlina?

—Sí, señor, así lo ha querido Guardasoni. Todos están esperando ansiosos. Os aseguro que desde que se inauguró el teatro hace cuatro años no hemos tenido una expectación como ésta. Lo estamos viviendo todos como algo muy grande.

En ese momento se acercó Bondini, el director de la compañía teatral, abriendo sus brazos en una profunda reverencia.

—Querido maestro, bienvenido de nuevo a Praga. Es un extraordinario honor para nosotros poder representar esta nueva y maravillosa obra. Hemos comenzado por nuestra cuenta a preparar algunos números para ir ganando tiempo. Necesitamos que la obra se estrene el día 14 y ya estamos muy retrasados.

—Mucho deberíais haber avanzado para que estuviéramos listos el 14 —replicó Mozart—. Ciertamente no me puedo comprometer a ello antes de ver cómo estamos.

—También nos falta aún algún número y la obertura, maestro.

—Cierto, pero veamos primero a los cantantes.

Entraron en el patio de butacas donde las sillas descolocadas parecían anticipar el desorden de aquellos ensayos. Se acercaron a la compañía de actores que se encontraba expectante en el escenario.

—Señoras y señores. Casi todos conocéis ya al maestro Mozart —dijo Bondini—. Demostradle, por favor, lo que sois capaces de hacer con su música. Comenzaremos por Don Octavio y Doña Ana, recitativo *accompagnato* y aria número 10, por favor.

Tras el poderoso acorde de entrada de la orquesta, recitó la voz de Teresa Saporiti, *Don Ottavio, son morta!* El diálogo continuaba con un crescendo dramático en el que Doña Ana cuenta a Don Octavio el acoso al que le somete Don Giovanni:

Tacito a me s'appressa
E mi vuole abbracciar; scioglermi cerco
E più mi stringe; grido:...

Callado se acerca a mí,
y me quiere abrazar; intento liberarme
y él me aprieta aún más; grito:...

—Pero ¿cómo que «grido»? GRIIIIIIDOO —interrumpió Mozart dando voces—. ¡Por favor, más pasión, que Don Giovanni se la come! Ella está atemorizada y al mismo tiempo intenta sacar fuerzas para ser valiente y luchar contra el acosador. Mantened la tensión. Continuad, por favor.

La compañía de actores intercambió miradas de preocupación. La Saporiti atacó el aria *Or sai chi l'onore* con la voz forzada por los nervios. Al acabar, Mozart ocultó la cabeza en el regazo, se mesó los cabellos y se dirigió a la cantante.

—Querida Teresa: habéis conseguido en sólo tres minutos hacer casi todo lo que no quiero que hagáis. Escuchadme, por favor. Lo de gritar era una broma para que sacarais la voz, pero hay que contenerla.

Tenéis que aguantar la nota adecuadamente con una buena *messa di voce*. Aumentad lentamente el volumen, sostenido, y luego disminuidlo con suavidad, manteniendo la nota. No os dejéis ir. Cantad con el corazón y el corazón os dará el *cantabile* que estoy buscando. ¿De acuerdo? Vamos con Don Octavio. ¿Podría ser *Il mio tesoro*?

Antonio Baglioni dio un paso al frente.

Il mio tesoro intanto
andate a consolar,
e del bel ciglio il pianto
cercate di asciugar...

A mi tesoro, en tanto,
id a consolar
y de sus bellos ojos el llanto
tratad de enjugar.

—¡No, no, no y no! ¿Qué es eso de fabricar las notas con el cuello? ¿De dónde os sale la voz? Anda-a-a-a-a-a-te, cerca-a-a-a-a-a-te... ¿Quién os ha dicho que en esas notas sostenidas hay corcheas? ¡La duración de la nota está en la partitura y nada de vibratos inexistentes! Mantened la vibración natural de la voz, que ya vibra sola sin necesidad de que la forcéis. A ver: quiero que me deis un la natural durante diez segundos. Adelante. —Baglioni obedeció presto—. Mucho mejor. Continuad, os lo ruego.

... Ditele che i suoi torti
a vendicar io vado:
che sol di stragi e morti
nunzio vogl'io tornar...

... Decidle que sus ofensas
voy a vengar:
y que sólo regresaré con el anuncio
de la destrucción y la muerte...

—¡Lo que faltaba! ¿No tenéis bastante con esos vibratos inventados que ahora seguís con esos *geschnittenen Nudeln*, esos *spaghetti* ridículos que no aparecen en ningún lado en la partitura? Ya he puesto suficientes pasajes para que os luzcáis sin añadir más amaneramientos. Con esos lagrimeos y besuqueos sólo lograréis engañar a los ineptos. Y el público de Praga no es así. Yo, al menos, prefiero soportar que un campesino se cague o se mee en mis mismas narices, que dejarme engatusar por esas noñerías de gorgoritos. Por favor, no me avergoncéis ante todos.

* * *

El silencio de la noche fue interrumpido por la alegre algarabía del cortejo de carruajes que atravesaba los campos en dirección a Villa Bertramka. La compañía de ópera en pleno y un amplio grupo de amigos del compositor y de sus anfitriones los Dušek se encaminaban a la mansión de estos últimos donde iban a celebrar el extraordinario éxito del estreno de *Don Giovanni*.

El tiempo helado y desapacible invitaba a refugiarse junto a la lumbre con una buena provisión de ponche caliente y música. La ruidosa comitiva, que ya se había calentado para el trayecto desde el centro con unas copas de vino aderezado con canela, subió la escalinata de acceso a la villa y se dispersó por los amplios salones de la planta baja entre risas y persecuciones. De cuando en cuando, alguna de las agudas voces de soprano destacaba sobre la algarabía general.

Un grupo se había congregado en el salón contiguo a la habitación que ocupaba la familia Mozart en sus estancias en Villa Bertramka, presidido por un magnífico piano Stein, orgullo de los Dušek, que se convertía en el centro de las reuniones. Wolfgang y Constanze se habían enzarzado en un divertido debate al que se sumó Giacomo Casanova, célebre aventurero y conquistador veneciano que, cansado de sus andanzas por media Europa, se había retirado a escribir sus memorias como bibliotecario de la familia Waldstein en Praga. También Da Ponte y don Álvaro quisieron intervenir, con lo que pronto se formó un corro alrededor de ellos que asistía entre risas y comentarios jocosos a una discusión acalorada ya por el alcohol.

—Las personas nobles no se casan siguiendo sus gustos, ni por amor, sino solamente por el interés —decía Mozart—. No sería propio de tan altas personas seguir amando a su esposa después de que han cumplido sus deberes y le han dado un heredero. Pero nosotros, pobres gentes del pueblo, estamos obligados a tomar una esposa a la que amemos y que nos ame.

Según hablaba se sentó al piano y entonó una cancioncilla: *Mann und Weib, und Weib und Mann, reichen an die Gottheit an.*

—Así que por amor alcanzamos la divinidad, ¿eh? —replicó Constanze con ironía—. ¿No habrías preferido una mujer rica?

—No tengo ninguna necesidad de una mujer rica. Nuestra riqueza termina con nosotros, pues la llevamos en nuestra cabeza... y ésta ningún hombre puede quitárnosla, a menos que nos la corte y, en ese caso, no tendríamos necesidad de nada.

Un coro de risas, palmadas y abucheos animó a los contendientes.

—Yo ni riqueza ni beldad, es la variedad lo que ansío —intervino don Álvaro—. Cuando alguna mujer ha querido algo más que una noche de amor, he huido de ella como de la peste, pues no temo nada salvo la monotonía del vínculo conyugal. Como dice un poeta de mi país:

—*¡Allí viene un matrimonio!*
—*¡Qué! ¿También eres profeta?*
—*No. Mas vienen separados;*
él como aburrido, ella
como displicente; hablan muy poco

y con gesto; y de estas señas,
que son marido y mujer
puede inferirlo cualquiera.

Nuevas risas recibieron la ocurrencia.

—Me sumo a la tesis del español. Pero ¿qué pasa con los que no somos de noble estirpe? Si el marido noble puede visitar otros nidos si se cansa del doméstico, ¿podemos también el resto de los mortales seguir el ejemplo de nuestros superiores, aun cuando nos casemos «por amor», como dice herr Mozart? —preguntó Da Ponte.

—Me temo que sobre ese extremo no puedo pronunciarme, vistas las circunstancias —contestó Mozart observando el rostro ceñudo de Constanze mientras los demás estallaban en carcajadas.

—¿Y vos, *signor* Casanova, qué opináis? Supongo que no tendréis dificultades para responder —preguntó Josefa Dušek.

—Yo no lo veo como cónyuge, pues, de algún modo, me hallo en el otro bando. Mi ocupación principal ha sido siempre cultivar el goce de mis sentidos; nunca he tenido otra más importante —afirmó Giacomo Casanova—. Como considero que he nacido para el bello sexo, lo he amado siempre y me he hecho amar por él cuanto he podido. Por eso nunca he tenido escrúpulos para engañar a los tontos, los granujas y, por supuesto, los maridos cuando me era preciso. Por lo que toca a las mujeres, se trata de engaños recíprocos que no entran en la cuenta, porque cuando el amor se mete por medio, es cosa común que los unos engañen a los otros. Por lo que a los tontos respecta, es cosa muy distinta. Me congratulo siempre de haber hecho caer en mis redes a alguno de ellos, porque son insolentes y presuntuosos, más allá de toda razón. Creo, en fin, que engañar a un tonto es una hazaña digna de un hombre de ingenio. En fin, como veis, en la vida y en el amor, es más la necedad que la virtud lo que impera.

—¿Y qué pensáis entonces de nuestro *Don Giovanni?* —inquirió Da Ponte.

—La música es extraordinaria y el libreto, digno de ella, salvo el final, que es lo más ridículo que he visto jamás —respondió Giacomo Casanova señalando a Luigi Bassi, el tenor que encarnaba a Don Giovanni—. Siempre con esa moralina absurda de castigar al pecador. Bien está que vaya a los infiernos, pues seguramente no se estará mal tan calentito, mientras aquí nos helamos de frío.

En ese momento todos comenzaron entonar la cancioncilla del final:

> *E resti dunque quel bribon*
> *con Proserpina e Pluton.*
> *E noi tutti, o buona gente,*
> *ripetiam allegramente*
> *l'antichissima canzon:*
> *Questo è il fin di chi fa mal!*
> *E de' perfidi la morte*
> *Alla vita è sempre ugual!*

Que se quede pues ese bribón
con Proserpina y Plutón.
Y todos nosotros, oh buena gente,
repitamos alegremente
la antiquísima canción:
¡Éste es el fin de quien hace mal!
¡La muerte de los pérfidos
a la vida es siempre igual!

Todos rieron ante el enfado de Casanova, quien pronto encajó la burla abriendo el turno de los brindis.

—Ahora quiero alzar mi copa por la maravillosa Josefa y su paciente marido, que gentilmente nos acogen. —Todos aplaudieron y bebieron un trago de ponche.

—¡Y un brindis por Constanze, que mantuvo a Wolfgang despierto durante toda la noche para que pudiera componer la obertura antes de ayer! —exclamó Josefa Dušek.

—¡Es cierto! —replicó Mozart—. Me estuvo contando la lámpara de Aladino, la Cenicienta y no sé cuántas historias más, todo bien regado de ponche.

—Le dejé dormir un par de horas pero tuve que despertarle a las cinco, porque a las siete venía el copista —apuntó Constanze—. Deberíais haber visto su cara al llegar y recoger la partitura con la tinta aún húmeda. Suerte que Wolfgang parece haber nacido de pie, porque la orquesta pudo interpretarla a primera vista sin mayor problema.

Todos alzaron sus copas y bebieron con alegría entre fuertes carcajadas. Haydn tomó la palabra.

—No quisiera ponerme demasiado trascendente, pero he de decir algo porque, si no lo suelto, reviento. —Elevó su copa, clavó sus ojos en Mozart y comenzó a hablar con voz solemne tras un breve carraspeo—. Si pudiera grabar en el ánimo de todo amante de la música, pero sobre todo en el ánimo de los poderosos de esta tierra, los inimitables trabajos de Mozart, hacer que los escuchen con la misma emoción que yo lo hago, ¡por dios, que las naciones rivalizarían para tener esta joya entre ellas! Amigos míos: Praga, particularmente, debe esforzarse en no dejarle escapar, conservándole como se merece. La vida de los grandes genios se ve con frecuencia entristecida por la indiferente ingratitud de sus admiradores. Me sorprende que Mozart, este ser único, no esté todavía en una corte imperial o real. Perdonadme si desvarío: ¡quiero demasiado a ese hombre! —Estalló en sollozos entre los aplausos de todos y se fundió en un fuerte abrazo con Wolfgang bajo la mirada emocionada de Constanze.

—Por favor, por favor, silencio —reclamó Bondini—. He de coger el testigo que me ofrece el maestro Haydn. Gracias a Mozart esperamos poner en orden las finanzas de la compañía. Esto significará que pronto podréis cobrar todos los atrasos —un grito jubiloso y unánime de los cantantes interrumpió sus palabras—. Y desde ya mismo quiero pedirle al maestro que, cuanto antes, vaya preparando una nueva obra para la próxima temporada, ya que el propio Haydn tiene concedida la exclusiva a su querido Esterhazy —dijo con ironía.

—Me temo que eso no va a ser posible, por lo menos de momento —respondió Mozart—. No voy a poder disponer de tiempo para ello hasta terminar con otros compromisos.

Constanze se volvió hacia su marido, sorprendida por el anuncio, aunque no llegó a abrir la boca ante la muda súplica de Wolfgang.

—¡Bien, amigos! No hace falta ponerse tan trascendentes. Ocasiones habrá para que disfrutemos de la música del maestro, sin que tengamos que competir por sus afectos —terció Casanova—. ¡Que continúe la fiesta!

* * *

«Un viaje no es una broma. No has comprendido todavía que hay que tener la cabeza en otros pensamientos que no sean chanzas de locos. Hay que estar atentos a prevenir mil cosas distintas; de lo contrario, se cae en el desastre sin dinero; y cuando no hay dinero, vemos que no tenemos ningún amigo». «Pero, padre, sabéis que tengo centenares de amigos que me quieren y me apoyan». «¡Bah! Los tienes hasta que les pides dinero. Entonces todas las bromas cesan, y los rostros que eran risueños se tornan inmediatamente en serios». «Pero los Dušek son gente fantástica, que se portan muy bien conmigo». «No te reprocho que quieras agradecer a la familia Dušek sus deferencias para contigo, componiendo piezas por amistad; al contrario, haces bien, pero podías también dedicar algunos momentos durante las noches a escribir a tu padre y pedirme consejo en todo lo que te concierna». Mozart siguió dando vueltas en la cama angustiado. «Padre, ¿dónde puedo escribiros? ¡Me habéis abandonado! Desde el momento en que supe que estabais gravemente enfermo, esperaba noticias vuestras menos alarmantes. Pero las noticias fueron funestas. Aunque la muerte es el verdadero término de nuestra vida, y no debiera ser algo terrorífico, sino sosegado y consolador, me siento huérfano, padre. Mi deseo es poder, tan pronto como sea humanamente posible, encontrarme en vuestros brazos». «Wolfgang, hijo mío, el mayor bien que puedes hacerme es poner orden en tu vida. Prométeme que reflexionarás sobre todo esto; pues seguro que, finalmente, ¿sobre quién recaerán todas tus zozobras? Sobre tu pobre y viejo padre». «Padre, por favor, ¡no me abandonéis!». La voz de Leopold se apagó y sólo quedó un silencio negro.

* * *

Un tímido rayo de sol asomó entre el cortinaje. La franja de luz dio de lleno sobre el rostro de Mozart y le obligó a abrir un ojo. Se incorporó con cuidado y consultó el reloj que había dejado sobre la mesilla. Eran ya las ocho y seguro que los Dušek estaban a punto de comenzar el desayuno.

—¿Has dormido bien, cariño? —preguntó Wolfgang mientras acariciaba un rizo de Constanze—. Debemos apresurarnos. El desayuno debe de estar listo y nos estarán esperando.

—Déjame un poco más, necesito dormir. Discúlpame con Josefa, por favor.

Mozart se encaminó a la ventana y apartó las cortinas deseoso de absorber el sol de la mañana, que luchaba por abrirse camino entre un mar de nubes amenazadoras. Dejó deslizar su vista por los viñedos que rodeaban la finca. La vendimia había terminado hacía poco y las cuadrillas que alborotaban la propiedad durante la faena habían dejado paso a una tranquilidad otoñal que invadía nostálgicamente por igual a habitantes y visitantes de Villa Bertramka. Mozart atravesó la estancia y dirigió sus pasos al salón, donde esperaban sus anfitriones para iniciar la colación de la mañana.

El matrimonio Dušek estaba sentado a la mesa en torno a la cual se movía una criada que servía el desayuno.

—¡Buenos días! —saludó Mozart de buen humor.

—¡Buenos días! ¿Habéis descansado bien? —respondió Josefa, mientras František-Xaver Dušek asomaba con una leve inclinación de cabeza por encima del ejemplar del *Oberpostzeitung* que estaba leyendo.

—A veces no duermo bien, pero prefiero conjurar las obsesiones de la noche madrugando y plantando la cara al día. Constanze está muy cansada. Me ha pedido que la disculpe y que empecemos sin ella. Necesita reposo en su estado —dijo Mozart tomando asiento junto a František-Xaver y preparándose a atacar una tostada de queso Liptauer.

—Sentaos, Wolfgang, por favor —dijo Dušek—. Escuchad lo que dice el periódico:

El lunes 29 de octubre fue representada, por la compañía de ópera italiana de Praga, la ópera impacientemente esperada del maestro Mozart Don Giovanni o El convidado de piedra. *Aficionados y artistas dicen que nunca nada parecido fue representado en Praga. El propio señor Mozart dirigía la orquesta y, cuando apareció, fue saludado con una triple aclamación. La ópera es por lo demás extremadamente difícil, y todo el mundo admira también la excelente representación después de tan poco estudio. Todo, teatro y orquesta, ha puesto su mayor esfuerzo en recompensar a Mozart con una bella ejecución. Los numerosos coros y los decorados han exigido grandes gastos. El señor Guardasoni ha montado todo ello muy brillantemente.*

—Muy halagador, pero me preocupa que lo único que dice de mi música es que es difícil. Dedica más palabras a la riqueza de los decorados y al coste para el productor que a los méritos de la obra, si es que existen.

—Paciencia, Wolfgang. Tampoco podéis pretender que un gacetillero de provincias entienda cabalmente *Don Giovanni* —terció Josefa—. No estamos en Viena, donde la mayor parte del público tiene una amplia formación musical.

—No creáis, Josefa. Sois demasiado optimista. Hasta el emperador, que es capaz de leer una partitura, aunque sea a trompicones, tiene de vez en cuando unas salidas que me dejan confuso y desmoralizado. ¿Recordáis cuando el cretino de él decía de mi *Rapto* que «tenía demasiadas notas»?

—Es cierto, querido, pero sobre eso poco puede hacerse. Lo que sí os puedo asegurar, y vos mismo habéis podido verlo personalmente, es que aquí todo el mundo os quiere y os aprecia. ¿Por qué no os lo pensáis y aceptáis la propuesta de Bondini? —preguntó la Dušek.

—No puedo, de verdad, amigos. Estoy muy tentado de hacerlo pero he de volver a Viena dentro de unos días. Tengo asuntos pendientes que no puedo eludir y que tampoco puedo explicaros. En su momento lo sabréis, os lo prometo. Pero no puedo deciros nada más.

—¡Cuánto misterio! ¿No nos estaréis ocultando algún nuevo romance? —inquirió guasona Josefa.

—Os aseguro que no, querida. Ya estoy escarmentado de ciertas historias. Se trata de un asunto importante que no admite mayor demora.

—Pero esta vez no os iréis sin haber compuesto esa aria que tantas veces os he pedido. Si no me hacéis caso, tendré que tomar medidas más drásticas —amenazó Josefa Dušek.

—¿Sí? ¿Como cuál? —rió Mozart.

—Veo que todavía no conocéis suficiente lo que soy capaz de hacer. No os arriesguéis —contestó ella alzando un dedo amenazante.

—Si de algo os sirve mi experiencia, Wolfgang, os sugiero que no la provoquéis —apoyó su marido.

—Está bien, está bien. Dadme dos días. Pero con una condición: que la cantéis a primera vista delante de vuestros invitados —dijo Mozart.

—De acuerdo: si la juzgo digna de mí, así lo haré.

—Lo que sí puedo aseguraros es que será digna de mí —respondió Mozart—. Sobre la altura de vuestra propia dignidad no puedo pronunciarme, pues deberéis ser vos quien la establezca.

—Estáis juguetón esta mañana, maestro. Así lo haremos. Tenéis dos días.

* * *

Echó a rodar la bola blanca distraídamente con la cabeza apoyada sobre el tapete verde, como para oír la vibración que producía la bola al rodar y golpear en el borde de la mesa, iniciando una nueva trayectoria en colisión sucesiva con las otras dos. Intuía que el secreto de la carambola perfecta tendría necesariamente que ver con aquellos cambios de vibraciones producidos por el entrechocar de la madera del taco, el nácar de las bolas y el mullido borde revestido de la mesa. En su mente el tapete se convertía en una alfombra pautada sobre la que se deslizaban las notas en un suave zigzag al rebotar contra las líneas superior e inferior del pentagrama. La armonía de la música era algo así como la propia armonía de la carambola, fruto combinado de la capacidad de idearla y la pericia del jugador al ejecutarla, sin olvidar el azar o lo imprevisto, que podía hacer de un gran proyecto de carambola el más absoluto de los fracasos.

Era hora de pasar esos temas al papel, aunque no tenía un día especialmente inspirado. Cuando no conseguía que la música se le apareciera al completo en todos sus detalles, anotaba en el cuaderno las ideas valiosas, que luego podría desarrollar en momentos más productivos. Así por lo menos tenía la sensación de no haber perdido el tiempo, precisamente en un momento en el que se le amontonaba el trabajo. Anhelaba la composición y por eso agradecía los encargos que le permitían prescindir de otros ingresos, sobre todo de sus alumnos, que eran una carga insoportable, casi todos mediocres y desagradecidos. Tener demasiados clientes era la segunda peor cosa que le podía pasar, justo después de tener demasiados pocos.

Cruzó la estancia y tomó asiento ante el escritorio. Sobre él, las vigas de madera lucían una exuberante decoración de parras cuajadas de uvas y ramas de peral repletas de frutos maduros. Las plantas se enroscaban cubriendo con sus intrincadas revueltas las vetas de la madera y llenaban de colorido la estancia. Estaba entretenido contando las peras de la viga más cercana a la pared, cuando sonaron unos discretos golpes en la puerta que le obligaron a esconder rápidamente la partitura en la que estaba trabajando.

—¡Adelante! —respondió Mozart.

Se abrió la puerta y asomó la rubia cabeza de Josefa Dušek en el umbral. En cuatro pasos rápidos cruzó la estancia y se detuvo junto a Mozart con las manos apoyadas en las caderas.

—Me había jurado a mí misma que no iba a interrumpiros, Wolfgang, pero conociendo vuestra tendencia a dejaros llevar por la pereza, he pensado acercarme para observar vuestros progresos con mi aria. Estoy empezando a ponerme nerviosa: aún no he fijado la fecha para esa velada que tenemos pendiente y ya mis amigos me reclaman un poquito de previsión. Por muy provincianos que os parezcamos, tenemos una intensa vida social y tenemos que planificarnos un poco. ¿Puedo...? —preguntó alargando la mano como queriendo hacerse con la partitura.

—Va muy bien, Josefa, ya sabéis que trabajo rápido —contestó Mozart al tiempo que clavaba su mirada en las vigas del techo—. He pensado en un texto que he encontrado en vuestra biblioteca y que me parece muy adecuado para vuestras cualidades. Es una escena dramática de un héroe moribundo que se despide de su amada y pide ser vengado. Comienza así —y entonó—: *Bella mia fiamma...*

—A ver, dejadme ver la partitura —pidió la Dušek.

Mozart cogió algunas hojas que permanecían sobre la mesa y las apretó contra su pecho.

—¡Ni hablar! Quedamos en que la cantaríais *a prima vista,* así que no debéis hacer trampa —se defendió Mozart.

En ese momento, una de las hojas se escapó de entre sus manos y se deslizó suavemente por el suelo hasta los pies de Josefa Dušek. Ella se inclinó y recogió el papel del suelo, volviéndolo por delante y por detrás para comprobar que no había nada escrito sobre él.

—¡Lo que yo sospechaba! —exclamó—. Mucho hablar y poco escribir. Querido Wolfgang, os lo había advertido: voy a tener que adoptar medidas más drásticas.

—Os aseguro que todo está aquí —se defendió Mozart poniéndose el dedo índice en la sien—. No tengo más que escribir lo que ya tengo compuesto en mi cabeza.

—Muy bien. En ese caso será mucho más sencillo. Por favor, coged papel, plumas, tinta y vuestro orinal y seguidme de inmediato.

Mozart aceptó su derrota y siguió a Josefa fuera de la estancia. Salieron por la puerta principal y se adentraron en el jardín, dirigiéndose hacia un montículo en el que se erguía un pequeño pabellón. Josefa sacó una gruesa llave de entre los pliegues de su vestido y la levantó amenazadora agitándola frente al rostro de Mozart.

—Aquí permaneceréis encerrado hasta que esté lista mi aria. Unas pocas horas serán suficientes para transcribir lo que tenéis en la cabeza, si es verdad lo que decís. De todas formas, para que no desfallezcáis en el intento, diré a la cocinera que os acerque un poco de pan, queso y vino rebajado. Y os anuncio que la invitación saldrá hoy mismo para que pasado mañana celebremos un pequeño concierto en el que cantaré mi aria. Pensad si os apetece tocar al piano —os mataré si no lo hacéis— y llamaré también a unos amigos para formar un cuarteto. No saldréis de ahí si no es con mi aria, querido —exclamó Josefa entre risas al tiempo que cerraba con llave la puerta del pabellón.

* * *

Don Álvaro entró despacio en el estudio contiguo a la habitación que ocupaba el matrimonio Mozart. En un rincón, el piano servía de banco de trabajo al compositor, compitiendo como fuente de inspiración con la hermosa mesa de billar que ocupaba el centro de la sala. Apoyadas sobre todas las superficies horizontales posibles había hojas de partituras con fragmentos diversos y el catálogo rosa de Mozart yacía abandonado sobre la tapa del piano. Eso fue lo primero que inspeccionó don Álvaro.

Tras constatar que, aparte de las últimas composiciones del maestro que él ya había podido conocer, no había evidencia de ninguna nueva entrada en el catálogo, continuó la búsqueda. Zizendorf había sido muy claro: debía encontrar la partitura de la nueva ópera en la que Mozart estaba trabajando y llevársela. Si no fuera posible hacerse con ella sin ser descubierto, debía destruirla u obstaculizar el trabajo de Mozart de cualquier forma imaginable para que no terminara el encargo.

Le llevó unos minutos recorrer los borradores y piezas dispersadas por la habitación, pero no le pareció que nada de aquello pudiera ser la nueva ópera. La pista clave era el idioma: descartada la música instrumental, toda la música vocal que pudo ver estaba en italiano, y la lengua de la nueva ópera era el alemán. Irritado por la infructuosa búsqueda, se detuvo unos instantes a reflexionar: ¿dónde ocultaría él una partitura en aquel salón?

Examinó el interior del piano y del escritorio en busca de algún compartimento secreto. Allí no había nada. Los espesos cortinajes no ocultaban nada inusual. El interior de la chimenea tampoco parecía un buen sitio. Recorrió despacio la tarima del suelo para ver si alguna tabla suelta o mal encajada revelaba la existencia de un escondrijo. Sin éxito. Se puso con los brazos en jarra con el pie golpeando nerviosamente en el suelo. Levantó la vista y una idea cruzó su cabeza.

El techo de la habitación formaba un artesonado bellamente decorado con dibujos de plantas y frutas sobre la madera desnuda. Aparentaba ser bastante antiguo y las juntas entre las tablas parecían holgadas. Acercó una silla y, subido sobre ella, alcanzó a tocarlo.

Unos golpes secos con los nudillos le confirmaron que entre el techo de madera y el piso superior debía haber una cámara hueca. Unas tablas que se pudieran levantar o un mecanismo debidamente camuflado en aquella decoración sería el escondite perfecto para un libro o una partitura.

—¡Don Álvaro! ¿Qué hacéis ahí subido?

La voz de Constanze estuvo a punto de hacerle caer de la silla.

—Esto... eh... estaba mirando de cerca este bello artesonado. La decoración es realmente fascinante.

—Pues sí que habéis bebido, querido. Jamás pensé que unas frutas pintadas pudieran atraer tanto la curiosidad de un hombre.

—Sólo si son frutas prohibidas —respondió don Álvaro bajando de la silla.

—Ah, ¿sí? ¿Y cómo se sabe si unas frutas en concreto son prohibidas o no? —preguntó coqueta Constanze.

—La única forma de saberlo con certeza es probándolas —insinuó don Álvaro acercándose a Constanze—. La frontera entre la virtud y el pecado es muy tenue y no siempre se sabe de qué lado está uno hasta que se cruza la línea. Y cuando la hemos cruzado y hemos probado el sabor del fruto prohibido, ya no queremos comer otra cosa. Es lo que tiene el pecado, que cuanto más lo probamos más nos gusta.

—Verdaderamente sois incorregible, don Álvaro. Aun sorprendiéndoos en mis aposentos y con mi marido a escasos metros sois capaz de intentar embaucarme con vuestro seductor discurso —le regañó Constanze mientras cerraba el escote de su salto de cama.

Algo en su voz y en su mirada animó a don Álvaro a acercarse un poco más.

—Querida Constanze, sois una maravillosa mujer y vuestros ojos me tienen hechizado desde que os vi. Vuestro esposo es un gran músico, pero también un verdadero imbécil. No sabe el tesoro que tiene en casa. Si vos quisierais, querida mía...

—No sigáis, por favor —le interrumpió Constanze cerrándole los labios con sus dedos.

Don Álvaro aprovechó para tomar su mano entre las suyas y la besó con suavidad. Ella la retiró azorada y salió corriendo temblorosa de la habitación con los ojos húmedos de lágrimas.

8

La respuesta de Mozart

Viena, noviembre de 2006

Escribir una carta a Mozart pidiéndole que compusiera una ópera era una de esas cosas absurdas que uno hace impulsado por un extraño resorte interno. Afortunadamente, rara vez tenemos que rendir cuenta de esos arranques espontáneos, a menos que cometamos el error —que yo evidentemente cometí— de contarle a alguien una de esas cosas que siempre deberían quedar en la intimidad de la propia conciencia.

Ésta es la alambicada forma que se me ocurre para explicar algo que realmente dio un giro extraordinario a la situación, y que no fue otra cosa que contarle a Brenda lo de la carta que envié a Mozart. Al principio se quedó estupefacta. No me extrañó, porque visto con un poco de calma, habría que rebuscar en un manual de psicología patológica para averiguar qué extraño trastorno mental me había llevado a creer que podría comunicarme con alguien en sentido contrario a la flecha del tiempo, como si fuera reversible lo único que, por sí mismo y por definición, consiste en la acumulación sucesiva e inalterable de acontecimientos. Yo, de todas formas, no las tenía todas conmigo: estaba harto de ver que a menudo la realidad superaba a la ficción, y tan extraordinario me parecía recibir yo una carta de Mozart como que él recibiera una mía. Además de ser un entretenimiento inofensivo, para mí era una pequeña redención. Todos los que alguna vez hemos sentido asomar una lágrima de emoción al oír su música hemos soñado con cuidar de esa persona que nos es tan querida, tratar de que no le faltara nada, que pudiera componer a su libre albedrío y, sobre todo, que nos permitiera agradecerle tantos momentos de exaltación y gloria vividos gracias a él. La última vez que había sentido aquello había sido en la oficina, en plena discusión con uno de mis famosos clientes japoneses. Tenía puesto en mi ordenador un CD y comenzó a sonar el adagio de un divertimento en fa. Las notas del violín se enroscaron en mi garganta hasta formar un nudo emocionado que me impidió seguir discutiendo. Mandé un correo electrónico al encrespado nipón disculpándome, acompañado de las mejores entradas que tenía disponibles.

Sacar a Mozart de la pobreza encargándole una nueva ópera y, si lográbamos superar de nuevo la barrera del tiempo, hacerle llegar aunque sólo fuera una minúscula parte de los derechos de autor que esa nueva obra generaría en un mundo hambriento de cualquier descubrimiento relacionado con el maestro era, sí, una idea disparatada, pero a la vez atractiva, algo quijotesco que logró de una forma misteriosa establecer un vínculo muy especial entre Brenda y yo. Porque ahora era mi turno para estar alucinado: a los pocos minutos de exponerle mi desatinada iniciativa, Brenda la acogió con entusiasmo y me hizo creer con su incondicional impulso que todo era posible. A partir de ese momento fuimos arrastrados por una cadena de acontecimientos que se sucedieron casi sin que nosotros tuviéramos que decidir nada. Ahora que conozco el resultado, estoy en disposición de captar las causalidades que los conectaron y la mano que, sin que fuéramos conscientes de ello, nos llevó a un desenlace que parecía predestinado para nosotros y del que ni siquiera aquella mano actuante tenía la más mínima sospecha.

* * *

Buscar la ópera secreta de Mozart. La teoría estaba ahí, los datos nos habían llevado a los primeros meses de 1786, pero estábamos bloqueados. Meros indicios circunstanciales y altamente especulativos nos habían permitido conectar la carta de Mozart con algunos hechos conocidos de su vida, pero no teníamos nada más. ¿Por dónde empezar a buscar?

Una posibilidad era seguir el método que habíamos empleado hasta entonces: repasar en profundidad la biografía de Mozart con la esperanza de hallar nuevas pistas. Particular atención habría que prestar a los lugares donde estuvo, los edificios que aún permanecían en pie y en los que se tuviera constancia de que había estado físicamente en ellos, por si alguna evidencia hubiera podido sobrevivir al paso del tiempo.

Mis días de permiso estaban finalizando y debía reincorporarme a mi trabajo. El ritmo de investigación no podía seguir como hasta entonces y decidimos que Brenda continuara la búsqueda mientras yo volvía a la oficina. En unos días nos reencontraríamos a ver si teníamos algún nuevo hilo del que tirar.

La vida continuó y sin embargo la cantilena del tranvía ya no resonaba en mis oídos como el oráculo del tedio. Me sentía imbuido de una nueva y vigorosa energía que me hacía ver con optimismo hasta los más insulsos objetos que antes encarnaban simplemente el aburrimiento y la monotonía. Así entré en el *call center,* y las voces de las operadoras me saludaban con un feliz *Grüss Gott!* cuando apenas hacía unos días me parecían un coro de gallinas descoordinadas. No sabía si aquello era felicidad y no quería siquiera pararme a pensar en ello por miedo a que ese frágil estado de ánimo se desvaneciera antes de cuajar.

Subí los escalones de tres en tres y Peter volvió la cabeza sorprendido al verme entrar en el despacho como un torbellino.

—¡Caramba! Parece que te han sentado bien las vacaciones. ¡Tú has ligado! —me dijo apuntándome con un dedo acusador.

Me defendí con confusas excusas mientras me quitaba el abrigo y me acercaba a la máquina de café. Peter se había quedado mirándome con su media sonrisa.

—¡Es verdad que has ligado! ¡Has cogido té de grosellas y una pastita de mantequilla! ¿Dónde está tu café triple sin azúcar?

En mi atolondramiento tropecé con la moqueta y la taza de té de grosellas se derramó sobre mi mesa tiñendo de rojo los papeles acumulados durante mi ausencia.

—¡Mierda!

—¡Éste sí es mi Paul! ¡Bienvenido al mundo real! —exclamó Peter riendo a carcajadas al verme apurado con un rollo de papel intentando poner remedio en aquel caos—. Por cierto, por ahí debe de estar otra de esas cartas misteriosas de propaganda que llegó para ti esta misma mañana. Es la primera en la bandeja de entrada de la correspondencia.

La bandeja del correo flotaba alegre en el lago rojo de mi mesa y allí, salvada de la marea de té por el plástico negro del que estaba hecho aquel artilugio, me sonreía la caligrafía conocida e irregular de Mozart: «A Su Excelencia el Conde Orsini-Rosenberg, Gran Chambelán y Director del Teatro de la Corte Imperial de Viena».

Estupor, temblor, pasmo, aturdimiento... ¿Cómo podría describir el estremecimiento que sacudió mi médula espinal al ver otra carta de Mozart sobre mi mesa? Me senté en mi mesa evitando apoyar los codos en la superficie manchada y me quedé con la mirada fija en aquel sobre, mientras sentía como el vello de mis antebrazos se erizaba sobre la piel de gallina. ¡Sí, había funcionado! Ni en mis más atrevidos sueños se habría podido producir un resultado tan extraordinario. Porque una vez descartada que la primera carta fuera una broma publicitaria y comprobada la autenticidad del documento, la llegada de un nuevo mensaje me decía que había logrado abrir un canal de comunicación con el pasado.

Levanté el lacre despacio con la ayuda de una cuchilla y abrí con cuidado la carta.

Excelencia,

Como sabéis, acogí con entusiasmo y dedicación el encargo de la nueva ópera, en la que he venido trabajando de forma intermitente en los últimos meses. He de deciros, empero, que va terriblemente retrasada por cuanto me es imposible avanzar sin disponer de un libreto completo. El barón Van Swieten y Gebler me han proporcionado algunos fragmentos y un resumen de la trama y de los principales caracteres, pero esto es absolutamente insuficiente. No consigo que el barón me entregue más material y veo que hasta rehúye hablar del proyecto.

Ahora me encuentro en casa de František-Xaver y Josefa Dušek en Praga, donde ha sido muy elogiado el estreno de mi última ópera con libreto de Da Ponte. Su título es Don Giovanni *y la considero hasta ahora mi mejor obra. Gustosamente la ofrezco para que, si a Su Majestad le place, sea representada en Viena. No obstante, debéis saber que su composición no me ha distraído del encargo del emperador, sino que ha sido la falta de noticias sobre el libreto lo que me impulsó a aceptar el contrato que me ofrecía el empresario Guardasoni. En unos días pretendo ponerme en camino para volver a Viena y dedicarme de lleno a cumplir los deseos del emperador.*

Os ruego, Excelencia, que me proporcionéis instrucciones sobre cómo proceder para dar satisfacción al encargo de Su Majestad, pues es mi más ferviente anhelo servirle a su entera satisfacción en esta magna empresa. Vuestro más humilde servidor.

Wolfgang A. Mozart, Praga,
4 de noviembre de 1787

No estaba seguro de que el tipo de papel y la tinta fueran idénticos a los del anterior escrito, aunque el aspecto general era el mismo. Lo que sin duda sí era igual era la caligrafía de Mozart, a la que me había acostumbrado durante esos días estudiando facsímiles originales. Pero quizá lo que me dio la completa confirmación de su autenticidad fue que la carta respondía a la misiva que yo le había enviado. Efectivamente, le pedía noticias de aquella ópera secreta que, según la discusión que habíamos desarrollado en el foro de internet la semana anterior, el emperador le había encargado y de la que nosotros no conocíamos nada. Sólo los que habíamos participado en el foro podíamos estar sobre la pista en esas mismas fechas, pero ninguno de ellos me conocía personalmente ni sabía mi dirección de trabajo personal. Nos habíamos cuidado mucho de no dar pistas sobre nuestra identidad al inscribirnos en el foro, y lo único que podían saber los demás participantes era nuestro seudónimo y nuestra dirección de correo electrónico de *hotmail,* que no podían ser relacionados con nosotros sin datos adicionales. La carta respondía, pues, a mi requerimiento, pero además nos facilitaba información muy importante: primero, confirmaba que el encargo de la ópera secreta era cierto; segundo, parecía que por diversos motivos relacionados con el libreto y la intervención de Van Swieten en su elaboración o encargo, la composición no había avanzado en casi dos años, tiempo suficiente para que Mozart terminara *Las bodas de Fígaro* e incluso *Don Giovanni;* tercero, nos situaba en Praga en noviembre de 1787, justo después del estreno de esta última obra, la segunda que escribió con libreto de Da Ponte.

* * *

Cogimos el tranvía y nos bajamos en Spitalgasse frente a un amplio edificio de tres pisos que albergaba varios institutos de investigación de la Universidad de Viena. Tras mucho vacilar, habíamos decidido que necesitábamos ayuda. Pero ¿a quién acudir para un tema tan delicado, que exigía ante todo confianza y discreción? Lo discutimos mucho, pero no teníamos muchas opciones. Yo me empeñé en consultar con el profesor Mayer, un antiguo tutor mío a quien no veía desde hacía muchos años, pero en quien confiaba por entero. A pesar de su avanzada edad, Mayer se resistía a jubilarse y seguía como profesor emérito en la misma universidad donde mi antiguo compañero Klaus también trabajaba. Me tuve que armar de valor durante unos días, pues en el fondo temía toparme con Klaus en algún pasillo y no me sentía preparado para esa eventualidad.

La necesidad nos impulsó a dar ese paso; aunque no deseábamos compartir nuestros preciosos datos con una persona ajena, al mismo tiempo era cierto que no avanzábamos. Después de la emoción de compartir la respuesta de Mozart y de unos días de excitación, nos habíamos atascado sin saber por dónde seguir. Ahora antes de nada debíamos autentificar este documento, interpretarlo adecuadamente y decidir cuál sería nuestro próximo paso. Mayer era perfectamente capaz de hacer lo primero —verificar la autenticidad de la carta—, y esperábamos —no sé si con mucho fundamento— que nos abriera alguna línea de investigación o se fijara en algún detalle que a nosotros nos hubiera pasado desapercibido.

Se accedía al edificio por una puerta acristalada con unos perfiles metálicos agresivamente rojos que, al ser rebasada, nos introducía en un patio desde el que se accedía a los distintos departamentos. La Universidad de Viena tenía un buen número de sedes repartidas por diversos campus en la ciudad y aquella construcción estaba dedicada a la Facultad de Filología y de Ciencias Culturales. En el segundo piso, al fondo del todo, estaba el Instituto de Ciencias Musicales, un pequeño departamento con unos pocos despachos, una reducida sala de audición, una biblioteca especializada y algunos servicios comunes de secretaría y fotocopias. Era una zona tranquila, lejos del bullicio de facultades más masificadas como las de Derecho o Economía. Era uno de esos momentos en los que se percibe la pertenencia a un mundo avanzado y rico, que se puede permitir pagar a un montón de gente cuyo único objetivo era contribuir a ampliar los siempre cortos límites del saber humano, sin esa obsesión por la producción que forma parte de la vida cotidiana de casi todos nosotros. Aquél era el territorio de unos cuantos chiflados especializados en cosas increíbles como la música de Madagascar o la filología africana, tarea envidiable —desde mi punto de vista—, aunque ellos probablemente no paraban de quejarse de los escasos medios con los que tenían que desarrollar su trabajo.

Mayer tenía un aspecto bonachón y simpático con su abundante cabello blanco y su espesa barba, que le acercaba más a la imagen de un Santa Claus que a la de un serio musicólogo. Llevaba unos pantalones de pana marrón sujetos con unos tirantes y una camisa de rayas coronada por una chillona pajarita roja.

—¡Paul, qué alegría! ¡Hace siglos que no sé de ti! Pasad, por favor.

—Profesor Mayer, quiero presentarle a una buena amiga mía, Brenda Schmidt.

—Es un enorme placer para mí conocer a tan encantadora dama —saludó Mayer besándole la mano mientras Brenda pasaba del blanco al carmesí en décimas de segundo—. Y tú, Paul, ya va siendo hora de que me apees el tratamiento. Según me hago mayor cada vez me irritan más las supuestas muestras de deferencia que más tienen que ver con la edad que con el respeto.

Ahora era el turno de la carcajada de Brenda, como venganza de la mía por su rubor.

—Perdonad el desorden y sentaos donde podáis.

Nos hizo pasar a su despacho, un reducido cubículo en el que se apiñaban papeles, libros y partituras. Retiró lo indispensable para que nos viéramos las caras a ambos lados de su mesa de trabajo.

—¿Puedo ofreceros un café?

—Sí, por favor, pero deja que yo lo prepare —dije.

—Bien, el café está recién hecho. Lo tienes ahí al fondo en la cafetera de filtro. Para los vasos me temo que tendrás que acercarte un momento al baño a coger unos de plástico del dispensador. No tengo azúcar, pero si queréis le podéis echar un poco de miel que debe de estar en el cajón debajo de la cafetera.

Con aquellos precarios ingredientes me las apañé para preparar tres humeantes vasos de plástico que comenzamos a tomar a pequeños sorbos mientras nos mirábamos las caras.

—Bien, supongo que tendrás una buena razón para venir a verme después de tantos años. A ver, ¿qué es eso tan importante que me querías consultar?

Con palabras algo atropelladas, le puse al corriente de la historia desde el día en que conocí a Brenda en Salzburgo. Y allí, sobre su mesa, desplegamos los dos documentos originales que, al verlos juntos de nuevo, parecían verdaderamente gemelos. No parecía muy necesario el proceso de autentificación, porque hasta un lego era capaz de verificar que ambas cartas eran idénticas: el papel, el color de la tinta y ante todo la caligrafía de Mozart con sus peculiares palos de las «t» y sus «d» ocasionalmente reviradas con un gracioso rizo. Meyer no tardó en confirmar la autenticidad de los documentos y quiso conocer la razón de la segunda carta, pues no acertaba a comprender exactamente a qué encargo se refería Mozart. Fue entonces cuando entre Brenda y yo le relatamos la tesis de la ópera secreta a partir de los datos que habíamos podido averiguar de la relación de Mozart con los masones y los intercambios de informaciones que se habían producido en el foro de internet.

La cara de Mayer iba cambiando conforme asimilaba los sucesivos detalles de la trama que le narrábamos. Cuando dejamos de hablar, se produjo un prolongado silencio. Mayer miraba por la ventana y arrugaba la frente como si estuviera ordenando ideas en su cabeza. Al cabo de unos instantes, probablemente no más allá de medio minuto pero que a mí se me hizo insoportablemente largo, hizo un gesto de asentimiento como si determinadas piezas hubieran terminado de encajar en su sitio.

—Todo el mundo se pregunta por qué Mozart volvió a Viena en noviembre de 1787, precisamente en el momento que había alcanzado la mayor gloria en Praga, era apreciado por todos sus amigos, su música era tarareada por los cocheros y los criados y además le ofrecían nuevos encargos para seguir escribiendo óperas. Un músico que se había lanzado a la aventura de ganarse la vida componiendo sin contar con un cargo remunerado que le garantizara una suficiencia económica... nadie logra explicarse por qué rechazó la oferta de Guardasoni para quedarse en Praga. Pero puede que esta carta que habéis traído arroje una luz completamente distinta sobre acontecimientos muy discutidos entre los especialistas.

—¿A qué se refiere? —preguntamos al unísono volviendo instintivamente al tratamiento de usted.

—Lo primero de todo es que la carta podría ser la razón misma de la vuelta de Mozart: el compromiso con el emperador de componer la ópera que le había encargado hacía tiempo. Parece como si el emperador hubiera querido compensarle por el esfuerzo realizado y por los retrasos que —bien sabía él— no se habían debido a Mozart, sino parece que a Van Swieten.

Eso ya se nos había ocurrido, pero eso de compensar a Mozart sí era nuevo. Mayer continuó su argumentación.

—Gluck murió el 15 de noviembre, nada más llegar Mozart de Praga, y el emperador se apresuró a concederle el puesto del anciano maestro. Tradicionalmente se ha interpretado que José II se limitó a cubrir la vacante reduciendo gastos, pues sólo asignó al nuevo compositor de la Cámara Imperial y Real una remuneración de ochocientos florines, cuando Gluck cobraba dos mil. Siempre se ha pensado que Mozart se quejó de esta rebaja, pero ahora me inclino por una interpretación completamente distinta.

Mayer se frotó el mentón pensativo.

—¿Cuál sería esa nueva interpretación? —preguntó impaciente Brenda, al ver que Mayer se detenía.

—Me parece que las palabras de Mozart ahora adquieren un significado diferente cuando hablaba de su nuevo puesto: «Demasiado para los servicios que realizo y demasiado poco para lo que soy capaz de hacer». ¿No lo veis? Yo creo que podría aludir a la ópera que está componiendo. ¡No es una queja, sino una constatación de que está en otro empeño, por lo que no tiene que cumplir muchos servicios rutinarios para la corte y por ello cobra menos de lo que realiza porque su pago vendrá por otro lado!

Era cierto, aquello tenía sentido. La existencia de la ópera secreta era una clave para entender mejor esos trascendentales momentos de la vida de Mozart.

—Hay un dato más de interés. También resulta revelador el afán del monarca por ver representada *Don Giovanni*. Según testimonia Da Ponte en sus memorias, el emperador le hizo llamar y le entregó cien cequíes para poner en marcha las copias y los ensayos. Parece como si de nuevo José II quisiera dar un empujón a la obra y las finanzas de Mozart, aunque desgraciadamente no estuvo presente cuando por fin se estrenó *Don Giovanni* en Viena el 7 de mayo de 1788. José II había marchado a guerrear con los turcos y el ambiente de la representación no fue especialmente cálido. Tampoco a Rosenberg le gustó mucho la música, pero ya conocemos la poca simpatía que tenía a Mozart. La obra estuvo en cartel hasta finales de ano y fue sólo en diciembre cuando por fin el emperador pudo verla. Es bien conocida su opinión: «La ópera es divina, y tal vez sea más hermosa que *Fígaro*, pero no es plato para el paladar de mis vieneses». Está claro que José II apoyaba sin ambages a Mozart, aunque al mismo tiempo parecía lanzarle la sugerencia de que debía cuidar más del gusto del público en sus futuras composiciones. ¿Acaso una velada alusión a una obra en alemán?

Brenda hizo un gesto de asentimiento. Sí, podía ser. Cada vez más pequeños detalles parecían confirmar la existencia de la ópera secreta, pero, aparte de las cartas, no disponíamos de ninguna evidencia directa de la obra. Había que hacer algo.

En ese momento Mayer dijo algo como de pasada que captó mi atención. La palabra «Praga» había quedado flotando en el aire como una invitación a la acción. La carta de Mozart estaba fechada allí, en Villa Bertramka, la casa de los Dušek, uno de los lugares mozartianos que se mantenía en pie prácticamente igual que en los tiempos del compositor. Teníamos que ir a Praga a probar suerte y explorar Villa Bertramka en profundidad. Ya teníamos un nuevo hilo del que tirar y aquello era suficiente para olfatear de nuevo el aire como de caza, en busca de la ópera secreta.

* * *

Aquella noche, después de sacar los billetes de tren por internet y hecha ya la reserva del hotel para un par de días, me acordé del foro y me volví a conectar desde casa. Al entrar, en lugar del saludo habitual y el listado de *threads,* apareció un mensaje de suspensión. Supuse que se debía simplemente a un problema del servidor o de reorganización de contenidos. Nunca pensé que tuviera algo que ver con lo que luego pasó.

Bulletin message. To Our Members and Readers, with regret, Mozart-web announces that it is temporarily suspending the discussion section of our site. All other pages remain open. The recent situation has given us pause as to the viability of operating and maintaining the type of discussion site we have offered here. To this end, we are closing the public Forum in order to privately re-evaluate all our site options. We apologize for any inconvenience this causes people. Mozart-web. *

---

* Boletín informativo. Mozart-Web lamenta anunciar a sus miembros y lectores el cierre temporal de los foros del Sitio. El resto de las páginas permanece disponible. La situación planteada nos obliga a reflexionar sobre la viabilidad de la operativa y el mantenimiento de un foro de discusión como el que hemos ofrecido. Con tal fin, vamos a clausurar los foros públicos para reevaluar en privado todas las opciones de la página. Disculpen las molestias que pueda ocasionar esta decisión. Mozart-Web.

Capítulo

9

La *particella*

Praga, diciembre de 2006

No era extraño entrar en Praga como lo hicimos, envueltos en una fina lluvia que parecía adherirse a todo cuanto nos rodeaba, edificios, coches modestos aparcados en las aceras y las catenarias del tranvía, que sobrevolaban las amplias calles de la ciudad formando una tupida tela de araña. El taxi que nos transportaba desde la estación se detuvo frente al hotel Radison. Aún no había llegado el momento de alojarse en un hotel de categoría inferior, pues la modernización del país no había alcanzado a los cuartos de baño de muchos de los hoteles clásicos. Era mejor no arriesgar y pagar las cinco estrellas de una cadena internacional si uno no quería montar guardia contra las cucarachas.

Aquella Praga era muy distinta de la de los primeros ochenta, la que yo conocí en mis tiempos de estudiante, cuando pasé uno de los más maravillosos veranos de mi vida con una beca para perfeccionar mis estudios musicales. Entonces no importaba tanto el alojamiento: la alegre promiscuidad del albergue estudiantil de Budovatelu era compensación suficiente por las incomodidades de unas habitaciones séxtuples, compartidas con alumnos eslovenos, turcos, polacos e italianos de ambos sexos. La ciudad era muy distinta: el concepto de escaparate estaba aún lejos de la mentalidad comunista de la época y en la era del premarketing no existían los carteles luminosos ni las vallas publicitarias. Los automóviles eran más que escasos y a lo único que había que temer al cruzar la calle era a la embestida de los tranvías rojigualdos que atravesaban la ciudad a una velocidad endiablada y absolutamente ignorantes de los peatones.

Praga estaba ahora espléndida. No sólo había recuperado los grandes edificios históricos de la ciudad vieja, antes siempre oscuros o cubiertos de andamios, sino que había superado las graves inundaciones de hacía unos años gracias a una potente inversión extranjera. Los checos empezaban a sonreír después de las grises décadas de comunismo, que habían hecho de ellos un pueblo huraño y sin ilusiones.

Tras unos minutos para asearnos en nuestras respectivas habitaciones, nos encontramos en el vestíbulo del hotel, dispuestos para el primer paseo hasta el puente de Carlos, que separaba la Ciudad Vieja, de corte más medieval, de la Ciudad Nueva, gloriosa de barroco y barrio preferido de Mozart, cuyo gusto estaba muy alejado de la simplicidad del gótico y de las vigas vistas características de la arquitectura urbana de la Europa del medioevo.

Caminar por el puente de Carlos era una liturgia obligada para todo visitante de Praga y era de noche cuando recuperaba algo del misterio que el turismo había adormecido. La bruma se arremolinaba en torno a las farolas que arrojaban sombras zigzagueantes por el empedrado y los paseantes se arrebujaban en sus abrigos y buscaban a tientas la complicidad del brazo amigo o amante.

Brenda se colgó de mi brazo cuando ya habíamos recorrido un tercio del puente y la brisa nocturna del Moldava recorría con un escalofrío nuestra espalda.

—Aún no me has contado nada de ti —insinuó.

—No te voy a preguntar aquello de «¿qué quieres saber?» Ya somos un poco mayores para esos juegos.

Brenda se quedó un poco cortada, casi podía adivinar su sonrojo a pesar de que su rostro apuntaba al río que se extendía oscuro y rumoroso a nuestros pies. Quizá mi brusca respuesta había ido un punto más allá de lo necesario en esa indefinida escala de lo conveniente cuando se habla de temas personales. Estaba en ese impreciso borde del precipicio en el que uno está obligado a dar un paso atrás si quiere quedarse cómodamente instalado en el silencio, o bien dar un salto en el vacío, abriendo la caja de los sentimientos, que no por llevar tanto tiempo cerrada ha logrado domar; sólo están dormidos, a la espera de una oportunidad para derramarse. Nunca se sabe si entreabrir un solo segundo la tapa les pillará alerta prestos a saltar y desbordar su continente o, si por el contrario, la anestesia de una vida más monótona que verdaderamente tranquila les ha amordazado de tal forma que son incapaces de explotar.

Inicié tembloroso mi pequeño discurso.

—Seguramente algún chaval te habrá dicho eso de que «lo que te voy a contar no se lo he dicho jamás a nadie». Ése es exactamente mi caso, pero no temas: no es una declaración de amor, así que no tendrás que armarte de valor para rechazar a un tipo que te saca veinte o veinticinco años de edad. Es algo que llevo dentro quizá demasiado tiempo y que ha emponzoñado de manera absurda mi existencia. Ha vivido dentro de mí como un tumor maligno, pero su evolución ha sido la inversa a la natural. Así, mientras el cáncer comienza con una pequeña célula rebelde que quiere hacer la guerra por su cuenta y que pronto, tras convencer a algunas más en sus macabros proyectos, se transforma en un pequeño tumor que, si no se ataja pronto, invade todo el cuerpo hasta convertir la vida en muerte, mi cáncer particular comenzó extendido por mi cuerpo y mi alma para, poco a poco, con el paso del tiempo, ir reduciéndose en un proceso de metástasis inversa hasta convertirse en un grano maligno alojado en algún recóndito lugar de mi alma, presto a ser extirpado cuando aparezca un cirujano capaz de abrir ahí justo donde se encuentra.

Brenda permanecía en silencio y sentí una ligera presión en mi brazo, como animándome a continuar.

—Tienes que perdonarme, pero no puedo evitar la verborrea cuando abordo temas sensibles. No es más que un mecanismo de defensa para ahogar mis sentimientos con una cascada barroca de palabras, quizá con la esperanza de matarte de aburrimiento y así evitar la exposición final de mi autopsicoanálisis particular.

—Lamento defraudarte, pero te aseguro que me encanta oírte runrunear. No olvides que las mujeres tenemos esa capacidad de oír en dos frecuencias que nos permite desconectarnos sin perder nunca el hilo y recuperar la atención al cien por cien cuando la ocasión lo requiere. Y te aseguro que esta vez no te escapas, así que, por favor, continúa, te lo ruego.

—Verás, en el fondo es una historia ridícula. Por eso te decía lo del cáncer. Cuando aquello ocurrió —¡oh, dios, qué necio fui dejando que aquello me marcara!— fue la sensación absoluta de haber destrozado mi vida, de estar más muerto que vivo, para luego ver cómo el paso del tiempo ha convertido en banal lo que aparentemente era el trauma de mi existencia. Lo malo de todo esto es que hayan sido necesarios veinticinco años para conseguir reducir el tumor y de ahí viene mi vacío actual: tengo la sensación de haber tirado mi vida por la ventana.

—No seas absurdo. Lamentar el pasado no te hará vivir mejor. Pero ¿por qué no sueltas de una vez lo que te atormenta? ¡Me estás poniendo de los nervios!

—Bien, lo diré rápido y yendo al grano. Déjame que lo diga de un tirón y, por favor, no me hagas ninguna pregunta después. Tómalo como llegue.

Brenda hizo un gesto de asentimiento manteniendo la presión sobre mi brazo.

—En realidad, no es más que el argumento de una novela barata: la historia de un amor destrozado y la traición de tu mejor amigo, algo tan antiguo como el hombre. Klaus era mi compañero del alma. Nos conocíamos desde pequeños: íbamos juntos al colegio, teníamos la misma pandilla en el barrio, fuimos juntos a la universidad. Cuando estábamos terminando los estudios conocimos a Birgit, una deliciosa muchacha sueca que estaba estudiando en Viena y de quien me enamoré perdidamente. Birgit me correspondió y durante un curso completo viví con ella en una nube. Incluso pasé un maravilloso verano con ella aquí en Praga. Klaus siempre estaba ahí, como una parte de la relación entre Birgit y yo, en ese papel del amigo de confianza que forma parte de ti mismo. Vivíamos los tres casi juntos en la misma residencia, estudiábamos juntos escribiendo trabajos para la facultad y compartíamos todo, o al menos yo lo creía. Fue entonces cuando, preparando la tesina sobre los cuartetos Haydn tuve una inspiración y me di cuenta de que la dedicatoria de Mozart seguía de cerca unos versos de Ovidio. Ahora que lo veo era una tontería, pero para mí era un verdadero hallazgo que me podía abrir la puerta para hacer una tesina original y ser aceptado para cursar el doctorado, posiblemente con una sustanciosa beca. ¿Cómo no iba a compartir aquel descubrimiento con mi amigo fraterno? El caso es que, no sé muy bien cómo, y aunque llegamos a publicarlo juntos, Klaus se apropió de la autoría, consiguió que la propia Birgit le creyera, y al final fue él quien consiguió destacar con su tesina y hacerse con la beca. No podía creer lo que había sucedido y entonces provoqué la situación que desembocó en el desastre total: perdí mi hallazgo, pero, sobre todo, perdí el amor de las dos únicas personas que me importaban.

Noté cómo Brenda se ponía rígida por un instante y dimos un traspié. Apenas pude sujetarla para que no se golpeara contra el pretil del puente.

—¡Brenda! ¿Estás bien?

—Sí, no te preocupes, sólo ha sido un tropezón.

Nos sentamos en un banco de piedra. A esas horas el puente estaba bastante despejado y la mayor parte de los turistas estaban refugiados en restaurantes y tabernas disfrutando de sus cenas. Intenté desdramatizar la situación riéndome de nuestro tropiezo.

—¡No sabía que mi historia te iba a afectar tanto! ¡Y eso que he evitado los detalles más escabrosos!

—Creo que ya me he hecho una idea. Lo que no termino de entender es cómo ahora te has enganchado tanto con nuestra búsqueda de la ópera secreta de Mozart.

—A veces me lo pregunto yo también. Sólo sé que Mozart es alguien muy importante en mi vida, tanto para lo bueno como para lo malo. Quizá mi pasión por él es porque tuvo el coraje de hacer lo que yo nunca me atreví: arriesgarlo todo, en un tiempo ciertamente complicado, por vivir su propia vida como creador, pasase lo que pasase.

—Sí, y mira cómo acabó. Muerto antes de cumplir los treinta y seis años, pobre de solemnidad.

—Y la gloria, Brenda, la gloria. Pocos hombres o mujeres en la historia han logrado ser tan amados y recordados. Y no es sólo su música, sino cómo lo hizo.

—¿A qué te refieres? —preguntó ella.

—Me refiero a que tuvo los arrestos de mandar *a quel paese* al arzobispo Colloredo a un precio muy alto, para vivir su vida como artista independiente, en una época en que no había ni subvenciones ni derechos de autor. Los músicos eran criados de los grandes y poderosos y vivían a sueldo.

—Pues como todo el mundo.

—No, como todo el mundo no. Si los franceses celebran la toma de la Bastilla como su fiesta nacional, los austriacos deberíamos hacer lo mismo con el 9 de marzo de 1781, cuando el conde de Arco despidió a Mozart de la corte de Colloredo con una patada en el culo. Ésa es nuestra toma de la Bastilla: «Un corazón nacido para la libertad no se deja jamás tratar como un esclavo; incluso cuando ha perdido su libertad, conserva todavía el orgullo y se ríe del universo» —declamé exaltado.

—Más que de los austriacos, de los músicos, diría yo —terció Brenda—. Todavía hoy los que queremos vivir de la música tenemos que encontrar un mecenas que piense que lo que hacemos merece la pena financiarlo. Mira, ahora mismo he conseguido una beca para seguir mis investigaciones en Londres, porque en Austria no he conseguido nada que merezca la pena.

—La diferencia es que ahora hay muchos tipos de mecenas y hay dinero público y privado para todo esto. Aun así, fíjate, no nos atrevemos a dar el paso y seguimos temerosos con nuestros empleos que nos garantizan un sueldecito a final de mes sin tener que dar explicaciones a nadie.

A lo lejos las luces de la ciudad parpadeaban en la niebla. Respiré profundamente y dejé que el aire vivificante de la noche ventilara el silencio que se había instalado entre nosotros al apagarse nuestras palabras, en un efímero momento de paz interior. Con mi perorata había logrado librarme del fantasma de Klaus, al que hasta hace poco aún consideraba el causante de todos mis males, a quien podía absurdamente atribuir las frustraciones de mi aburrida existencia. Hablar de ello me había hecho darme cuenta de que en realidad ya no me hacía daño. Sentía ganas de saltar y de gritar, porque además tenía delante un reto que me hacía sentir vivo y pletórico de energía: saber qué había sido de aquella ópera secreta de Mozart era algo que merecía la pena. Lo de menos era la gloria que alcanzaríamos si tuviéramos éxito; lo mejor de todo era la búsqueda en sí misma, el temblor nervioso del desafío, el impulso eufórico de la investigación. Aquella ópera era mi grial.

—Vamos, hace frío. Te invito a tomar algo en U Prince. Con un poco de suerte también tendremos algo de música —exclamé mientras girándonos sobre nuestros pasos volvíamos a cruzar el puente hacia el reloj astronómico.

* * *

El viento frío de la noche se colaba entre las callejuelas que nos llevaban hacia la plaza de la Ciudad Vieja. Siempre me ha causado cierto rubor frecuentar los lugares más turísticos, pero la relativa soledad de los primeros días de diciembre me permitía prescindir de mis prejuicios: faltaba poco para que una nueva oleada de visitantes navideños ocupara la amplia zona peatonal. Era la ocasión para quedarse unos minutos esperando a que dieran la hora en punto para observar el funcionamiento del carillón del reloj astronómico que presidía la entrada del antiguo ayuntamiento sin que una horda de visitantes te empujara para hacerse sitio.

U Prince estaba justo enfrente del reloj. Era una de esas clásicas tabernas checas que mantenían una decoración muy cuidada y agradable, aunque los menús y sus precios estaban reservados para los turistas y fuera del alcance de la población local. Por eso mismo, a esas horas de una gélida noche de diciembre zumbaba con una apreciable animación, que invitaba a ocupar una de las mesas bajo las arcadas abovedadas.

Dentro de la taberna una banda de jazz atacaba con pericia un ritmo de *dixieland*. El amor por la música de los praguenses cubría todo tipo de estilos y no era infrecuente topar en cualquier parte de la ciudad con grupos de jazz o de música clásica que tocaban de forma muy profesional, tan profesional que se ganaban sobradamente la vida con ello.

Encontramos un rincón libre detrás del banjo entre dos mesas y nos hicimos con unos taburetes. Pronto nos sirvieron dos cervezas y nos dispusimos a desentrañar la carta. Para nuestra desilusión, nuestras habilidades lingüísticas no fueron puestas a prueba, porque el marketing turístico había convertido los antaño incomprensibles menús checos en cartas con fotos de los platos y traducciones en siete idiomas, sin olvidar el japonés y el alemán. Hicimos nuestros pedidos y seguimos charlando tamborileando el ritmo con los dedos y alzando la voz para hacernos oír por encima de la música. Junto a nosotros, un hombre mayor, de unos setenta años, alzaba su vaso de cerveza Pilsen y se la llevaba a los labios. Vestía un elegante traje gris príncipe de Gales y una camisa blanca con gemelos dorados. El punto bohemio lo aportaba una pajarita granate con unos pequeños lunares beige que, desde cerca, se convertían en unos elefantitos minúsculos y redondos. Su barba estaba impecablemente recortada; la perilla destacaba del resto por su decidida blancura, mientras las patillas y el bigote aún conservaban cabellos de tres o cuatro tonalidades de gris. Sostenía en la punta de la nariz unas gafas de ver diminutas y estrechas, de patilla dorada. Si me fijé en él fue porque no pude evitar ver sobre su mesa un libro rojo con una fotografía de Mozart.

Entrecerré los ojos y giré la cabeza con disimulo para intentar descifrar el título del libro mientras Brenda hablaba. *Looking for Mozart. A travel companion guide to Viena, Salzburg and Prague.*

—*Would you like to have a look?* —ofreció el hombre en un impecable inglés.

—¡Oh, muchas gracias! No quería molestarle. Es que soy un gran admirador de Mozart y me llamó la atención la portada —respondí enrojeciendo rápidamente.

—No es molestia en absoluto, todo lo contrario. Me gusta conocer a otros amantes de Mozart, sobre todo si son tan bellas como su compañera —contestó galante el caballero con una amplia sonrisa dirigida a Brenda—. Permítanme que me presente: mi nombre es José Álvarez de Sotomayor, soy español, diplomático retirado y apasionado de Mozart y, desde este mismo momento, rendido admirador de su bella acompañante.

Ya éramos dos los sonrojados. La desenvoltura de don José me hizo encoger, como queriendo hacer desaparecer mi cabeza entre los hombros, y miré de reojo a Brenda, que también parecía buscar un sitio para escabullirse.

La carcajada de don José nos contagió y rompió esa embarazosa situación. ¡Era la risa aguda y contagiosa de Tom Hulce, el actor que encarnaba a Mozart en la película *Amadeus*!

—Sabía que eso no podía fallar —dijo entre risas don José—. Ningún verdadero amante de Wolfgang ha dejado de ver el film de Forman. Yo he venido a Praga a recorrer en peregrinación los lugares mozartianos: el Teatro de los Estados, el palacio Thun, la catedral de San Vito, Villa Bertramka... Este libro que veis es una maravilla: lo compré en la Figaro Haus de Viena y desde entonces se ha convertido en mi más fiel compañero —dijo el diplomático al tiempo que me tendía la guía.

—Nosotros estamos haciendo algo parecido —comenté mientras hojeaba el libro—. Pero yo particularmente tengo mis prevenciones respecto a *Amadeus*. No sé, no me acaba de gustar.

—Pues a mí me parece genial —intervino Brenda—. Sobre todo porque es la única película que he visto en la que la verdadera protagonista es la música, y no un actor o una actriz, aun siendo muy buenos los que participan.

—¡Un brindis por esta hermosa e inteligente mujer! —celebró don José—. Supongo que sabréis que prácticamente toda la película está rodada en Praga. El mismo Milos Forman lo cuenta: en los primeros ochenta Praga era la única capital centroeuropea donde el siglo XVIII estaba plenamente vivo en los edificios y en las calles. No fue necesario ocultar nada moderno para rodar los exteriores. Era un verdadero milagro barroco (y aún lo sigue siendo). Pero, como muy bien dices, la película es una verdadera exaltación de la creación musical.

El rostro de aquel hombre se iluminó conforme entraba en una especie de trance al continuar su discurso.

—No sé si alguna vez os habéis planteado la fuerza creadora de Mozart y su extraordinaria capacidad para componer. Y cuando digo extraordinaria, lo digo de verdad. Imaginad un compositor delante de su mesa. Ya ha venido trabajando durante meses para concebir y desarrollar las ideas básicas que conforman el esqueleto de su obra. Ahora se enfrenta a la delicada tarea de la orquestación, es decir, convertir aquel esquema fundamental delineado con el piano en un bosque de sonoridades, dando pesos a los diversos instrumentos, combinando timbres y colores en un cóctel que transmita equilibradamente los conceptos y emociones de la creación. Una sola línea de piano se convierte en una página completa que recoge desde el flautín hasta los contrabajos. —Se detuvo unos instantes como para coger aliento—. Este meticuloso y complejo trabajo no lleva menos de una hora por cada página y, como toda tarea creadora, recibe múltiples enmiendas y revueltas hasta que alcanza su forma definitiva. Y estamos hablando de un trabajo que ha venido precedido de meses de concepción y desarrollo del esquema musical de base.

—Es cierto, y no sólo con la música. A mí me ha pasado siempre para escribir un artículo científico o un ensayo, que no deja de ser un proceso de creación, aunque de naturaleza distinta —apunté yo.

—Pero fijaos en Mozart —continuó don José—. El 30 de octubre de 1783 Mozart y Constanze llegan al palacio del anciano conde Thun en Linz, quien le pide escuchar alguno de sus más recientes trabajos. Desafortunadamente, Mozart no ha llevado consigo ninguna partitura, pero, ni corto ni perezoso, se compromete a tener lista una nueva sinfonía para un concierto que se celebraría dentro de cinco días. Así nació la sinfonía Linz, K 425 en do mayor. ¿Cómo es posible concebir, desarrollar, orquestar, hacer copias para los instrumentos y ensayar para su inmediata interpretación una obra de tal calibre en ese tiempo? Sólo hay una respuesta: Mozart tenía la capacidad que yo llamo de la «música instantánea»: tenía todo en la cabeza, «oía» en su interior toda la obra con todos sus matices rítmicos e instrumentales y el trabajo de escribirla se limitaba a transcribirla, a «copiarla» de su cerebro al papel pautado, sin que fuera necesario corregir nada.

—¡Y algunos todavía le piden que sea original! —dije.

—¡Pero si Mozart era absolutamente original! —protestó don José.

—Bueno, eso puede decirse de algunas de sus obras, como los cuartetos Haydn en los que ambos hemos trabajado bastante —señaló Brenda—. Pero

Mozart hizo también mucha música de consumo, por puro compromiso.

—Os equivocáis, queridos. Hay que cambiar la perspectiva para comprender esa originalidad —explicó don José, con un tono entre enfadado y condescendiente—. Mozart vivió un tiempo en el que todo el mundo sabía a qué atenerse. La música era un lenguaje universal dotado de unas reglas que todos conocían y respetaban, al contrario de lo que sucede hoy en día, cuando parece que la transgresión es la propia norma, donde llaman originalidad a la ruptura de las reglas. En tiempos de Mozart todos vivían en una especie de paz sonora que permitía a creadores y público una complicidad sobre lo que se consideraba correcto. Era entonces cuando ser original se convertía en un oficio complicado, reservado sólo a algunos genios. Eran muchos, como su propio padre Leopold, los que tenían una sólida formación que les permitía, respetando los cánones clásicos, componer con la misma gramática que todos entendían. La dificultad estribaba en dotar a las composiciones de un color especial, de un tono propio a través de hallazgos armónicos, giros melódicos y líneas de desarrollo que, sin salirse de la norma básica, lograran cautivar al público llevándole un poco más lejos de donde los músicos del montón eran capaces de hacer. Crear ese abanico personal de matices que hacían reconocible la autoría de una pieza era una verdadera proeza, algo difícil de imaginar ahora en una época en la que cada autor no sólo tiene su propia semántica, sino su propia sintaxis, y en la que cada músico parece hablar una lengua distinta, hasta el punto de que se considera original no sólo el arte de inventar lenguajes, sino también la fusión de lenguajes existentes, tan alejados como están en ocasiones los unos de los otros. Nos cuesta imaginar un panorama musical tan uniforme como el del siglo XVIII, que algunos juzgan aburrido, pero que para algunos de nosotros se ha convertido en ese Edén perdido que añoramos sin haber llegado a vivir.

Sus palabras quedaron flotando en el aire, plenas de nostalgia. Los músicos de la banda de jazz hicieron un descanso y la taberna se cubrió durante un breve instante de un manto de silencio, un mágico momento de quietud en medio de un mundo acelerado que no sabe muy bien adónde va.

* * *

Salimos del hotel Radison temprano, con el cielo amenazando lluvia y rachas de aire gélido que se filtraban entre las calles que desembocaban en la plaza Wenceslao. Giramos hacia la derecha y dejamos a nuestro frente los eternos andamios que cubrían la bella fachada modernista del hotel Europa. Anduvimos rápidamente los escasos metros que nos separaban de la estación de metro y nos sumergimos en el túnel de acceso. Aunque Praga sigue siendo una de esas maravillosas y escasas ciudades europeas que te permiten conquistarlas a pie, el metro sigue siendo fundamental para desenvolverse fuera de la Ciudad Vieja.

La parada era Andel, hoy centro comercial de Smichov, un barrio de trabajadores, que en tiempos de Mozart era una amplia campiña con viñedos y granjas, a una media hora a pie de la puerta Újezd que delimitaba la parte sur de la ciudad. Al salir del metro diluviaba y nos costó orientar nuestros pasos, pues habíamos salido al exterior por una puerta equivocada en medio de un amplio intercambiador de autobuses vacío. Chapoteando y dando vueltas a nuestro mapa, conseguimos encontrar el camino correcto hacia donde debería estar Villa Bertramka.

Sorprende lo poco que les importa a los checos empaparse hasta los huesos con la lluvia. Mientras nosotros tratábamos inútilmente de refugiarnos en las escasas cornisas y portales que nos ofrecía el trayecto, a nuestro lado pasaban veloces embutidos en sucintas cazadoras o impermeables inverosímiles aparentemente inmunes al agua y al frío. Aún no habían tenido tiempo de criarse al abrigo de un capitalismo que les hiciera más hedonistas o más inconformes con las inclemencias del tiempo.

Frente a nosotros se alzaba gris el perfil del viaducto que sostenía la nueva autovía que abandonaba Praga por encima de nuestras cabezas. Resultaba difícil imaginar a Mozart en Praga saltando por la campiña dentro de un coche de caballos, cuando aquel paseo bajo la lluvia por el asfalto nos imponía los signos más visibles y odiosos de la civilización —cemento, tráfico, agua sucia, puentes—. Tras pasar bajo la autovía y dejar a la izquierda un moderno edificio de oficinas entramos en Mozartova, la calle a cuyo fondo se alzaba Villa Bertramka.

Nada más traspasar la verja de acceso el tiempo se detuvo. Allí no había entrado el asfalto y el agua corría en pequeños riachuelos entre los adoquines que cubrían irregulares el camino que ascendía hacia la casa.

Chorreábamos al llegar, pues el paraguas que habíamos comprado en la calle la noche anterior apenas había servido para guarecernos apretujados. Subimos las escaleras de entrada y nos sacudimos como perros en el porche antes de empujar la puerta del vestíbulo.

Una mujer de unos cincuenta años atendía el mostrador de entrada. Saludamos —*Dobrý den*— y fuimos correspondidos con otro entusiasta *dobrý den,* seguido de una larga parrafada en checo, a la que nos tocó responder con una franca sonrisa y un mucho más prosaico *How much is it, please?* La respuesta correspondió a la pregunta —*two hundred crowns*—, pero nuestras dificultades crecieron cuando intentamos averiguar —de nuevo en inglés— cuáles eran las habitaciones que había ocupado Mozart durante su estancia en la villa. *Two hundred crowns* no parecía una respuesta adecuada a nuestro requerimiento, por lo que dedujimos que aquella mujer había sido entrenada para dar los precios de la entrada en las lenguas más habituales y que ése era todo su dominio de cualquier idioma que no fuera el checo.

Compramos con el tique un pequeño folleto bastante bien editado en el que se narraba la historia de la propiedad. Tras la muerte de František-Xaver Dušek, Josefa tuvo que venderla, y pasó por varias manos hasta la familia Popelka, que mantuvo la posesión hasta el fallecimiento de Adolf Popelka en 1895. Su viuda donó Villa Bertramka a la Fundación Mozarteum de Salzburgo, momento en que cayó en el más absoluto abandono. Una asociación de aficionados a Mozart adquirió la mansión en 1929 y puso en marcha su rehabilitación en memoria del genio. Tras varias vicisitudes durante la ocupación nazi y terminada la guerra, en 1956 pasó a las manos del estado comunista, que se ocupó de su reconstrucción. La última remodelación se hizo con motivo de la capitalidad europea de la cultura que ostentó Praga en el año 2000, que convirtió Villa Bertramka en un coqueto centro de peregrinación mozartiana. Nuestra duda era que, con tantas obras, quizá no quedara demasiado del edificio original, por lo que las pistas se habrían perdido para siempre. Pero no podíamos rendirnos antes de comenzar, así que nos pusimos manos a la obra.

Por unos altavoces discretamente disimulados nos llegaba la *cadenza* de violín de uno de los conciertos para ese instrumento que contribuía a generar un ambiente de optimismo que nos alentó a comenzar nuestra búsqueda. En un plano que contenía el folleto observamos que las habitaciones ocupadas por Mozart durante sus diversas estancias en Villa Bertramka estaban situadas a nuestra izquierda, al fondo del todo. En la planta aparecían marcadas en un tono turquesa oscurecido y una de ellas presentaba unas líneas paralelas que en un primer momento no acertábamos a interpretar. Dirigimos nuestros pasos hacia esa zona de la casa, pasando junto a otra turista, francesa por el título del libro en cuya lectura estaba enfrascada, que balanceaba su cabeza al ritmo del violín. La ausencia de otros visitantes facilitaba nuestros propósitos y la empleada checa estaba plácidamente sentada detrás del mostrador del vestíbulo.

El problema de buscar algo que no sabes lo que es o incluso de plantearte siquiera si realmente estás buscando algo o no puede llevarte a una situación extraña, hasta preguntarte si aquel viaje a Praga era una verdadera búsqueda con un fin determinado, o si más bien era una excusa cualquiera para pasar unos días con Brenda y ganar para la nostalgia el tiempo vivido allí con Birgit antes de la ruptura con Klaus. Porque aquel verano praguense de 1980 (¿o fue el 81?) fue la libertad absoluta, lo más parecido a un orgasmo perpetuo que te hace olvidar incluso la conciencia del propio yo, algo cercano a una droga perfecta, que te volatiliza pero que no te destruye, salvo que llamemos destrucción a ese recuerdo del no-ser que te ha creado un hueco que anhelarás reocupar sin esperanza durante el resto de tu vida.

—¡Paul, debemos darnos prisa si queremos sacar algo de todo esto!

La voz de Brenda me trajo de vuelta a la realidad.

—Estamos dando palos de ciego, Paul. ¿Dónde esconderías tú algo en un sitio como éste?

—Espera un momento. Pensemos. Ante todo, tenemos que desechar todos los elementos que sean posteriores a la época de Mozart. Me da la impresión de que eso nos obliga a descartar buena parte de los muebles, incluyendo ese piano del rincón. Leamos el catálogo, a ver si nos da alguna pista.

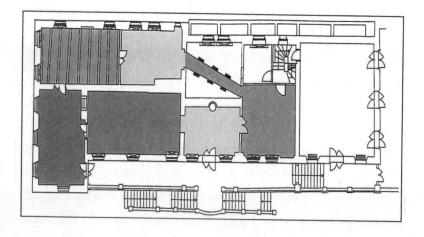

Al repasar a fondo el folleto volvimos a fijarnos en las líneas paralelas de la habitación turquesa. Volvimos sobre nuestros pasos y allí nos dimos cuenta de que esos trazos en el plano no podían significar más que el bello artesonado de madera que cubría el techo y que estaba profusamente ornamentado con motivos frutales y florales. Su aspecto era antiguo, en franco contraste con el papel pintado de las paredes, que sin duda había sido añadido no hacía mucho tiempo. Efectivamente, el catálogo revelaba que aquel techo se retrotraía a la época de la construcción de Villa Bertramka alrededor de 1700.

Brenda pareció tener la misma idea que yo.

—¡Paul, yo creo que las tablas de la cubierta bien podrían ocultar un escondite!

Mientras miraba a mi alrededor en busca de algo sobre lo que subirme para inspeccionar el techo, Brenda fue al vestíbulo para controlar que no se acercara nadie a aquella parte de la mansión.

Me encaramé en una de las sillas que estaban apoyadas en la pared para ofrecer descanso al visitante y comencé a palpar el artesonado golpeando con mis nudillos precariamente sostenido sobre la punta de los pies. Para mi desesperación, todo él sonaba hueco, como si sobre la madera hubiera una cámara de aire que cubriera toda la habitación. Aquello iba a ser como buscar una aguja en un pajar, pues la sala no tenía menos de treinta metros cuadrados y no había ninguna otra pista que me permitiera averiguar si había forma de acceder a esa cámara de aire.

Me fijé entonces en la decoración frutal de la madera. Los dibujos reproducían una especie de emparrado con ramas que crecían enroscadas y de las que colgaban frutos variados. De repente advertí algo extraño: una rama se truncaba, como si hubiera una discontinuidad en el diseño. Al acercarme me di cuenta de que una de las tablas había sido levantada y vuelta a colocar en una posición errónea, de forma que se había roto el encadenamiento de motivos decorativos. Muy excitado busqué algo con lo que hacer palanca y levantar la tabla. Una tarjeta visa me hizo el servicio y la tabla cedió con suavidad. Introduje una mano temblorosa por el hueco y palpé infructuosamente. Nada. Cambié de mano y lo intenté por el lado contrario. Toqué algo. Era un papel enrollado no muy grande. Temblando de emoción lo extraje con cuidado y lo metí sin pensar en el bolsillo interior de mi chaqueta. Volví a colocar la tabla en su sitio, esta vez en la posición correcta, y miré a mi alrededor asustado. Afortunadamente nadie había entrado en la sala, por lo que pude bajar de la silla y recuperar el pulso normal de mi corazón.

Salí apresurado y, al pasar junto a Brenda, le hice una señal para que me siguiera fuera de la casa principal. Me encaminé al pequeño pabellón de la izquierda en el que había una cafetería. Nos sentamos en una mesa junto a uno de los grandes ventanales. La lluvia seguía cayendo con fuerza.

Brenda percibió mi excitación y me miró impaciente.

—¡No te lo vas a creer! ¡He encontrado algo! —exclamé.

Abrí la cremallera de mi cazadora y exhibí triunfante la hoja de papel enroscada. Una hermosa sonrisa apareció en sus labios. Con mano temblorosa alisé cuidadosamente la hoja sobre una servilleta que previamente había extendido sobre la mesa del café.

—¡Esto parece un borrador autógrafo, una especie de *particella!* —exclamó Brenda.

—¿Una *particella?*

—El método de la *particella* era habitual en aquella época y lo utilizaba Mozart para anotar con rapidez los elementos fundamentales de una composición para luego desarrollarlos cuando los necesitara. Así mantuvo algunas ideas incluso por más de tres años, siendo perfectamente capaz de recuperarlas sin mayor problema.

—Sí, ya sé lo que es una *particella.* Pero ¿tú crees que esto es de Mozart?

—No sé, tengo que mirarlo un poco más despacio —repuso excitada—. Recuerdo algunos casos como el concierto para piano K 595 o la primera parte del Credo de la Misa en do menor K 427. En una gran obra vocal como ésta, Mozart anotaba el coro, el bajo continuo y las secciones de *ritornello* de la orquesta, y también los primeros violines y las entradas complicadas, polifónicas o canónicas, de la cuerda o de las secciones solistas de la madera.

—De todas formas, esto me parece algo más modesto que una *particella.* No son más que unos compases en do menor. Tiene pinta de ser la introducción de un aria o un fragmento de un recitativo acompañado. Luego siguen unos compases en la menor, con el indicativo de *Chorus*. No hay texto, aunque... ¡mira arriba! Está un poco borroso pero se puede leer: *Idées pour l'opera serieuse*. Ideas para la ópera seria. Fíjate bien: «la» ópera, quiere decir una ópera concreta, no «una» ópera en genérico. ¡Es nuestra ópera!

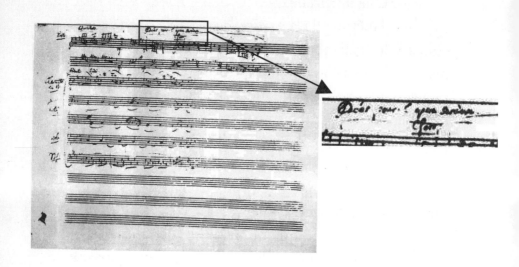

Capítulo

10

Malos tiempos

Viena, mayo de 1788

Había más trajín de lo normal por las calles que rodeaban el Freyung, una plaza de forma triangular casi tan amplia como el Graben. El polvo lo inundaba todo. Una carreta circulaba acarreando los productos que no habían podido colocarse en el mercado de la mañana y otros dos coches se impacientaban por la obstrucción que estaba provocando la carreta en la entrada de Am Hof. Los cocheros gritaban y chasqueaban los látigos y algunos paseantes se detenían curiosos observando la escena. Don Álvaro pudo atisbar la conocida silueta del conde Zizendorf en uno de los dos carruajes. Con toda seguridad se dirigía como él a la reunión con el cardenal Migazzi.

Como correspondía a un príncipe de la iglesia, la nunciatura romana en Viena tenía su sede en un bello palacio barroco, de esbeltas columnas flanqueadas por dos atlantes que defendían la entrada. Los días eran ya largos y la ausencia de nubes permitía a la luz del atardecer penetrar a través de los amplios ventanales, desde los que se podía contemplar el espectáculo de la bulliciosa plaza. La gran iglesia Zu den neuen Chören der Engel dominaba el espacio con su espléndida fachada, muy del gusto de los santuarios romanos como il Gesù. Unido a la iglesia por un arbotante que ocultaba un pasadizo cubierto estaba el palacio de la nunciatura. Don Álvaro entró en la iglesia y tras cerciorarse de que nadie le seguía, encaminó sus pasos hacia la tribuna del órgano. Un sacerdote aparentaba rezar en un banco pero era evidente que le esperaba. Hizo una señal con su cabeza y don Álvaro le siguió a través de una serie de pasillos hasta que se dio cuenta de que estaba sobre el arbotante atravesando el pasadizo que separaba la iglesia del palacio.

Mientras tanto, el coche de Zizendorf había conseguido cruzar la plaza y entrar en el recinto del palacio. La figura del conde se deslizó sigilosamente y entró en el amplio vestíbulo.

—Su Eminencia os espera, señor conde. Por favor, acompañadme.

El tortuguesco Gazzaniga se alojaba también en la nunciatura y por ello había bajado a esperar al conde. Ambos subieron la escalinata precedidos de un lacayo con librea de la Santa Sede y fueron a reunirse con el cardenal en la biblioteca.

El servicio había encendido el hogar del salón para caldear el ambiente, pues el cardenal Migazzi, a pesar de su ascendencia tirolesa, tenía terror al frío. Gazzaniga y Zizendorf le encontraron junto al fuego, frotándose las manos para entrar en calor, aunque la temperatura de la estancia era más que confortable.

A una señal del cardenal, varios criados trajeron las copas y sirvieron un vino dulce acompañado de pequeñas delicias napolitanas. En ese momento se incorporó a la reunión don Álvaro, que había sido acompañado a la estancia por el silencioso sacerdote.

—Señores, hagamos un repaso de la situación. Monseñor Gazzaniga, ¿queréis empezar?

—Su Eminencia, las averiguaciones que he podido hacer apuntan también a Van Swieten.

—¿Es eso cierto?

—Sí, Eminencia. Al parecer, Van Swieten fue educado por los jesuitas y la disolución de la Compañía de Jesús por parte de Su Santidad no hizo más que exacerbar su enemistad hacia la iglesia de Roma. No es extraño que ame la música de Bach y Haendel, dos notorios compositores protestantes. Por tanto, según se desprende de todo esto, Van Swieten sería una persona clave para cambiar la política religiosa del emperador.

—Y vos, conde Zizendorf, ¿qué podéis aportar?

—Nuestros propósitos parecen ir por el buen camino, Eminencia. Ya conocéis a don Álvaro de la

Nava y Fernández, que nos ha prestado algunos servicios muy especiales de gran valor, gracias a los cuales podríamos asegurar que Van Swieten está neutralizado. El libreto de la ópera no ha podido prosperar y, aunque parece ser que ha tomado el relevo Gebler, no creemos que haya podido hacer mucho. Es evidente que Mozart no ha podido trabajar sin el libreto.

—Yo no me descuidaría, conde. Ese botarate es muy obcecado y no me extrañaría que hubiera seguido con el proyecto a pesar de las dificultades. Está tan convencido de su talento que... en fin, creo que no debemos darlo por... ¿cómo habéis dicho vos? ¿Neutralizado?

Zizendorf hizo un gesto de asentimiento, mientras Migazzi se dirigía al español.

—¿Y qué me decís de vuestra misión en Praga, don Álvaro?

—Todo bien, Eminencia. Tengo la seguridad de que la ópera secreta no ha podido avanzar. Registré todas sus pertenencias y no encontré nada que pudiera delatar la existencia de una partitura, ni siquiera de un borrador. Mozart estuvo absolutamente sumergido en la composición de *Don Giovanni* y no tuvo tiempo para nada más.

—Él solo se desacredita con sus nuevas creaciones —intervino Zizendorf—. No sé si habéis tenido oportunidad de asistir al estreno en Viena de esa obra.

—¿Otra ópera sacrílega? Pero ¿quién elige los temas a ese jovenzuelo?

—Siempre Da Ponte, Eminencia.

—Pues quiero que me garanticéis que nadie más va a asistir a ningún concierto de Mozart. Quiero que consigáis su aislamiento, que nadie escuche sus nuevas composiciones, que no le inviten a los salones de la nobleza, que no le saluden. Ya veremos si logra sobrevivir hiriéndole donde más le duele, en su orgullo de músico.

—El aislamiento total será difícil, porque cuenta con sus apoyos de la logia, pero cortar sus fuentes de ingresos, ya de por sí precarias, será sencillo. Basta con alimentar las críticas para que la buena sociedad vienesa le dé la espalda. Mirad: justo después del estreno de *Don Giovanni* estuve en una recepción en casa del príncipe Razumovsky. Allí estaba la mayoría de los músicos de la capital, salvo Mozart, claro está. Tendríais que haberlos oído: «¡Otra ópera que aturde a nuestro público! —decía uno—, «¡Mucho ruido y fasto para *epatar* a las masas, nada más que vaciedad e insulsez en el público cultivado!», «Caótica y muy poco melódica»... En fin los adjetivos eran variados.

—Debo confesar que la escena del cementerio me ha llenado de horror —terció don Álvaro en la conversación—. Mozart parece haber copiado de Shakespeare el lenguaje de los fantasmas. ¡Qué parecido tan deshonroso!

—Don Álvaro, me sorprendéis. Yo os consideraba poco más que un mercenario y os veo más ofendido aún que nosotros —respondió entre receloso y divertido Migazzi—. O sois un grandísimo actor o bien os debo pedir excusas por mis precipitados juicios.

—No tenéis por qué pedirme excusas, porque me gusta la escena casi tanto como la vida. Pero os aseguro que mi opinión de Don Giovanni era sincera. Estoy de acuerdo con el conde. No será difícil.

Don Álvaro se relamió ante la perspectiva de arruinar la vida de aquel hombrecillo insignificante. El recuerdo de Constanze azorada por su acoso en la habitación de Villa Bertramka cruzó fugaz por su mente y arrancó una sonrisa viciosa de su rostro.

* * *

Viena, junio de 1788

El llanto del bebé estremecía las paredes, agudo, desconsolado e incansable. La pequeña Teresa no remontaba y Constanze apenas había conseguido rebajar la hinchazón que había deformado sus piernas en la última parte de su embarazo. Desde que volvieron de Praga las cosas parecían haberse torcido de un modo inexplicable. Su estado había sido muy llevadero y había soportado los trastornos del viaje con humor y buena salud. Pero en los días previos al parto todo se había complicado. Teresa nació frágil y ella misma había perdido de golpe el vigor y alegría que le habían mantenido en forma durante esos meses. Los tratamientos prescritos y los nuevos gastos habían terminado de arruinar la maltrecha economía familiar. Las deudas les habían obligado a tomar decisiones drásticas, comenzando por una nueva mudanza que les había llevado a los suburbios, en la Währingergasse. La Casa de las Tres Estrellas —como se conocía su nueva vivienda— tenía un bello nombre, pero poco más. Era oscura y fría y, sobre todo, alejada del centro, como una metáfora de la pérdida del favor del público que había sufrido la música de su marido. Sus últimas actuaciones en vivo se habían saldado con disimulados fracasos sin apenas cubrir los costes.

—¡Por favor! ¿Puedes hacer que se calle esa criatura? —chilló Mozart fuera de sí.

—¡No sé qué le pasa, Wolfgang! ¡No consigo que se tranquilice! —gritó de respuesta Constanze desde el otro extremo de la casa.

Mozart se mesó los cabellos con desesperación. Finalmente tendría que cancelar la suscripción de sus tres nuevos quintetos. ¡Ni uno solo de sus antiguos admiradores había respondido al anuncio publicado en el *Wiener Zeitung!* Tres bellos manuscritos de sus últimas composiciones para dos violines, dos violas y violonchelo, por sólo 18 florines y ni una sola suscripción. Así no había forma de saldar las deudas que había acumulado con su amigo Puchberg, pero tampoco estaba dispuesto a seguir los consejos de sus amigos, que le sugerían que tuviera un poco más en cuenta los gustos de los aristócratas y no fuera tan osado. Su música de cámara se había convertido en un bocado exclusivo para unos pocos expertos, y era necesario disponer de intérpretes de extraordinaria calidad y muy bien conjuntados para que aquello no sonara como un confuso superponerse de ruidos descoordinados.

Abrió el diario y se paró en la sección de noticias locales, que en ocasiones tenía anuncios de interés. Sus ojos se detuvieron en el final de la página, aunque no consiguió terminar la lectura por la indignación.

—¡Esto ya es demasiado! ¡Si no quieren comprar mi música, que no lo hagan, pero que no nos humillen así! —gritó mientras arrojaba el periódico contra la pared.

—¡No grites así, que acabo de dormir a la niña! —Constanze entró en la sala moviendo los brazos ostentosamente para callar a su marido—. ¿Qué ocurre?

—Lee ese estúpido anuncio.

Constanze cogió del suelo el periódico y leyó:

Se busca ayuda de cámara músico

Se necesita un músico que toque bien el piano y también sepa cantar y que sea capaz de dar clases de ambas cosas. Este músico también tiene que realizar las funciones de ayuda de cámara. Quien decida aceptar el puesto debe preguntar en el primer piso de la casita Colloredo, en el número 982 de Weihburggasse.

—No te pongas así, que no va contigo.

—¡Que no va conmigo! Mira, Constanze, mientras algún imbécil mediocre siga aceptando este tipo de ofertas nunca conseguiremos que los músicos seamos respetados. Ya dar clase es un tormento: es un tipo de trabajo para el que no estoy hecho. Doy gustosamente mis clases a cualquiera en el que veo algo de genio y la alegría y el deseo de aprender. Pero estar obligado a ir a horas fijas a otra casa, o esperar en la mía, soy incapaz de hacerlo, incluso si hay dinero que ganar. Dejo esto para las personas que sólo saben tocar el piano. Pero encima hacer de «ayuda de cámara»... ¡Qué humillación! Yo soy un compositor, nacido para ser un *kapellmeister;* no debo ni puedo enterrar de esta manera el talento que dios me ha dado en su bondad.

—Pues querido, no desprecies tanto las clases, porque hay que comer. No podremos seguir así mucho tiempo.

—No me tortures más, mujer. Deja que yo me ocupe de esos asuntos.

Constanze lanzó un suspiro resignado. Se oyó de nuevo un lloro entrecortado. El pequeño Carl Thomas, de tres años, había despertado de nuevo a su hermana. Si al menos pudiera descansar, quizá lograra reunir fuerzas para cambiar la situación. Wolfgang era un genio, pero era incapaz de poner orden y organizar las finanzas de la familia.

* * *

Casi no podía creer que hubieran pasado ya dos años desde que hablara con Gebler sobre el libreto. Nunca se atrevió a confesar que su distanciamiento del proyecto había sido provocado por una amenaza directa a su vida. No sabía cómo reaccionarían los Hermanos si conocieran su cobardía, pero no era un buen síntoma la vergüenza con que él mismo recordaba su comportamiento. Desde entonces sus relaciones con Mozart habían adquirido un matiz muy distinto, al menos por su parte, pues el miedo le atenazaba. Una cosa era hacer grandes discursos o conspirar en los salones de la nobleza, y otra cosa era exponer la propia vida por algo que, al fin y al cabo, no era más que una modesta pieza de un inmenso mecanismo.

Su conciencia, sin embargo, no le dejaba tranquilo. Van Swieten no podía soportar ver languidecer a un genio como Mozart. Era algo extraño, como si todo el mundo de repente le hubiera vuelto la espalda. Cierto es que su música había adquirido unos tintes, como diría, quizá excesivamente dramáticos y experimentales, y muchos comenzaban a sentirse incómodos ante tanta modernidad. Encargarle nuevas obras o simplemente aplaudir sus más recientes composiciones haría levantar las sospechas, pues ya sólo algunos músicos de alto nivel de un círculo muy restringido eran capaces de apreciarlas. Un diletante como Van Swieten encontraba irritante esta nueva música. Tal vez en política se considerara avanzado, pero para él la fuerza iluminadora de la razón tenía su correlato en los oratorios de Haendel y Bach, aquellas grandes obras plenas de solemnidad, que alimentaban el espíritu con la perfección de una música equilibrada y predecible. Eso sí, la instrumentación necesitaba una puesta al día, y nadie como Mozart para hacer ese trabajo de forma eficaz y a plena satisfacción de los oídos vieneses.

Encargar a Mozart las adaptaciones de *Acis y Galatea* y el *Mesías* había sido una gran idea con la que conseguiría varios objetivos simultáneos: por un lado, ayudar económicamente al compositor —con lo que podría seguir adelante en paralelo con la ópera secreta sin que pudieran relacionarle a él con el proyecto—, y, por otro, satisfacer su propio apetito musical con un producto que también le daría ocasión de continuar su labor en los salones de la aristocracia. La puesta en escena de estos oratorios era una excelente excusa para convencer a los Esterhazy, Schwarzenberg, Lobkowitz o Dietrichstein de que montaran las representaciones en sus palacios, algo escogido y de buen gusto para grupos selectos.

Van Swieten se sentó ante su escritorio y cogió la pluma para escribir un breve billete:

Kapellmeister *Mozart:*
Me agrada mucho vuestra idea de transportar el texto de esta composición en un recitativo. Creo que es excelente. El que es capaz de revestir a Haendel con tanta solemnidad y tanto gusto, de manera que llegue a agradar, por un lado, a los esclavos de la moda, y que, por otro, se muestre siempre a pesar de todo en su belleza original, esa

persona, digo yo, ha sentido cuál es su valor, lo
ha comprendido, ha conseguido llegar a la fuente
de lo que hace su expresión, y podrá estar capaci-
tada para hacer una creación propia. Estoy pensando en organizar la representación para finales
de año, probablemente en el palacio del príncipe
Esterhazy, por lo que habríais de apresuraros para disponer de tiempo suficiente para los ensayos.
Con vuestro talento estoy seguro de que no habrá
el menor problema, pero debéis confirmarme lo
antes posible la disponibilidad de la obra para cerrar la fecha con los anfitriones. Espero vuestras
noticias.

Barón Gottlieb van Swieten

Capítulo
11

Federico Guillermo de Prusia

Viena, marzo de 1789

Los bellos palacios vieneses habían sido sustituidos por garitos de juego en las noches de Mozart. Ya no quedaba ni el resto de la alegre pandilla con la que había compartido las juergas de alcohol y música. Tras la marcha de los irlandeses no había vuelto a ser lo mismo. Por unos instantes el recuerdo de Nancy le recorrió la espalda con un estremecimiento de placer nostálgico.

—¡Mozart! ¡Despertad! —El príncipe Lichnowsky le cogió del brazo agitándole con vehemencia—. Es preciso que nos vayamos. Hemos tenido bastante por hoy, sobre todo vos. Y no sólo alcohol. Con lo que habéis perdido hoy me debéis ya quinientos *gulden*.

Karl von Lichnowsky era el yerno de la condesa Thun, gran amiga y protectora de Mozart desde que se instaló en Viena. La doble vida que llevaba día y noche tenía su paralelo en sus cambios de humor, tan frecuentes como impredecibles. Tan pronto era el mejor colega de Mozart como se convertía en el aristócrata envarado que correspondía a su apellido. El músico no sabía a qué atenerse con él, pero era uno de los pocos amigos que aún le quedaban entre la nobleza y no era fácil prescindir de su compañía.

A duras penas consiguió Mozart calarse el sombrero y salir del local. La primavera estaba a punto de empezar, pero la noche era desapacible. Un golpe de aire frío le sirvió para recuperarse y sólo entonces percibió las palabras de Lichnowsky, que habían quedado como flotando en el aire esperando a que su oído se aprestara a acogerlas.

—No sé cómo voy a afrontar el pago. Pero seguramente vos podréis esperar a una nueva academia que tengo pensado organizar pronto. Tengo algunas sinfonías...

—Escuchadme, Mozart, si los vapores del vino os dejan. Tengo una idea mejor. Tengo previsto viajar a Berlín dentro de unos días por motivos de negocios y estaría encantado de que vinierais conmigo. En el camino tendréis oportunidades de dar a conocer vuestra música y podréis recaudar más fondos que ahora en Viena. Tengo que pasar por Praga, Dresde y Leipzig, la patria del gran Bach. Animaos: oiremos buena música y así me haréis compañía. Odio viajar solo.

Mozart no tenía ningún deseo de partir. Aunque desde niño estaba acostumbrado a los caminos y a los viajes, no quería dejar a Constanze con el pequeño Carl. Sin embargo, no podía negarse a los deseos de Lichnowsky, pues las deudas que ya tenía con él le podrían poner en una situación comprometida si exigiera con prontitud su reintegro. Además, pensándolo bien, si Puchberg se aviniera a albergar a su familia durante su ausencia, podría ahorrarse el pago de la renta por una temporada y así recomponer las finanzas familiares. El viaje podría reportarle beneficios, sobre todo si el príncipe corría con los gastos del coche y quizá hasta del alojamiento.

—Príncipe, para mí sería un honor, creo que es un momento muy bueno para cambiar de aires.

—Muy bien, partiremos el día 8.

* * *

Budweis, 8 de abril de 1789
Querida mujercita:
Mientras el príncipe se ocupa de los caballos, aprovecho con alegría esta ocasión, mujercita de mi corazón, para decirte dos palabras. ¿Qué tal estás? ¿Piensas tanto en mí como yo pienso en ti? A todas horas contemplo tu retrato y lloro de pena y de alegría a la vez. ¡Conserva para mí tu preciosa salud, y cuídate, amor! No te preocupes por mí, pues en este viaje me están evitando cualquier

disgusto y contrariedad, excepto tu ausencia. Pero en cuanto a esto, como no puede ser de otra manera, no hay nada que hacer.

Te escribo estas líneas con los ojos llenos de lágrimas. Adiós.

Desde Dresde te escribiré más extensamente y de forma más legible, sin prisas como ahora. Adiós, te abrazo millones de veces con la mayor ternura y soy para siempre y fielmente hasta la muerte, tu

Stu-Stu Mozart

Abraza a Carl por mí y di también mil cosas al señor y a la señora Puchberg. Otra vez hasta pronto.

Dresde, 13 de abril
Querida mujercita:
¡No tengo ninguna carta tuya! ¡Si te contase todo lo que hago ante tu retrato, te reirías seguramente! Por ejemplo, cuando lo saco de su prisión, le digo: ¡Dios te bendiga, Stanzerl! ¡Dios te bendiga, bribona, nariz puntiaguda, bagatela, Schluck und Druck! Y cuando lo devuelvo a su sitio, lo introduzco poco a poco, diciendo: ¡Servidor, servidor, servidor!, pero con la autoridad particular que esa palabra exige. Y, al final, deprisa ¡Buenas noches, ratoncito! ¡Duerme bien! ¡Ah! Creo que he escrito muchas tonterías (para el mundo al menos), pero para nosotros que nos amamos tan tiernamente, ¡no son tonterías! Hoy es el sexto día que estoy

lejos de ti, y ¡por Dios!, que me parece que haya pasado un año.

Mozart

Dresde, 16 de abril
Querida mujercita: tengo un millón de peticiones que hacerte:

1ª Te pido que no estés triste.

2ª Que cuides tu salud y no te fíes del aire de la primavera.

3º Que no salgas sola, a pie —y mejor todavía—, no salgas de ninguna manera.

4ª Que estés completamente segura de mi amor. No te he escrito ni una sola carta sin haber colocado delante de mí tu retrato.

5ª Te pido que cuides tu conducta no solamente por tu honor y el mío, sino también por las apariencias. No te enfades por esta petición. Debes amarme más aún por darle tanta importancia al honor.

Ahora adiós, querida, piensa que todas las noches, antes de acostarme, hablo media hora con tu retrato, y lo mismo hago al despertarme.

Te adoro y te estrecho 1095060437082 veces en mis brazos y soy para siempre
Tu muy fiel marido y amigo

W. A. Mozart

* * *

Berlín, abril de 1789

El carruaje aminoró su paso conforme se acercaba al palacio real de Potsdam. A su izquierda se erguía majestuosa la estatua ecuestre del gran elector de Brandeburgo, Federico Guillermo, que había heredado un país asolado por la Guerra de los Treinta Años un siglo antes y había logrado la independencia del reino prusiano de la vecina Polonia. Ironías del destino, ahora era Prusia quien decidía con Rusia y Austria quién se quedaría con los pedazos de la desventurada Polonia. El caballo del elector alzaba disciplinadamente la pata anterior izquierda en un equilibrio que, a fuerza de mantenerse durante décadas merced a la consistencia del bronce, dejaba de parecer prodigioso aunque lo fuera. El coche se detuvo frente a una imponente columnata que ocupaba en altura los cuatro generosos pisos del palacio. Dos lacayos de librea recibieron a los huéspedes y los condujeron a través de los salones al ala donde se encontraba en aquellos momentos el rey de Prusia.

Federico Guillermo II, sobrino de Federico el Grande, era un príncipe cultivado que patrocinaba la música y las artes, y que además era un verdadero *connaisseur*. Tenía un sentido del gusto notablemente desarrollado y ningún artista que se preciara de serlo dejaba de acudir a su palacio para una velada musical. Tocaba el violonchelo con maestría, aunque quizá sin llegar al nivel que su tío alcanzó con la flauta. El gusto no sólo se le había desarrollado en el oído sino en la lengua: su apetito era legendario y una generosa papada era el signo que su rostro tributaba a su afición. Su amor por el arte y la gastronomía eran en buena medida reflejo de su pasión por lo francés, heredada de su predecesor, aunque no llegaba a los extremos de éste, que no hablaba ninguna otra lengua, salvo que fuera imprescindible, pues consideraba el alemán un idioma para camareras y palafreneros. La influencia francesa aún era palpable en cada rincón del palacio. La corte prusiana era un extraño crisol de la sequedad del norte centroeuropeo y la elegancia de las formas francesas, incluida la exquisitez de los *chefs* de su cocina.

El rey se encontraba arrellanado en un mullido sillón rodeado de vistosos cojines bordados. Junto a él, una figura hosca que lucía unos inverosímiles anteojos sobre la nariz se esforzaba leyendo un artículo en el *Berlinische Monatschrift*. El violinista francés Duport, profesor de la corte, que acompañaba a Mozart y al príncipe Lichnowsky en presencia del monarca, hizo las presentaciones. Cuando llegó el turno del envarado funcionario de los anteojos le presentó como el barón Von Verstofen, encargado de la censura real. El rey pareció desperezarse con la llegada de los nuevos visitantes y fue entonces cuando se percató de la presencia del censor.

—Príncipe Lichnowsky, *kapellmeister* Mozart, sed bienvenidos. Llegáis en un momento muy oportuno. Me gustaría conocer vuestra opinión sobre el problema que nos presenta el barón. Al parecer, un tal Emmanuel Kant, un anciano profesor de filosofía de Königsberg, está enredando con sus doctrinas y el barón nos está proponiendo que adoptemos medidas para... ¿cómo diría? ¿Silenciarlo? ¿Reconducirlo al redil?

—Majestad, con el debido respeto. Creo que no debemos minusvalorar el peligro que representa. Ese catedrático tiene gran influencia sobre la juventud y la situación política nos demanda ser muy escrupulosos con lo que se publica. Si me permitís, os lo leeré.

Lichnowsky y Mozart cruzaron miradas confundidas. No esperaban verse envueltos en una discusión que no les concernía y en la que era fácil cometer errores sin conocer los antecedentes de la situación. Por eso optaron por permanecer en un respetuoso silencio, mientras el rey y su censor se enzarzaban en el debate. El francés parecía tan confundido como los visitantes.

—De acuerdo, barón, proceded con la lectura.

Von Verstofen se aclaró la garganta, se ajustó los anteojos y comenzó a leer con voz aguda y un punto agresiva.

—Dice así: «Respuesta a la pregunta: ¿Qué es la ilustración?: La ilustración es la salida del hombre de su minoría de edad. Él mismo es culpable de ella. La minoría de edad estriba en la incapacidad de servirse del propio entendimiento, sin la dirección de otro. Uno mismo es culpable de esta minoría de edad cuando la causa de ella no yace en un defecto del entendimiento, sino en la falta de decisión y ánimo para servirse con independencia de él, sin la conducción de otro. *Sapere aude!* ¡Ten valor de servirte de tu propio entendimiento! He aquí la divisa de la ilustración».

—Pues sinceramente, barón, si eso es todo, creo que podemos finalizar aquí. ¡Si la gran amenaza de este señor es que pide a los hombres que piensen por sí mismos...! —Federico Guillermo soltó una risita a la que se unieron tímidamente el resto, mientras Von Verstofen permanecía serio y crispado.

—Majestad, ésa es sólo la introducción, permitidme que continúe.

El rey adoptó una actitud más seria al ver la expresión del censor.

—De acuerdo, barón, proseguid, pero no abuséis de mi paciencia.

—Os ruego que perdonéis mi lentitud, Majestad, pero sólo lo hago en beneficio del reino. El texto continúa así: «Para esta ilustración tan sólo se requiere libertad y, a decir verdad, la más inofensiva de cuantas pueden llamarse así: el hacer uso público de la propia razón en todos los terrenos. Actualmente impera por doquier una restricción de la libertad. Pero ¿cuál es el límite que la obstaculiza y cuál es el que, bien al contrario, la promueve?» —En ese punto, Federico Guillermo hizo un gesto de interés—. «He aquí mi respuesta: el uso público de su razón tiene que ser siempre libre y es el único que puede procurar ilustración entre los hombres; en cambio, muy a menudo cabe restringir su uso privado, sin que por ello quede particularmente obstaculizado el progreso de la ilustración. En algunos asuntos encaminados al interés de la comunidad se hace necesario un cierto automatismo, merced al cual ciertos miembros de la comunidad tienen que comportarse pasivamente para verse orientados por el gobierno hacia fines públicos mediante una unanimidad artificial, o cuando menos, para que no perturben la consecución de tales metas. Desde luego, aquí no cabe razonar, sino que uno ha de obedecer. Sin embargo, en cuanto esta parte de la maquinaria sea considerada como un miembro de la comunidad global e incluso cosmopolita y, por lo tanto, se considere su condición de alguien instruido que se dirige sensatamente a un público mediante sus escritos, entonces resulta obvio que puede razonar sin afectar con ello a esos asuntos en donde se vea parcialmente concernido como miembro pasivo.»

El monarca reflexionó en voz alta.

—Todavía no tengo claro si ese Kant es un hombre sensato o si está queriendo confundirnos con esas distinciones eruditas.

—Escuchad, Majestad, los ejemplos que pone, y así podréis discernir con claridad el peligro que esos razonamientos encierran: «Ciertamente resultaría muy pernicioso que un oficial, a quienes sus superiores le hayan ordenado algo, pretendiese matizar en voz alta y durante el servicio la conveniencia o la utilidad de tal orden; tiene que obedecer. Pero en justicia no se le puede prohibir que, como experto, haga observaciones acerca de los defectos del servicio militar y los presente ante su público para ser enjuiciados. El ciudadano no puede negarse a pagar los impuestos que se le hayan asignado; incluso una indiscreta crítica hacia esos tributos al ir a satisfacerlos quedaría penalizada como un escándalo, pues podría provocar una insubordinación generalizada. Igualmente, un sacerdote está obligado a hacer sus homilías, dirigidas a sus catecúmenos y feligreses, con arreglo al credo de aquella iglesia a la que sirve, puesto que fue aceptado en ella bajo esa condición. Pero en cuanto persona docta tiene plena libertad de participar al público todos sus bienintencionados y cuidadosamente revisados pensamientos sobre las deficiencias de aquel credo, así como sus propuestas tendentes a mejorar la implantación de la religión».

El rey frunció el ceño con preocupación.

—Y bien, maestro Mozart, ¿qué os sugieren estos planteamientos?

—Majestad, resultaría pretencioso por mi parte dar una opinión sobre un asunto en el que no tengo las cualificaciones necesarias para pronunciarme. ¿De qué puede servir el parecer de un músico sobre una materia tan compleja como ésta?

—Pero seguramente tendréis vuestra opinión sobre la libertad y su ejercicio.

—Ciertamente, Majestad, aunque humildemente dudo que merezca vuestro interés.

—Sois un poco impertinente, Mozart. Dejad que sea yo mismo quien juzgue mi propio interés y contestad.

—Por supuesto, Majestad. —Mozart vaciló, temeroso de enfadar al monarca y perder toda oportunidad de tocar ante él u ofrecerle alguna composición—. Mi problema es que no acierto a distinguir entre esos supuestos usos privados y públicos de la razón y de la libertad para expresarse. Majestad: yo soy músico y no sé de filosofías o razonamientos. Sólo sé que como músico siento la necesidad de expresarme con libertad donde quiera que me encuentre. No sé si existe la música privada diferenciada de la pública, pues toda ella está compuesta para ser escuchada, aunque también es cierto que no todos los públicos son capaces de apreciarla como merece.

—Ciertamente habéis conseguido elaborar un pequeño galimatías sin pronunciaros sobre vuestro propio pensamiento. Lo único que saco en claro de vuestras palabras es que la línea que aparentemente separa el uso público y privado de la razón es tan tenue que quizá ni siquiera existe.

—Majestad, permitidme unas palabras —intervino el príncipe Lichnowsky—. Tampoco yo soy filósofo, pero desde luego me parece muy peligroso que se pueda permitir la crítica pública sobre el ejército, los impuestos o la religión. Son cosas demasiado serias como para tomarlas a la ligera.

—El príncipe tiene razón, *sire* —dijo Von Verstofen—. ¡Sólo nos faltaría que los militares se atreviesen a poner en cuestión la organización del ejército o los ciudadanos la pertinencia de pagar impuestos!

—Señores, yo también tengo mis dudas de que este profesor sepa distinguir entre sus deberes como docente y el uso de su propia razón, por lo que sus alumnos también tendrán dificultades para separar las enseñanzas verdaderas de la opinión de su profesor. El barón Von Verstofen dirigirá una nota de advertencia al honorable Kant, sugiriéndole un mayor comedimiento en sus expresiones públicas. De paso, si es posible, aconséjele que escriba en francés. Seguro que su mente se aclarará y abandonará esa forma tan alambicada de expresarse. Esperemos que sea suficiente, pues por lo demás parece una persona moderada que quizá no sea consciente del posible impacto de sus razonamientos. Y ahora, barón, por favor, retiraos, quiero mostrar algo a Mozart. Duport, llamad al resto de la orquesta. Vamos a interpretar lo que estuvimos practicando ayer.

Von Verstofen se retiró con discreción, mientras el músico francés llamaba al resto de los intérpretes. En unos minutos se había conformado una pequeña orquesta de cámara en la que el propio rey tocaba el violonchelo. Atacaron un cuarteto de Boccherini con gran maestría y después uno de Haydn. Fue el turno entonces de Mozart, que interpretó al piano varias sonatas e incluso improvisó unas variaciones para acompañar al violín de Duport. Las luces del día se fueron apagando y el servicio fue discretamente encendiendo las luces del salón. La velada transcurrió muy agradable hasta que el rey mandó terminar con la música y llamó a Mozart a su lado, cogiéndole por el antebrazo.

—Maestro Mozart, contestadme con sinceridad: ¿qué opináis de mi orquesta?

A pesar de la feliz sesión de música y lo apropiado de la situación, era difícil que Mozart sucumbiera a la fácil tentación del halago.

—Majestad, habéis logrado reunir la mejor colección de virtuosos del mundo y en ningún sitio he podido escuchar cuartetos tan bellamente ejecutados. Sin embargo, cuando tocan juntos, creo que aún podrían hacerlo mejor.

El rey lanzó una carcajada, sorprendido de la naturalidad de Mozart.

—¡Oh, por favor, Mozart, debéis quedaros en mi corte! Os ofrezco un salario de tres mil táleros anuales.

—Majestad, sois extremadamente generoso pero... ¿debería abandonar a mi emperador?

Federico Guillermo quedó unos instantes pensativo.

—De acuerdo, admiro vuestra lealtad. Pero sabed que mantendré mi oferta durante un año, por si os lo pensáis mejor.

—Estoy a vuestros pies, Majestad. Espero que mientras tanto aceptéis que os componga algunos cuartetos con la esperanza de que se hallen a la altura de lo que vuestros músicos merecen.

—Serán seis, Mozart, y quiero que os esmeréis. Tomad cien federicos de oro y si además me enviáis algunas sonatas para la princesa os recompensaré bien. No hay nadie en mi corte que domine la composición para piano como vos. Y no olvidéis mi oferta, porque no la mantendré eternamente.

Mozart se retiró conmovido. Era difícil saber qué le tenía deparado el destino. Dejar Viena y mudarse a Berlín... Sí, la remuneración era importante, pero abandonar Viena y al emperador... ¡y aguantar a aquel bocazas francés de Duport, que después de tanto tiempo comiendo el pan sobre suelo alemán aún no era capaz de hablar su lengua!

* * *

Tendría que haber imaginado que las cosas con Lichnowsky no iban a funcionar. Y no sólo era el problema de los horarios y la incompatibilidad de sus negocios y ocupaciones. La convivencia diaria le había revelado la parte de la personalidad de Lichnowsky que antes sólo había intuido: era un fatuo que no dudaba en utilizar su poder para salirse con la suya, sin que le importaran demasiado los intereses o los proyectos de Mozart. Una vez acabó sus negocios en Berlín se negó a permanecer más tiempo allí, aunque estaban programadas varias representaciones del *Rapto* en el mes de mayo. Habría sido una ocasión magnífica para intentar consolidar su éxito en Prusia, pero no hubo forma.

Pero lo peor estaba por llegar. Al pararse en Leipzig en el camino de vuelta, Lichnowsky le exigió el pago de la deuda que mantenía con él, pues se había quedado sin efectivo para el viaje, según él, por los enormes gastos que habían producido las interminables paradas que habían hecho para que Mozart diera sus conciertos y renovara sus contactos. Así, de golpe, los pocos ahorros que había conseguido reunir se habían esfumado, y tuvo que volver a Viena tan pobre como había salido.

Si al llegar a casa temblaba de deseo por ver de nuevo a Constanze, se encontró con que ésta había contraído una peligrosa infección que la tenía en cama. Allí estaba, junto a él, ahora sumergida en un apacible sueño del que se había visto privada durante bastante tiempo. Se recuperaba poco a poco y los médicos le habían prescrito que, tan pronto como pudiera, fuera a Baden a tomar los baños.

El silencio era absoluto. Mozart había adquirido la costumbre de andar sobre la punta de los pies y chistar a todas las visitas para que no alzaran la voz y molestaran así a la enferma. De pronto, una criada entró bruscamente en la habitación y Mozart, preocupado de que su esposa no fuera perturbada en su sueño, se hincó sin querer el cortaplumas con el que estaba preparando el recado de escribir. Sin hacer un solo ruido a pesar del dolor, hizo una seña a su cuñada Sofía, que se encontraba velando a la enferma, para que saliera de la habitación. Sofía le limpió y curó la herida con aceite de San Juan y Mozart, a pesar del lacerante dolor, cambió la pluma de mano y se aprestó a escribir una desoladora carta a su único amigo.

* * *

—Señor, acaba de llegar una carta para vos para entregar en mano. Es del señor Mozart.

Michael Puchberg se giró y alargó la mano para coger la carta que le tendía su criado en una bandeja.

Viena, 12 de julio de 1789
Muy querido, excelente amigo, honorable hermano:

¡Dios mío! ¡Heme aquí en una situación tal que no puedo deseársela a mi peor enemigo! Y si vos, mi excelente amigo y hermano, me abandonáis, estaría tan desgraciada como inocentemente perdido; ¡yo, mi pobre mujer enferma, y mi hijo!

La última vez que estuve en vuestra casa quise abriros mi corazón. ¡Pero no tuve valor, y todavía no lo tengo! Temblando me atrevo a hacerlo por escrito, y ni por escrito me atrevería, si no supiera que me conocéis, que sabéis todos mis problemas, y que estáis plenamente convencido de que no es por mi culpa por lo que me encuentro en esta desgraciada y lamentable situación. ¡Oh, Dios! ¡En lugar de con agradecimientos vuelvo con nuevas peticiones! ¡En lugar de con una liquidación de mi deuda, lo hago con una nueva solicitud! Si conocéis el fondo de mi corazón, debéis sentir tanto como yo el dolor que experimento. Ciertamente no necesito recordaros cómo esta desgraciada enfermedad me ha frenado en toda mi actividad; debo tan sólo advertiros que, a pesar de mi miserable situación, estaba decidido a dar en mi casa conciertos por suscripción, con el fin de poder hacer frente al menos a mis numerosos gastos actuales —pues de vuestra afectuosa paciencia estaba plenamente persuadido— ¡pero esto también ha fracasado! Mi destino me es ahora tan hostil —¡sobre todo en Viena!— que no puedo ganar nada, por más que lo intento: ¡hace quince días que he hecho circular una lista, y el único nombre que figura en ella es el de Van Swieten!

Puchberg levantó la vista de la carta. Tenía que hablar con Van Swieten. Por lo menos el barón seguía manteniendo el apoyo a Mozart, aunque fuera indirectamente. El fondo común que habían constituido los Hermanos y que él administraba se había agotado hacía tiempo y las cosas no podían continuar así. Una cosa era el afecto personal que sentía por el músico y otra el que tuviera que ocuparse en exclusiva de mantenerlo. Continuó leyendo.

Parece, sin embargo, que actualmente mi mujer mejora día a día. Al menos nos consuelan asegurando que esto va a mejor, aunque ella estaba todavía ayer noche asustada y desesperada por todo lo que ha sufrido, y yo con ella. Pero esta noche por fin se ha dormido. Ahora descansa y espero que pronto se encuentre recuperada y así pueda yo volver pronto al trabajo.

Mi muy querido gran amigo y hermano, conocéis mis asuntos actuales, sabéis también mis perspectivas. Todo sigue en el mismo estado del que ya habíamos hablado juntos: así, así, ya me comprendéis. Mientras tanto, escribo seis sonatas fáciles para piano, dedicadas a la princesa Federica y seis cuartetos para el rey que haré grabar, a mis expensas, por Kozeluch. ¡Las dos dedicatorias me aportarán algo! Dentro de unos meses, como mucho, mi suerte estará arreglada hasta el menor detalle y vos, excelente amigo, no corréis peligro conmigo. Y ahora vuelvo sobre esto, mi único amigo: ¿queréis o podéis prestarme aún quinientos florines? Os aseguro, hasta que mis asuntos se hayan solucionado, reembolsaros a razón de diez florines al mes; además (es decir, dentro de unos meses como muy tarde) de terminar de pagar la suma total con los intereses que deseéis. Y os estaré agradecido mientras viva, pues nunca podré olvidar vuestra amistad y vuestro afecto.

¡Dios sea loado! Ya está hecho. Ahora lo sabéis todo. No os enfadéis por la confianza que pongo en vos, y pensad que, sin vuestra ayuda, el

honor, el descanso y tal vez la vida de vuestro amigo y hermano no valen nada.

Hasta siempre, vuestro humilde servidor, verdadero amigo y hermano

W. A. M.

Van Swieten tenía que estar al corriente de la situación de la ópera secreta. Según le había contado Mozart, estaba prácticamente terminada y sólo esperaba de palacio que le comunicaran la fecha de su estreno. La guerra con los turcos lo había trastocado todo y parecía que pronto se iba a librar una batalla decisiva en Belgrado. Tal vez una victoria austriaca acabara con la galopante escalada de precios y trajera un poco de sosiego y confianza a los vieneses. Y entonces la nueva ópera podría reconciliar a Mozart con su público y mejorar así su situación. Los Hermanos tendrían también lo que llevaban ya demasiado tiempo esperando: la ópera de la victoria de la luz de la razón sobre las tinieblas de la ignorancia y de la intolerancia. Puchberg llamó a su criado y preparó una breve nota para Mozart que le sería entregada junto con una modesta cantidad de dinero de emergencia.

* * *

Baden, agosto de 1789

La dama abrió el parasol y giró la varilla con gracia. Los flecos de la tela culebrearon alegres en el aire siguiendo el vuelo del vestido, mientras su mano delicada se asía al brazo del caballero para asegurar el paso. Un comentario de su apuesto acompañante susurrado en su oído arrancó una franca risa de su garganta, una carcajada cristalina y liberadora que combinaba de manera admirable con el entramado de forsitias bajo el que caminaba la pareja. Un ujier del balneario salió en ese momento del hotel y se acercó a los paseantes.

Era ya el mes de agosto, y Constanze convalecía de la enfermedad que había estado a punto de arruinar su pierna; las aguas de Baden tenían un efecto beneficioso en su dolencia, pero la recuperación era lenta. Le costaba disimular la cojera que aún arrastraba y el salvador don Álvaro, aparecido por una maravillosa casualidad durante su estancia allí, se había convertido en el bastón insustituible que la acompañaba en sus paseos. Sus anécdotas y su mundo eran una fuente inagotable de conversación y entretenimiento, hasta el punto de que les había convertido en inseparables. La presencia del gallardo español era un bálsamo que había cubierto su espíritu con una fina película protectora que le hacía olvidar las malaventuras de aquel año vivido al borde de la miseria y con el duro sentimiento de fracaso de su esposo. Olvidar no era pecado, aunque a veces su conciencia emitía un fugaz sentimiento de culpa que pronto era acallado por el torrente de galanterías, historias y ocurrencias de don Álvaro.

—Frau Mozart, una carta para vos —dijo el ujier al tiempo que extendía el brazo con la bandeja del correo.

—¡Oh, muchas gracias! —respondió Constanze—. Don Álvaro, ¿me perdonáis?

Constanze se separó del brazo de su acompañante y cogió la carta. Se sentó en un banco de piedra del jardín y la abrió con impaciencia.

Querida mujercita, quiero hablar contigo muy sinceramente. No tienes motivo para estar triste. Tienes un marido que te ama, que hace por ti todo lo que es capaz de hacer. Por lo que concierne a tu pie, sólo has de tener paciencia, pues seguramente todo irá bien. Estoy, pues, encantado, cuando tú estás contenta. ¡Claro! Pero desearía únicamente que no fueras tan familiar como lo has sido hasta ahora con don Álvaro cuando se encuentre en Baden. Piensa sólo que con ninguna de las mujeres que conoce posiblemente mejor que a ti se conduce ese señor tan libremente como contigo. Una mujer debe hacerse respetar siempre, de lo contrario está expuesta a las habladurías de la gente. ¡Amor mío, perdóname por ser tan franco! Pero mi tranquilidad lo exige tanto como nuestra felicidad recíproca. ¡Recuerda que un día me confesaste que eras muy liante! ¡Ya conoces las consecuencias de ello! ¡Acuérdate de las promesas que me has hecho! ¡Prueba solamente mi amor! ¡Sé amable y alegre sólo conmigo! No te atormentes ni me atormentes con unos celos inútiles. ¡Verás lo felices que seremos! Puedes estar persuadida de

que tan sólo la recta conducta de una mujer pue-
de encadenar a su marido. ¡Adiós! ¡Mañana te
abrazaré con todo mi corazón!

Mozart, 15 de agosto de 1789

No pudo contener una lágrima que se deslizó húmeda y rápida por su rostro. La frustración, la indignación y una sombra de culpabilidad la cegaban; su boca se estrechó hasta formar una dura línea y sus ojos temblorosos pugnaban por retener el llanto que amenazaba con desbordarse. Consiguió mantener el control, aunque nada de todo esto escapó a la atenta y perspicaz mirada de don Álvaro, que sospechaba que aquella carta, probablemente de su marido, provocaría momentáneamente un alto en sus avances. Era más prudente retirarse y no dar ningún paso en falso, aunque había que estar atento a cualquier fisura que pudiera producirse en las ya frágiles defensas de Constanze. Sabía que faltaba poco y que la rendición era cuestión de tiempo, siempre que no se interpusiera en su camino algún imprevisto.

«¡Cretino estúpido! ¡Él sí puede correr detrás de cualquier falda que tenga una bella voz!» —musitó apenas audible Constanze con la vista clavada en la carta—. Wolfgang se quejaba mucho de la provinciana Salzburgo, pero lo de Baden era casi peor, un nido de cotillas y diletantes cuya única afición era diseccionar la vida y los comportamientos ajenos y difundir toda clase de chismes más o menos fundados, que no tardaban en llegar a

Viena por boca de los numerosos viajeros que transitaban entre ambas ciudades. No soportaba el control y lo que más le dolía es que su querido esposo, tan celoso él de su propia libertad, prestara oídos a esos rumores.

—Don Álvaro, por favor, contadme algo más de vuestras aventuras en Italia —dijo Constanze mientras guardaba la carta en su bolsito de mano—. Soy toda oídos.

Don Álvaro consiguió apenas disimular su triunfo.

—Escuchad con atención, Constanze, ésta es una curiosa historia que me ocurrió en Nápoles. Os placerá y además podremos extraer alguna enseñanza de ella.

La voz del galán se impostó ligeramente y su timbre acarició el aire conforme la narración fluía.

—Todo comenzó en un café de esa ciudad, donde compartía conversación con dos jóvenes oficiales que se pavoneaban de la hermosura y fidelidad de sus respectivas novias, las hermanas Fiordiligi y Dorabella. Yo no dejaba de reírme, pues todas las mujeres son volubles y no ha de fiarse uno de ellas. Mas ellos porfiaban en su empeño, hasta el punto de que concertamos una apuesta: si ellos me obedecían ciegamente durante veinticuatro horas, conseguiría demostrarles que sus novias eran como todas, caprichosas y veleidosas, prestas a cambiar su amor según el viento.

—¿Y cómo sería eso? —preguntó Constanze interesada.

—Paciencia, mi querida amiga, pronto lo sabréis. —Don Álvaro sabía que había logrado captar su curiosidad—. Los dos oficiales, Ferrando y Guglielmo, siguiendo mis instrucciones fingieron partir a la guerra: las mujeres fueron todo lágrimas y juraban no poder soportar la separación. Pero al poco de partir, los amantes volvieron disfrazados de albaneses y comenzaron a flirtear con las hermanas. Al principio fueron resueltamente rechazados y por ello pensaron que ganarían la apuesta con facilidad. ¡Qué equivocados estaban! Dorabella fue la primera en sucumbir a los encantos de su nuevo amante, pues los dos amigos habían cambiado sus papeles. Fiordiligi tuvo algunos escrúpulos y se resistía, pero cuando Ferrando le pidió que le matase si no era capaz de amarle, no pudo resisitir más y también cedió. Lo más divertido fue cuando irrumpí en una maravillosa escena amorosa entre las hermanas y los falsos albaneses, que se prometían ya en matrimonio, con el mensaje de que los dos oficiales volvían de la guerra. ¡Había ganado la apuesta! ¡Tendríais que ver la cara de las dos muchachas al despojarse sus amantes de sus disfraces! Todo era llanto y peticiones de perdón, pero los propios amigos estaban también avergonzados del subterfugio que habían utilizado. Al final, como les dije, no te puedes fiar de los amantes: todos se comportan igual y tan pronto juran amor eterno como se entregan en brazos de otro.

—A fe mía que la historia es divertida, pero tiene un punto de inverosímil. No encuentro posible que pudieran confundir la identidad de sus amantes hasta el punto de no reconocerles en sus disfraces, por mucho que se intercambiaran. ¿No sería posible que, habiéndose dado cuenta del engaño, hubieran seguido con la burla para terminar humillando a sus donceles, haciendo patente a sus ojos que son intercambiables o sustituibles por otros?

—Sois más perversa de lo que pensaba, Constanze. La idea es excelente, pero os aseguro que las dos hermanas eran unas simples. Si hubierais visto sus caras de desolación al descubrir el engaño, no habríais pensado en vuestra alternativa, salvo que Dorabella y Fiordiligi se dedicaran a la comedia sin mi conocimiento, en cuyo caso deberíamos enrolarlas para la compañía teatral de Viena.

Rieron juntos bajo la pérgola y Constanze cogió del brazo a don Álvaro para continuar su paseo. El ujier no pudo contener su curiosidad y siguió atento a la pareja mientras se alejaban.

Capítulo

12

La subasta

Viena, diciembre de 2006

No soy capaz de recordar cómo fue nuestro regreso de Praga, tal era el grado de excitación que la *particella* nos había provocado. El documento era una prueba tangible de que la ópera secreta no era una quimera. Empezábamos a contar con un material que, ya de por sí, tenía un enorme valor. El sueño era encontrar el manuscrito original de la obra, si es que había conseguido sobrevivir al paso del tiempo. Las probabilidades eran escasas, pero estábamos imbuidos de tanto entusiasmo que lo imposible se nos tornaba factible y lo dificultoso lo dábamos por hecho. Debíamos comenzar por certificar el material, ordenar los datos de que disponíamos y, entonces, estaríamos en condiciones de plantearnos si podíamos dar publicidad a nuestro hallazgo.

La opción lógica e inmediata era recurrir de nuevo a Mayer. No sólo contábamos con su discreción, tan necesaria en aquellos momentos, sino también con su indudable autoridad en la evaluación de autógrafos mozartianos. Brenda quedó encargada de abordarle de nuevo, mientras yo volvía a las búsquedas en Internet.

En el foro no se habían solucionado los problemas técnicos y, aunque el resto de *Mozart-web* funcionaba sin problemas, el *chat* seguía sin estar operativo. Sin embargo, mientras navegaba intentando entrar de nuevo en el foro me sorprendió un *bip* que anunciaba la entrada de un nuevo correo electrónico en mi buzón personal. Pero no se trataba del buzón habitual, sino de una nueva dirección que había activado exclusivamente para la participación en *Mozart-web*, lo que implicaba que el mensaje sólo podía proceder de alguno de los miembros del foro o bien de la propia Brenda.

Pinché sobre el icono y se abrió el programa para mostrar el mensaje. Efectivamente, se trataba de Otto Salzburg y la noticia no podía ser más oportuna:

De: Otto Salzburg	11/12/2006 8:32
Para: Trazom	

Asunto: Importante noticia de *The New York Times*

¡Estoy loco de excitación! Os mando un mensaje individual a cada uno de los miembros del foro, porque está fuera de servicio y no puedo esperar más.

Un amigo mío periodista de *The New York Times* me ha hecho llegar una noticia extraordinaria que va a publicar este fin de semana en el suplemento cultural. Se trata nada más y nada menos que del descubrimiento de una nueva carta autógrafa de Mozart a Puchberg, en la que le pide dinero ofreciendo como aval un encargo secreto de José II. ¡Es la prueba que necesitábamos para confirmar la existencia de nuestra ópera! Os adjunto un archivo con la noticia completa y os ruego que guardéis confidencialidad hasta que se publique. Lo tenemos que mantener en la más absoluta reserva dentro del foro, porque si no quemaremos la fuente. Me he permitido marcar con un lápiz evidenciador los pasajes más sorprendentes. ¿Qué opináis?

¿Habéis conseguido reunir alguna prueba más? Voy a hacer lo posible por reactivar el foro, pero mientras tanto podemos seguir comunicándonos por correo electrónico. Si os parece, me podéis mandar vuestros mensajes y yo los circularé a todo el grupo.

[Archivo adjunto]

Nervioso como estaba, hice doble clic sobre el nombre del archivo adjunto y se desplegó el Adobe Acrobat para mostrar los textos. El titular era sorprendente: «Aparece tras doscientos años una carta de Mozart».

Aparece tras 200 años una carta de Mozart

Sotheby's subastará el próximo miércoles un documento original de Mozart solicitando un préstamo a un compañero masón

Londres, 17 de diciembre de 2006. Chris Hunt.

El próximo miércoles se subastará en las oficinas de Sotheby's en Londres una carta autógrafa del compositor austriaco Wolfgang Amadeus Mozart aparecida más de doscientos años después de su muerte en una localidad del sur de Alemania. Este descubrimiento cobra especial relevancia en 2006, año en que se celebra el 250 aniversario del nacimiento del genio salzburgués, que ha supuesto una explosión de la *mozartmanía* en todo el mundo.

Aunque no se han facilitado detalles sobre las circunstancias de este hallazgo, al parecer este documento estuvo en poder de una familia bávara durante generaciones, sin que nadie hubiera prestado atención a su importancia. Sólo con la muerte de Helmut Buddenbrook, último descendiente de la familia, fue descubierto el manuscrito por el albacea testamentario al hacer el inventario de los bienes del difunto.

El sorprendente suceso está siendo objeto de análisis por parte de los mayores especialistas de la investigación mozartiana. Para Klaus Schwarz,

decano de la escuela de musicología de la Universidad de Viena, profesor visitante de la Universidad de Cambridge y uno de los más reputados expertos mundiales, el contenido de la carta no supone ninguna sorpresa especial: «Son bien conocidos los problemas financieros de Mozart», declara, «y están muy documentados: se conservan diversas cartas de Mozart a Puchberg y a otros amigos solicitándoles sumas de dinero de forma recurrente en los últimos años de su vida».

El profesor Schwarz ha actuado como perito de la firma de subastas y ha autentificado la carta sin ningún género de dudas.

El documento presenta todo el dramatismo de los tres últimos años de la vida de Mozart marcados por las dificultades

económicas. Mozart fue el primer músico que se arriesgó a independizarse de los mecenas y pretendió ganarse la vida con su música como profesional libre, lo cual era extremadamente arriesgado en una época que no reconocía los derechos económicos de los autores.

«Quizá lo único verdaderamente nuevo de esta carta», comenta el profesor Schwarz, «sea una frase algo enigmática que contiene el texto, y que alude a un presunto encargo del emperador» (ver recuadro). Según Schwarz, «por la época en la que está fechada la carta, podría referirse a la ópera *Così fan tutte*, aunque hasta ahora se pensaba que esa obra había sido comisionada por el emperador de Austria, José II, algún mes después de la fecha que indica la carta. También son plausibles otras hipótesis. Las evidencias son limitadas y es necesario investigar en profundidad antes de llegar a una conclusión definitiva».

Se espera que diversas instituciones como la Fundación Mozarteum de Salzburgo y aficionados de todo el mundo pujen por hacerse con este histórico documento.

Carta original de Wolfgang A. Mozart a M. Puchberg

Michael Puchberg era el rico propietario de un comercio al por mayor de artículos domésticos en Viena, compañero de logia masónica de Mozart, a quien el músico recurrió en numerosas ocasiones en busca de préstamos para sufragar sus necesidades en épocas de pocos ingresos. El divertimento para terceto de cuerda KV 563 fue el agradecimiento de Mozart; sus deudas efectivas las pagó más adelante su mujer Constanze tras la muerte del compositor. No deja de ser un hecho tragicómico que el propio Puchberg, fallecido treinta años después de Mozart, se hubiera quedado hacia el final de su vida sin medios económicos.

Éste es el texto completo de la carta que la semana que viene se subastará en Sotheby's:

Mi honorable hermano. ¡Muy querido y excelente amigo!

La certeza de que sois mi verdadero amigo, y me consideráis un hombre honrado, me da valor para abriros mi corazón y haceros la siguiente petición. Sin frases ampulosas y con mi natural sinceridad, iré directamente a los hechos. Si quisierais tener la voluntad de ayudarme, durante uno o dos años, con mil o dos mil florines, con intereses razonables... ¡es en mi propia subsistencia en lo que me ayudaríais!

Vos mismo tenéis que reconocer como cierto y seguro que es miserable, por no decir imposible, vivir a la espera de un ingreso. Cuando no se tiene nada detrás de sí, ni siquiera lo necesario, no se puede poner orden en nuestra vida. Con nada no se hace nada. Si me hicierais este favor, podría: 1º) disponiendo de dinero, pagar mis gastos a su tiempo, más fácilmente, pues ahora pospongo mis pagos, y después, en el momento más incómodo, tengo que abonar de golpe toda mi deuda; 2º) trabajar con el ánimo libre de problemas, con un corazón más ligero, y por tanto, ganar más. ¡No creo que tengáis ninguna duda en cuanto a la garantía! No sólo sabéis cómo soy y mi modo de pensar: además tengo que confesaros, aunque os ruego que lo mantengáis en secreto, que tengo un importante encargo musical del emperador que me reportará grandes beneficios, con lo que la deuda está garantizada.

Os he dejado mi corazón al descubierto, en un asunto que es de gran importancia para mí; os he tratado como a un verdadero hermano, pues sólo con un verdadero hermano podemos sincerarnos por completo. Ahora espero impaciente una respuesta, pero una agradable respuesta. Y no sé, pero os considero un hombre que, como yo lo haría, ayudará seguramente, si puede, a su amigo, un verdadero amigo, su hermano, un leal hermano.

Si vos no podéis desprenderos de esa cantidad, os suplico al menos, que hasta mañana me prestéis doscientos florines. Ahora considerad la carta como la verdadera prueba de mi confianza en vos y seguid siempre siendo mi hermano y amigo, como por mi parte lo seré vuestro hasta la tumba.

Vuestro hermano y amigo íntimo y muy sincero.

Viena, 25 de junio de 1789
W. A. Mozart

El emperador de Austria, José II.

Lo peor era ver citado el nombre del cabrón de Klaus Schwarz como un reputado experto. Era él quien me había alejado de los estudios mozartianos, porque cada vez que hacía una búsqueda bibliográfica o leía los artículos publicados en cualquier simposio, allí estaba su omnipresente nombre como una referencia ubicua que me perseguía y que no me dejaba hueco para respirar. Sin embargo, pensándolo bien, aquello se me ofrecía como una nueva oportunidad: a pesar de haber tenido acceso en exclusiva a la nueva carta de Mozart a Puchberg, al cretino de Klaus sólo se le había ocurrido ligarla a *Così fan tutte*. Era evidente que no tenía la menor idea de la existencia de la ópera secreta y que no tenía la imaginación ni los conocimientos para plantearse una hipótesis tan audaz. Por primera vez yo partía con ventaja: disponía no de una, sino de dos cartas auténticas de Mozart, que habían llegado a mis manos sin intermediarios y, sobre todo, tenía en mi poder la *particella* hallada en Villa Bertramka. Esas tres piezas de evidencia más la carta que se iba a subastar en Sotheby's me ponían en una posición muy ventajosa, no sólo para dar un campanazo mundial, sino también para dejar en ridículo al eminentísimo profesor Schwarz, ignorante de todos estos nuevos datos a pesar de su liderazgo internacional en la investigación mozartiana.

* * *

Apresuramos nuestros pasos por el *ring*. Llegábamos con el tiempo muy justo para asistir a la representación de *El rapto del serrallo* en el Burgtheater. Se trataba de una de las principales producciones que hacía el teatro en colaboración con la compañía de la Wiener Staatsoper para el año Mozart. Nunca quedaba una sola entrada libre varias semanas antes de este tipo de eventos, pero había tenido la vista de convencer al informático de la ÖBTV para que engañara al sistema y marcara como vendidos dos tiques de la primera fila. Entramos como una exhalación en el teatro mientras sonaba el largo timbre del último aviso. Casi tropezamos con el primer violín, que entraba en el foso rezagado cuando ocupábamos nuestras localidades desde las que literalmente podíamos tocar a los miembros de la orquesta. La clarinetista que se encontraba a medio metro de nosotros terminaba de limpiar su instrumento y humedecía la lengüeta con saliva. La otra mujer de la orquesta se sentaba dos sillas más allá y sostenía con delicadeza una flauta. Entró entonces Philippe Jordan, el jovencísmo director suizo, que lucía una simpática sonrisa. No llevaba corbata ni pajarita, como un signo del tipo de montaje que íbamos a presenciar. Un fugaz aplauso, saludos y las luces se apagaron. La obertura comenzó con sus conocidos acordes rápidos; pronto entró la orquesta con el *forte* de la música turca, los timbales y los platillos marcando el ritmo trepidante, al tiempo que se alzaba el telón revelando un decorado minimalista, con unos sencillos paneles blancos de tela y una escalera de pintor de dos pisos de altura, sobre la que Pedrillo, el criado de Belmonte, terminaba de pintar con un grueso trazo de pintura verde la palabra TÜRKEI en una pancarta de papel de estraza marrón. El decorado se completaba con un piano envuelto con papel de embalar, el mismo de la pancarta, y rodeado con una cuerda como esperando ser transportado.

La música era tan deliciosa como siempre y los intérpretes, extraordinarios. Sobresalía la voz de la Damrau, una convincente Constanza con más facetas de las que yo había imaginado. La soprano conseguía arrancar tales matices a su papel que yo al final no sabía si realmente estaba enamorada del bajá Selim y solamente fingía con su amado Belmonte que venía a rescatarla del serrallo de Constantinopla, o si sólo estaba enredando a su captor para poder huir más fácilmente. Mi estupor creció cuando Constanza estampó un apasionado beso en la boca del bajá, que en ningún momento podía ser entendido como el beso fingido que daría una esclava a su amo.

Si Constanza ya no era lo que parecía o no parecía lo que era, su amante Belmonte —que recordaba más a un policía de homicidios de Nueva York con su pistola en bandolera que a un héroe al rescate de su dama— o su criada Blonde no le iban a la zaga. Las muchachas del harén convertidas en lúgubres figuras negras cubiertas con burka contrastaban dolorosamente con la Blonde que, armada con un pelucón rubio años sesenta y un bolso dorado, clamaba ante el odiado guardián Osmín por la liberación de las mujeres turcas, dando un sentido muy actual al texto del libreto:

> *Denkst du alter Murrkopf etwa,*
> *eine türkische Sklavin vor dir zu haben?*
> *Oh, da irrst du dich sehr!*
> *mit europäischen Mädchen*
> *begegnet man ganz anders.*

> ¿Piensas acaso, viejo gruñón,
> que tienes ante ti
> una de esas estúpidas esclavas turcas?
> ¡Te equivocas! A las muchachas
> europeas debes tratarlas de otra forma.

Nicholas Ofczarek, en su papel de Selim, sufría al no poder cantar —era el único personaje de la obra que sólo hablaba—, pero ello le permitía dar al bajá una nota de majestad que le situaba por encima del resto de los actores. La escena final adquirió para mí un nuevo significado, cuando Selim libera a Belmonte y Constanza, junto con sus respectivos criados, al descubrir que Belmonte es hijo de su peor enemigo.

> *Du belügst dich.*
> *Ich habe deinen Vater viel zu sehr*
> *verabscheut, als daß ich*
> *je in seine Fußstapfen treten könnte.*

Nimm deine Freiheit,
nimm Konstanze, segle in dein
Vaterland, sage deinem Vater,
daß du in meiner Gewalt warst,
daß ich dich freigelassen,
um ihm sagen zu können,
es wäre ein weit größer Vergnügen,
eine erlittene Ungerechtigkeit durch
Wohltaten zu vergelten,
als Laster mit Lastern tilgen.

¡Te equivocas!
No seré yo tan despreciable
como tu padre.
No soy tan pérfido
como para saciar mi odio
sobre un hombre indefenso.
Eres libre.
Conduce a Constanza a tu patria
y dile a tu padre que te tuve
en mi poder y te dejé marchar.
Es mucha mayor satisfacción pagar
una injusticia sufrida
con un acto generoso,
que pagar un crimen con otro crimen.

La mano de Brenda se aferró a mi brazo. Estaba emocionada. Siempre había renegado de los montajes modernos que sacaban la ópera de su escenario tradicional, pero en aquella ocasión la representación me había tocado mucho más directamente, multiplicando el efecto de la sublime música de Mozart y de los textos de Stephanie. Nunca me había planteado cómo reaccionaría yo ante una situación como la de Selim, cuya esperanza de conquistar a Constanza era aniquilada por el hijo de su peor enemigo.

El telón bajó y el público estalló en aplausos. Brenda y yo nos quedamos unos minutos sentados, mientras los espectadores iban desalojando el teatro. Salimos de los últimos, todavía impresionados por la representación.

Hacía una bella noche y fuimos caminando hasta el hotel Sacher. Pasamos de largo el restaurante y entramos en el café que hacía esquina con la Kärtnerstrasse. Las ventanas estaban abiertas de arriba abajo en la fachada que daba a la Staatsoper. Nos sentamos en los taburetes altos de cuero rojo. Las estilizadas mesitas apenas tenían espacio para una vela protegida del aire por un cilindro traslúcido, una orquídea en un pequeño recipiente de vidrio azul y un vasito de *schnapps* donde el camarero enroscaba diligente la nota con la factura. La clientela era variada: gente guapa recién salida de la ópera y turistas de buen ver ávidos del programa cultural que Viena ofrecía. Ellos, elegantes y encorbatados; las mujeres, incluso las más mayores —o quizá por eso—, con un tacón un poco más alto y un poco más fino de lo que la prudencia aconsejaba. La iluminación, tenue, la música, suave tirando a fuerte, obligando a las conversaciones a subir un grado su intensidad, promoviendo un murmullo con el punto justo de animación. Se estaba bien: menos ruido y te dormirías; más volumen resultaría molesto. Voces mezcladas —americanas nasales, vocales italianas, francesas guturales y susurrantes— y una pareja de vieneses que fumaban en silencio. A nuestro alrededor, rostros de famosos nos saludaban en blanco y negro, decorando las paredes con sus dedicatorias y alabanzas a la *Sacher Torte,* ese gran invento de untuoso chocolate que todos los clientes saboreaban sin excepción en una liturgia obligada. Le había ofrecido a Brenda ir al café de Manfred a tomar un dulce y una copa de vino espumoso, mas tuve que rendirme. Aunque Manfred —más bien su mujer— hiciera la mejor tarta Sacher de Viena, superando incluso a la original, nadie iba a creerme. Tampoco el café de Manfred estaba en condiciones de competir con aquel ambiente exclusivo y cosmopolita, ingrediente fundamental e insustituible del célebre dulce. Una trompeta finalizó el solo de jazz y el café enmudeció por un instante.

Brenda se llevó a la boca el último pedacito de tarta golosamente envuelto en una sutil capa de nata montada que daba suavidad al chocolate. Cerró los ojos y suspiró.

—Ahora ya puedo morirme —dijo con voz seductora—. Ya no me importa ni la *particella* ni la subasta de Sotheby's. Una preciosa velada con la mejor música, el mejor dulce y la mejor compañía. ¿Qué más puedo desear?

—¡No seas absurda! —repliqué sonrojándome—. Aún te falta tanto por vivir... En fin, tendré que aceptar el cumplido, aunque creo que el chocolate tiene algo que ver con esto. ¡Es un poderoso afrodisiaco!

Brenda me miró con una sonrisa en sus ojos, pero su voz adquirió un tono algo más grave al hablar.

—Me da igual lo que creas. Lo que sí te digo completamente en serio es que hacía mucho tiempo que no me sentía tan cercana a alguien. He vivido mucho tiempo sola, desde que era muy pequeña, y quizá por eso valoro más que nadie la compañía de un buen amigo.

—¿Sola? ¿Y tu familia? Me has mencionado alguna vez a tu padre, pero nada más.

—Seguramente no lo imaginas, pero cuando fui a ver a mi padre para contarle lo de la carta de Mozart, hacía casi diez años que no le veía.

No podía creerlo.

—Pues no lo parecía. Si quieres que te diga la verdad, aparentabas tener mucha confianza en él.

—Confianza sí, pero como experto musicólogo, no como padre. Siempre fue distante y de trato difícil, pero mi madre me decía que eso era porque siempre estaba trabajando concentrado en sus investigaciones. Mi madre me adoraba y yo a ella. Pero ella murió cuando yo tenía apenas doce años y desde entonces sólo he visto a mi padre dos veces. La primera, cuando cumplí quince años; vino a verme al internado y me llevó a comer a un restaurante de lujo. La segunda, hace unas semanas, cuando fui a consultarle su opinión sobre la carta de Mozart. Durante todo este tiempo he vivido entre internados y universidades, pasando ocasionalmente algunas vacaciones con mi tía Anneli, la hermana de mi madre que vive en Estocolmo.

Me quedé de piedra. Brenda transmitía belleza, seguridad y decisión, pero ahora su fina película de protección se estaba deshaciendo para desvelar una joven frágil, resquebrajada por la soledad.

—Paul, tengo que confesarte algo —dijo Brenda tomándome de la mano—. Por favor. Pase lo que pase créeme. Al principio comencé esta aventura contigo por la búsqueda de una posición académica, por conseguir algo que me granjeara un nombre en la investigación mozartiana. Mi padre me animó a ello. Ahora ya no me importa nada de eso. —Puso sus dedos en mis labios para impedir que replicara—. Estoy en esto por ti.

Me miró a los ojos y me sumergí en ellos. No sabía a qué se refería, pero me daba igual. Estaba bien, y eso sí que era importante.

Capítulo

13

Così fan tutte

Viena, octubre de 1789

El otoño había caído con crudeza sobre Viena. Los árboles habían perdido su follaje antes de lo habitual, signo de que la temperatura había descendido de forma inusitada. No había habido tiempo para que los jardineros del Hofburg recogieran las hojas caídas, porque un viento racheado que cortaba el aliento las había transportado por el aire convirtiéndolas en proyectiles que azotaban el rostro de los transeúntes. El cielo tenía el aspecto gris plomizo de los días de nieve, aunque el agua helada aún no había roto la costura de las nubes, quizá temerosa de aquel viento agresivo y desangelado que acaso la llevara de vuelta a las alturas en lugar de depositarla sobre el suelo.

El barón Van Swieten y el conde Orsini-Rosenberg esperaban respetuosos en silencio, mientras el emperador leía junto al fuego la carta que había recibido
de su hermana María Antonieta, esposa de Luis XVI y
reina de Francia.

Mi querido hermano:
Os escribo desde las Tullerías, ese palacio grande
y frío abandonado hace décadas. Sí, José, no sé có-
mo explicarlo: nos han... ¿trasladado? Quizá sería
más claro decir que nos han secuestrado. Una chus-
ma ingente a cuyo frente se alzaban... ¡mujeres!
¡Las más zafias y burdas que hubierais jamás vis-
to! Nadie nos defendió: ni Laffayette hizo frente
a la turba armada ni mi señor rey opuso resisten-
cia. Así pasamos un infierno, todo el día comple-
to encerrados en un carruaje para recorrer escol-
tados por el populacho enloquecido las pocas leguas
que nos separan de París. La humillación más ab-
soluta. La frustración no me deja escribir.
 Tengo en mis manos las instrucciones que me
dejasteis por escrito cuando estuvisteis conmigo en
París hace ya doce años y aún vivía nuestra ma-
dre la emperatriz. Hermano mío, tiemblo de ho-
rror y de vergüenza por haber hecho caso omiso
de vuestros sabios consejos. Bien me decíais que
tuviese cuidado con las diversiones, que debía man-
tener la compostura que mi cargo requería, que
debía respetar a mi esposo y tenerle en la más al-

ta consideración pública y privadamente. Lo que me ha hecho abrir los ojos es la frase que escribisteis al final de vuestra misiva: «Tiemblo por ti, porque las cosas no pueden seguir así; la révolution sera cruelle si vous ne la préparez». Pues bien: la revolución ha llegado, hermano mío, y temo por mi esposo, por mis hijos, por mi corona y por Francia. Os ruego que no me abandonéis en este duro trance. Beso vuestras manos y espero vuestras palabras reconfortantes y la ayuda que tanto necesitamos.

María Antonieta
París, 7 de octubre de 1789

El emperador permaneció quieto unos instantes con la mirada fija en el fuego. Las llamas se enroscaban rebeldes alrededor de los troncos, alimentadas por el poderoso tiro de la chimenea. Sobre el hogar, la imponente figura de la emperatriz María Teresa le miraba desde el fondo del lienzo con la severa reprobación que siempre había mantenido con sus hijos. La mujer que llevó el peso del estado durante tantos años y a quien José II no comprendió hasta que no tuvo que asumir el mando de la nave. Parecía fácil cambiar el mundo por su mera voluntad. Sólo cuando se dispone del poder se da uno cuenta de lo limitado de la autoridad real y de las dificultades para reformar la vida política y social. Pero el no hacer también era peligroso y el ejemplo lo tenía en su hermana y su cuñado, que habían vivido de espaldas al pueblo encerrados en Versalles, sin más preocupaciones que la caza en Luis y la moda y los bailes en María Antonieta. ¿Qué hacer? ¿Empuñar las armas y ahogar Europa en un mar de sangre, justo cuando acababa de terminar la campaña con los turcos? ¿Claudicar ante la revolución popular y dejar que cayeran las testas coronadas, primero en Francia y después... quién sabe dónde?

El emperador bajó la cabeza y se rascó la frente en el encuentro entre la piel y la peluca empolvada. Con sorpresa se dio cuenta de que tenía que contener una lágrima que pugnaba por abrirse camino hacia el exterior. ¡Aquella chiquilla rubia y despreocupada estaba ahora en grave peligro, y lo peor de todo era que difícilmente se podía hacer algo! Disimuló llevándose la mano a la sien y ocultando sus ojos de la vista de Rosenberg y Van Swieten. No podía permitirse un gesto de debilidad ante sus consejeros culturales, aunque ciertamente no estaba de humor para hablar de teatro y música. De repente, un acceso de tos le hizo doblarse. Los pulmones le ardían y su contracción le dificultaba la respiración. No sabía cuánto podría durar aquello, pero en lo más profundo de su ser sospechaba que aquel dolor no podía ser un simple catarro. Se recompuso cerrando los ojos durante unos instantes, respiró hondo y estuvo entonces listo para despachar sus asuntos.

—Bien, señores, ¿qué me traéis?

—Majestad, estamos preparando la temporada y, en particular, desearía programar ya las obras que vamos a ofrecer hasta carnaval —expuso Rosenberg en su condición de director del teatro.

—Sí, *sire,* y yo le he recordado que tenemos pendiente el estreno de la ópera que encargamos al *kammermusikus* Mozart hace ya tres años y que por diversos avatares no ha podido ponerse en escena —añadió Van Swieten—. Es una obra maravillosa y estoy seguro de que agradará al público. ¡Por fin una obra en alemán al alcance del pueblo!

—Señores, no es el momento más oportuno para halagar al pueblo.

—Pero, señor...

—No quiero ni oír hablar de esa obra, barón. Mi hermana María Antonieta ha sido prácticamente secuestrada de Versalles por la turba revolucionaria y eso hay que cortarlo por lo sano. Tengo informes extremadamente inquietantes de París sobre los sucesos de este verano: el asalto a la Bastilla, la Asamblea Nacional, la Declaración de los Derechos del Hombre y del Ciudadano... No quiero el menor problema en Viena y por eso no estoy dispuesto a permitir ninguna veleidad sobre esta materia. Quiero que os deshagáis de la ópera de Mozart.

Rosenberg apenas pudo ocultar un gesto de triunfo y Van Swieten habló con sumo cuidado, preocupado por la situación, pero con pies de plomo para no enojar al emperador:

—Majestad, entiendo la situación y comparto enteramente vuestro criterio. No obstante, me permitiría

sugeriros que entonces encarguéis otra obra a Mozart.
Ha trabajado con ahínco para terminar la obra en alemán y su frustración podría ser enorme.

—¿Su frustración? ¿Creéis que puede preocupar-
me la «frustración» de ese músico cuando la vida de mi
hermana y la monarquía misma pueden correr peligro?

—No, señor, os ruego que no...

—Basta, Van Swieten. Conde Rosenberg, por favor, encargad una ópera a Mozart para el carnaval, pero
que sea italiana, una ópera *buffa,* por favor.

—Y ¿cuál sería el tema, señor? —preguntó Rosenberg.

—Conde, no abuséis de mi paciencia. Decidid vos
mismo. Cualquier cosa valdrá, siempre que sea absolutamente inocua. Algo de enredos y amores, vos sabréis. Por favor, arregladlo con Mozart y deshaceos de
ese encargo. Doscientos ducados ayudarán a Mozart a
hacer más llevadera la pérdida de su obra.

—Le diré a Da Ponte que escriba el libreto.

—Pero advertidle que no quiero juegos ni equí-
vocos políticos en la trama. Sólo amores y engaños, algo adecuado para el ambiente de carnaval que haga
divertirse a los vieneses. Y ahora, por favor, disculpad-
me, he de ocuparme de otros asuntos.

Van Swieten y Rosenberg hicieron una reverencia. A una señal del emperador un lacayo se acercó para acompañar a los consejeros a la salida.

* * *

Era el último día del año de 1789. Puchberg montó en el carruaje y dio instrucciones al cochero para ir a casa de Mozart, que recientemente se había mudado al número 245 de la Judenplatz, un pequeño apartamento donde apenas había sitio para actividades sociales. Hacía unos días había recibido una nota de Mozart:

> *El próximo jueves os invito (pero a vos sólo) a venir a mi casa a las 10 para un pequeño ensayo de mi nueva ópera. Sólo vos y Haydn estáis invitados. Entonces os contaré* viva voce *sobre las cábalas de Salieri, que al final no terminaron en nada. También podré saldar con vos una parte importante de mis deudas, pues he recibido una carta de pago del conde Rosenberg con un anticipo sobre la ópera.*

Al llegar llamó a la puerta y le abrió Constanze. Pronto se dio cuenta de que, por mucho que Mozart quisiera organizar una reunión íntima, no eran menos de quince personas las que se apretujaban en el saloncito. Allí estaban los cantantes Vincenzo Calvesi, Adriana Gabrielli, Louise Villeneuve y el matrimonio Bussani; un cuarteto de cuerdas junto al piano; el maestro Haydn, el poeta Da Ponte y el inevitable don Álvaro.

—Pasad, herr Puchberg, os lo ruego —dijo Mozart solícito—. Por favor, Constanze, busca un buen sitio para herr Puchberg. Ya sólo nos falta Francesco Benucci. No puede tardar mucho.

En ese momento sonó la puerta.

—Debe de ser él, voy yo mismo a abrir.

Mozart se acercó a la puerta y allí estaba el tenor.

—Francesco, *mio caro,* gracias por venir. A ver cuándo tenemos tiempo para que me contéis más despacio cómo os fue en Londres con Nancy —añadió Mozart bajando la voz.

—Fue fantástico. ¡Incluso cantamos algunos números de *Fígaro* en el King's Theatre de Haymarket! —respondió Benucci.

—Luego me lo contáis más despacio.

Entraron en el abarrotado salón.

—Queridos amigos —saludó Mozart—, sed bienvenidos a nuestra humilde casa. Muchas gracias por vuestra presencia. He querido montar esta pequeña sesión para mostraros nuestra última obra que será estrenada el día 26, dios mediante. Es un reciente encargo del emperador, aunque la idea de la historia la aportó mi querida Constanze y procede de un cotilleo de este verano que circulaba por Baden. Es la historia de dos amigos militares que están tan seguros de la fidelidad de sus respectivas prometidas que no dudan en apostar contra un tunante que permanecerán fieles a pesar de las tentaciones. ¡Ja, ja! ¡Es muy divertida! Ahora veréis.

—El título es *Così fan tutte.* —El que habló fue Da Ponte—. Es un verso de don Basilio en *Fígaro: «Così fan tutte le belle, non c'è alcuna novità».* Son todas iguales, no tienen remedio. No os podéis fiar de ellas: más os vale...

—Maestro Da Ponte, no anticipéis el final —le recriminó Mozart.

Mozart se sentó al piano y los músicos empuñaron sus instrumentos. Los cantantes calentaron sus voces durante unos minutos, mientras el cuarteto terminaba de perfilar la afinación. Puchberg, Haydn, Constanze y don Álvaro ocuparon sus asientos.

En la primera escena, Ferrando y Guglielmo —Calvesi y Benucci— cantaban las bondades de sus prometidas y, ofendidos por el escepticismo de don Alfonso, le retaban a batirse en duelo. Don Alfonso, interpretado por Francesco Bussani, con la sabiduría de la edad y de haber recorrido mundo, apostaba a que sus mujeres no eran capaces de mantenerse fieles, siempre que ellos cumplieran las órdenes que les diera. Los amigos aceptaban riendo el desafío.

Bussani sabía dar a don Alfonso todo el carácter del pérfido liante. Acababa de ser ascendido a vicedirector de Espectáculos e incluirlo en el reparto había sido una buena idea para agilizar los ensayos y que todo estuviera a punto para el estreno. El propio Da Ponte había aconsejado a Mozart que le diera el papel y a su esposa el de la criada Despina, que les venían como anillo al dedo, pues el matrimonio tenía una bien ganada fama de intrigantes y les resultaba natural proyectar en sus personajes ese espíritu.

Entraron entonces las sopranos, Fiordiligi y Dorabella, dos hermanas inseparables, de buena familia, despreocupadas en sus privilegiadas y opulentas vidas. La Gabrielli comenzó el *duetto* con una línea repetida a continuación por la Villeneuve, que poseía una bella voz, si acaso con una tesitura ligeramente más baja que la de su compañera, pero muy expresiva y ágil en la coloratura cuando era necesario. Las dos hermanas cantaron su felicidad ligadas en terceras; su única preocupación era que aparentemente sus amantes se retrasaban: «*ma che diavol vuol dir che i nostri sposi ritardano a venir*».

Ferrando y Guglielmo se unieron a ellas en el canto feliz, pero don Alfonso les amargó la fiesta anunciando que los dos militares debían partir a la guerra. Los cuatro se despidieron y don Alfonso se sumó a ellos para formar un quinteto. Se podía escuchar la exquisita línea de la viola marcando el flujo de la emoción de la despedida. Cuando los amigos partieron, las dos hermanas quedaron cantando otro bello dúo mientras don Alfonso les añadía el bajo.

Soave sia il vento,
tranquilla sia l'onda
ed ogni elemento
benigno risponda
ai vostri desir

Que sea suave el viento
y tranquilas las olas

y que cada elemento
responda benigno
a vuestros deseos

—Escuchad ahora, porque Dorabella se vuelve lo-
ca —anunció Mozart—. Se esconde en su habitación y
se desespera como una vulgar adolescente.

Aunque no era más que un ensayo, la Villeneuve estaba muy metida en el personaje y su cabello se
alborotó desordenado mientras amenazaba con suici-
darse con un veneno por la ausencia de su amado. Despina intervino riéndose del dramatismo de la joven:

Ancora non vi fu donna
che d'amor sia morta.
Per un uomo morir!
Altre ve n'hanno
che compensano il danno.

Aún no ha habido una mujer
que haya muerto de amor.
¡Morir por un hombre!
Hay otros
que compensan el daño.

Dorabella respondía incrédula:

E credi che potria
altr'uom amar

chi s'ebbe per amante
un Guglielmo, un Ferrando?

¿Y crees que podría
amar a otro hombre
quien ha tenido por amante
a un Guglielmo, a un Ferrando?

Despina terminó de desarmarla:

Han gli altri ancora
tutto quello ch'han essi.
Un uom adesso amate,
un altro n'amerete,
uno val'altro
perchè nessun val nulla.

Los otros también tienen
todo lo que tienen ellos.
Ahora amáis a un hombre,
a otro amaréis después,
uno vale por el otro,
pues ninguno vale nada.

Don Álvaro soltó una carcajada a la que todos
se unieron.

—¡Es genial, maestro! ¡Un hurra por el poeta!
—exclamó el español, mientras Constanze no sabía
dónde meterse.

Despina continuó con una divertida aria que invitaba a todas las mujeres a pagar a los hombres con la misma moneda, y ya nadie pudo aguantar la risa.

—Ahora es cuando aparecen los dos hombres disfrazados de albaneses intentando conquistar a las damas. Para embrollarlo más, se intercambian las parejas, de forma que Guglielmo va a flirtear con Dorabella, que es la que parece más asequible, mientras que Ferrando se ocupará de Fiordiligi —dijo Mozart haciendo un breve alto.

Efectivamente, las hermanas les rechazaron y fue Fiordiligi la más agresiva. La Gabrielli atacó su aria con bravura, recordando a la Cavalieri con sus coloraturas. Luego las dos hermanas se unieron en un nuevo dúo, pero ya con un cierto desmayo, en un tono muy distinto al del comienzo de la obra.

—Termina el primer acto con Dorabella a punto de ceder, después de que los dos supuestos albaneses fingen haber tomado un veneno por desesperación —explicó Mozart—. Escuchad a Dorabella cuando dice *«più resister non poss'io»*.

Al poco de empezar el segundo acto se produjo la rendición de Dorabella, que flirteaba sin tapujos con Guglielmo. Al comienzo se contestaban las líneas vocales y finalmente acabaron por fundirse. Fiordiligi, por su parte, empezaba a flaquear, aunque muerta de remordimientos: *«Io ardo, e l'amor mio non è più effetto d'un amor virtuoso»*. Las cuerdas del cuarteto la acompañaban dando pequeñas punzadas, subrayando los sentimientos vergonzantes —*«smania, affanno, pentimento, leggerezza, perfidia e tradimento»*—. Fiordiligi acabó pidiendo perdón a su ausente prometido: *«per pietà, ben mio, perdona, si dovea miglior mercede, caro bene, il tuo candor».*

Don Álvaro no quitaba la vista de Constanze, que pugnaba por ocultar su turbación. Da Ponte percibió las miradas cruzadas entre ambos y su boca se curvó divertida ante la situación. ¡Qué inocente era Mozart! ¿Era posible que hubiera creído la versión de Constanze de la anécdota de los amantes napolitanos, cuando todo Baden conocía sus devaneos con don Álvaro? De cualquier manera, Wolfgang y Constanze eran una de las parejas que mejor se llevaban de cuantas había conocido, y quizá era debido a la naturalidad con que llevaban sus asuntos y a la conquista y defensa de un cierto territorio propio de cada cual. Afortunadamente, Mozart estaba demasiado ocupado en la conducción del ensayo como para darse cuenta de los efectos que la obra estaba produciendo en su esposa.

«È amore un ladroncello...», cantaba Dorabella celebrando la caída de Fiordiligi en compás de 6/8, como Despina. Fiordiligi era acosada por un seductor Ferrando, que la hacía volver una y otra vez al la mayor: *«Ah che ormai la mia costanza, a quei sguardi, a quel che dice, incomincia a vacillar».* Ferrando la rindió al pedirle que le matara si no era capaz de amarle y Fiordiligi acabó entregándose en un breve dúo cargado de sensualidad: *«Crudel, hai vinto: fa di me quel che ti par».*

Se hizo un embarazoso silencio mientras preparaban el siguiente número.

—Los dos hombres están muy dolidos y casi llegan a las manos —continuó Mozart con el relato—. Es don Alfonso, triunfante, el que les convence de que no vale la pena y juntos cantan al unísono «*Cooosì faaan tuuuuuutte*». Deciden proceder con el casamiento de ambas parejas intercambiadas. Entramos entonces en el final: imaginad una gran sala riquísima y muy iluminada; una orquesta al fondo y una mesa para cuatro con candelabros. Los criados preparan la gran fiesta de esponsales y todo son parabienes, como si el vino pudiera borrarlo todo. Por favor, Adriana, comenzad el brindis.

Fiordiligi alzó su vaso y Ferrando y Dorabella se le unieron en un bello canon:

> *E nel tuo, nel mio bicchiero*
> *si sommerga ogni pensiero*
> *e non resti più memoria*
> *del passato ai nostri cor.*

> Y en tu vaso y en el mío
> se sumerja todo pensamiento
> y no quede ya memoria
> del pasado en nuestros corazones.

Mozart dio la entrada a Benucci, que se unió al terceto para un breve cuarteto, pero muy *piano*, como

14

para sí mismo: «*Ah, bevessero del tossico, queste volpi senza onor*» (Ojalá bebieran veneno estas zorras sin honor).

—Y ahora viene el golpe de efecto: don Alfonso anuncia el regreso de los guerreros. El coro al fondo canta la marcha militar que había sonado al principio cuando van a la guerra y las dos parejas ven cómo el mundo se derrumba a su alrededor. Fiordiligi y Dorabella se desmoronan juntas mientras Ferrando y Guglielmo, tan confusos como ellas, se despojan de sus disfraces de albaneses. Ellas piden perdón y les juran amor eterno, y ellos así lo hacen, pero ya no se fiarán. Por favor —dijo Mozart, dando el tono con el piano.

Fiordiligi y Dorabella:
Idol mio, se questo è vero
colla fede e coll'amore
compensar saprò il tuo cuore
adorarti ognor saprò.

Ídolo mío, si esto es verdad
con la fe y con el amor
sabré compensar a tu corazón
y adorarte siempre sabré.

Ferrando y Guglielmo:
Te lo credo, gioia bella
ma la prova far non vo'.

Te creo, mi bella alegría,
pero no quiero hacer la prueba.

Todos prorrumpieron en sonoros aplausos entre grandes risas. Habían disfrutado mucho. La historia era divertida, el final feliz —con su moraleja— y la música excelsa, con momentos emotivos, textos muy logrados y personajes bien definidos. Y sobre todo, lo absurdo de la historia en sí misma añadía un punto de hilaridad a un tema que también podría haber derivado a lo dramático o lo trágico. Constanze tenía el rostro encendido y brillante, la risa mezclada con la turbación y un sentimiento de liberación al ver que, en realidad, no pasaba nada.

—¡Estoy seguro de que gustará hasta al pusilánime del conde Zizendorf! —exclamó entusiasmado Haydn. Una nueva carcajada general fue el punto final de una velada inolvidable en casa de los Mozart. Sonaron las campanadas del reloj y saludaron con un brindis al nuevo año que comenzaba su andadura.

* * *

Viena, 20 de febrero de 1790

El matrimonio Mozart estaba sentado a la mesa disfrutando de su desayuno. Como casi siempre desde el estreno de *Così fan tutte,* Mozart estaba de buen humor, pero, aun con su mejor humor, solía estar absorto, mirando a los ojos con mirada penetrante, respondiendo con palabras oportunas, aunque pareciera absorbido por su trabajo. Incluso lavándose las manos por la mañana, iba y venía por su habitación, nunca estaba quieto, chocando un tacón con otro y siempre reflexionando. En la mesa cogió el extremo de una servilleta, lo retorció, lo pasó y repasó una y otra vez por su nariz, y absorto en sus pensamientos no parecía darse cuenta de ello; a menudo unía a este gesto una mueca con la boca. Sus pies y sus manos estaban en continuo movimiento, jugaba siempre con algo, sus bolsillos, la cadena de su reloj, las sillas..., como con un teclado.

De repente se oyó una campana a lo lejos. Pronto todas las campanas de la ciudad se unieron a aquel coro. Tocaban a muerto. No podía ser más que el emperador. *Così fan tutte* se había representado cinco veces, pero el enfermo y anciano monarca no había podido acudir a ninguna de ellas, aunque le habían hablado muy bien de la obra.

Los ojos de Mozart se llenaron de lágrimas, y fijó su mirada en su mujer, que también lloraba quedamente. José II había sido como un padre, casi más padre que el suyo propio, si bien a veces había sido tan duro o más que él. José II había muerto sin descendencia, y sería su hermano Leopoldo quien tomara las riendas del imperio.

—¿Y qué será de mi ópera secreta?

—¿Qué ópera secreta, Wolfie?

—Es una larga historia. El rey José me encargó una ópera alemana en secreto hace ya casi cuatro años que nunca he podido estrenar. Ya te contaré.

—¿Cómo que «ya te contaré»? Me lo vas a contar ahora mismo. No puedes amagar y luego retirarte dejándome en ascuas.

—Es cierto, muerto el emperador ya no tiene sentido guardar el secreto.

Mozart le relató entonces cómo el emperador le había encargado la ópera secreta en enero de 1786 y los avatares que había pasado con el libreto, la implicación de los hermanos masones, las interrupciones con otros encargos y el extraño comportamiento de Van Swieten.

—Pobre emperador. Todo le salía mal. Y no sólo mi ópera. Le pondría como epitafio: «Aquí reposa un príncipe cuyas intenciones eran puras, pero que tuvo la desgracia de ver cómo fracasaban sus proyectos».

—Pero, Wolfie, la ópera está terminada, ¿no es verdad?

—Sí, la partitura está bien guardada bajo llave.

—¿Por qué no intentas presentársela al nuevo emperador? Dejemos pasar unos días y pongámonos en marcha. Quizá podría aprovecharla para alguno de los actos de su entronamiento. Como ya está lista...

—Tienes razón, querida, no tengo nada que perder.

En ese momento sonaron varios golpes en la puerta del apartamento. Era un recado del conde Rosenberg, anunciando que los teatros se cerraban por luto hasta mediados de abril. Era lo que faltaba para dar la puntilla a *Così fan tutte*.

* * *

La muerte del emperador no sólo había sido un duro golpe anímico para Mozart; pronto se percató también de que las circunstancias estaban cambiando. Los juegos de influencias se habían trastocado profundamente y algunos habían caído ya en desgracia. Había que moverse con rapidez para buscar un hueco.

Mozart seguía acariciando la idea propuesta por Constanze. No renunciaba a su gran proyecto —presentar al nuevo emperador su ópera alemana— que tantos esfuerzos le había costado componer y que ya estaba prácticamente lista para ser representada. Podría ser un gran regalo de presentación a Leopoldo II, pero no sabía cómo proceder. Una posibilidad era contar con Rosenberg o Van Swieten, quienes, al fin y al cabo, estaban al corriente de todo lo sucedido. Sin embargo, parecía que ellos estaban demasiado ocupados en consolidar su propia posición, y no parecía probable que quisieran asumir riesgos para defender los proyectos de Mozart.

Mozart se estrujó los sesos pensando qué camino emprender. Se le ocurrió que podía recurrir al archiduque Francisco, hijo mayor de Leopoldo II, a quien conocía desde hacía años. Él podría interceder ante su padre. No lo dudó y, cogiendo recado de escribir, le envió una breve carta.

> *Alteza Real*
> *Me atrevo a suplicar, con todo mi respeto, a Vuestra Alteza Real que tenga a bien emplear su Graciosa*

intercesión ante S. M. el Rey a favor de mi humilde petición. La ambición de gloria, el amor al trabajo y la convicción que tengo de mis conocimientos me obligan a intentar una petición para una segunda plaza de kapellmeister. *Tampoco es ajena a mi solicitud la disposición de una ópera en alemán completamente acabada que encargó Su Majestad el fallecido Emperador y que no hubo ocasión de representar. Que el mundo me haya concedido algún renombre por mi interpretación al pianoforte me ha animado a solicitar la gracia de que me sea confiada la instrucción musical de la familia real.*

Persuadido como estoy de haberme dirigido al más digno intermediario, y que me es particularmente favorable, quedo con la más humilde confianza, esperando poder probarlo con mi esfuerzo.

Mozart, mayo de 1790

No le gustó demasiado el tono envarado de su misiva. Desde las humillantes cartas de su padre al arzobispo Colloredo de Salzburgo había abominado de estas peticiones, y sobre todo del tono servil y adulador que empleaba su padre. No eran ciertamente su especialidad, pero había que hacerlo. Le entregó la carta a Constanze para que la hiciera llegar al archiduque y se encerró en su estudio.

Capítulo
14

La coronación

Viena, mayo de 1790

L a vista desde lo alto de los jardines del Belvedere era magnífica. En primer plano, la alineación del paseo, los setos recortados con esmero y el suave discurrir del agua en las fuentes transmitían serenidad, algo de lo que Constanze estaba muy necesitada. Viena se extendía a sus pies, más allá de los muros del palacio y de la iglesia de los Salesianos que se alzaba a su derecha. A su izquierda, aislada en medio del campo y separada de las murallas de la ciudad, la gran iglesia de San Carlos Borromeo apuntaba al cielo orgullosa su cúpula verde y sus dos columnas romanas. Los madrugadores paseantes que se habían acercado al Belvedere a primera hora de la mañana se protegían de los rayos del sol junto al seto de levante. Una dama que lucía un soberbio vestido rojo había atraído la atención de varios caballeros que la rodeaban obsequiosos, sin que la presencia de su acompañante fuera un impedimento para el flirteo. Un perrillo blanco se había escapado del lazo de su dueña y correteaba entre las grandes faldas y enaguas. Las risas y las conversaciones flotaban en el aire transparente y una brisa suave, casi imperceptible, susurraba entre las hojas de los árboles.

Constanze se agarró del brazo de su acompañante y un suspiro se escapó de su boca.

—¿Estáis bien, Constanze?

Constanze inició la marcha por el paseo, despacio, con la mirada hacia abajo, como buscando dónde colocar sus pies entre la fina gravilla del camino.

—Don Álvaro, os preguntaréis por qué os he llamado.

El caballero midió sus pasos, pausado y pensativo, como si también quisiera medir sus palabras.

—Debo confesaros, amiga mía, que mi corazón simplemente quería veros, y no era necesario ningún porqué para este encuentro. No obstante, la razón me dice que debe haber algún motivo importante para quererme verme así, en público, después de las habladurías de Baden.

—¡Oh, sois terrible! —dijo Constanze con una risa nerviosa dándole un suave golpe con su bolsito en el antebrazo—. ¡No se os escapa nada!

—Decidme, pues, en confianza, ¿qué ocurre?

—Don Álvaro, necesito vuestra ayuda.

—Constanze, no dudéis de mi apoyo incondicional si está en mi mano hacer algo por vos.

—Mi marido se encuentra mal: sufre terribles dolores de cabeza que le hacen aún más penoso su estado de ánimo. Dicen que es el reúma, pero yo creo que se trata de su música. No encuentra forma de acercarse a Su Majestad y tiene algo muy importante que comunicarle. Lo ha intentado todo: ha mandado cartas, ha solicitado audiencia, ha movido amistades..., sin resultado alguno. Estamos desesperados y vos sois mi última esperanza.

—Haré cuanto pueda. Pero... ¿qué es eso tan importante que quiere comunicar al emperador?

—Veréis, amigo mío, os lo contaré como el propio Wolfgang me lo contó, pues tal como él dijo, muerto nuestro amado José II, ya no hay por qué seguir manteniendo el secreto.

Don Álvaro la escuchaba atento, cuidadoso de no romper el clima de confidencia.

—¿De qué secreto me habláis?

—Su Majestad encargó a Wolfgang la composición de una ópera alemana que debía llevar a término en el más absoluto sigilo. Tanto es así que yo no he sabido nada de ella hasta hace unos días, aunque Wolfgang ha estado trabajando en ella de forma intermitente durante los últimos años. Estoy casi segura de que sus frecuentes idas y venidas a la logia tienen algo que ver con esto. Ahora mismo la representación de esta obra sería nuestra última esperanza, pero todos nuestros amigos de la nobleza nos han dado la espalda. Sólo Van Swieten aparece de vez en cuando, pero su actitud es fría y distante. Wolfgang está muy apenado con él, porque le tenía en la más alta estima y no sabe explicarse su comportamiento actual. Necesitamos a alguien que tenga acceso al emperador Leopoldo.

—Mi querida Constanze —dijo don Álvaro llevándose su mano a los labios—, no os aseguro nada, porque los tiempos han cambiado y las cosas no son como antes, pero haré todo lo que pueda.

—Estaba segura de vuestro apoyo —dijo Constanze con gratitud mirándole a los ojos—. Sólo tengo un último ruego que haceros. Ése sí que está en vuestra mano, por lo que no podéis negaros.

—¿De qué se trata?

—Mañana parto para Baden. He de someterme a nuevas curas, pues mi pierna no acaba de sanar. Si en algo apreciáis mi amistad, os suplico que no me sigáis.

Don Álvaro sostuvo su mirada y percibió el ligero temblor de los labios de Constanze. Aquella mujer estaba a punto de derrumbarse, pero él ya tenía lo que buscaba. No era necesario insistir.

—Constanze, me partís el corazón, pero no tengo más remedio que obedeceros. Me quedaré en Viena para ayudar a vuestro esposo en lo que pueda.

Retuvo sus manos por unos instantes. Bruscamente se dio la vuelta y echó a andar a paso vivo hacia el Unter Belvedere camino de la ciudad. Constanze le vio alejarse con sentimientos confusos, con una mezcla de liberación y pérdida, como presintiendo que aquélla era la última vez que le vería.

* * *

No había tiempo que perder.

En el camino de Renn había dejado su caballo al cuidado de un mozo. Montó con presteza y se dirigió al galope a la ciudad ante la sorprendida mirada de los ocupantes de un carruaje que en esos momentos se detenía a la puerta de los jardines.

Entró por la Schottentor y llegó al paso a la iglesia de Am Hof. No tuvo ocasión de fijarse en la bella fachada ni en la galería desde la que el papa Pío VI había dirigido su bendición pascual en su visita a Viena varios años atrás. De nuevo encontró al sacerdote que parecía estar allí de guardia permanente. No fue necesario decir nada. El sacerdote giró la llave de la puerta situada a su izquierda y, tras recorrer de nuevo los pasillos, llegaron al pasadizo que comunicaba la antigua iglesia de los jesuitas con el palacio de la nunciatura. Sin pronunciar palabra, el sacerdote le hizo un gesto para que esperara en esa pieza y, tras unos instantes, un criado de librea vino a buscarle para acompañarle ante el cardenal.

Don Álvaro entró en la sala y se sorprendió al encontrar a Migazzi conversando con el conde Orsini-Rosenberg.

—Adelante, don Álvaro, pasad. ¿Qué os trae por aquí?

Don Álvaro hizo un gesto señalando a Rosenberg.

—No os preocupéis. Muerto José II, creo que nuestros problemas han terminado. Podéis hablar en confianza.

—Su Eminencia, temo que quizá no todo esté cerrado. Teníais razón: ¡ese Mozart es un demonio!

—¿Cómo es eso? —preguntó sorprendido Migazzi mientras Rosenberg escuchaba con atención.

—Veréis, tuve la precaución de continuar la vigilancia de la familia Mozart.

—Es cierto, aunque, por lo que sé, más que realizar labores de, digamos, «supervisión», os habéis dedicado a socavar los cimientos de su matrimonio —dijo Migazzi con ironía.

—Veo que vuestras fuentes son variadas y están al día, cardenal. Mis más sinceras felicitaciones. En todo caso, mi, digamos, «cercanía» a su esposa me ha permitido averiguar que sigue intentando promover la representación de su ópera alemana que, por cierto, ha conseguido terminar, aun cuando nosotros pensábamos que no le habían proporcionado un libreto.

—¿Cómo es posible? —clamó el cardenal indignado.

Comenzó a caminar por la habitación nervioso, casi fuera de sí. Se detuvo con un brillo de determinación en sus ojos y se dirigió a Rosenberg.

—¡Hay que terminar de una vez con esta enervante historia! Conde Rosenberg, creo que es vuestro turno para actuar. Es preciso que Su Majestad conozca los planes de la masonería y termine con cualquier esperanza de que la ópera secreta sea representada. ¿Os ocuparéis de ello? —preguntó Migazzi.

—Sin duda, Eminencia. Mozart ha sobrepasado ya todos los límites. Explicaré los planes del emperador, que en paz descanse, a su hermano. Estoy seguro de que Mozart recibirá un severo correctivo.

—Haré llamar también al conde Zizendorf. Hay que movilizar a los españoles. La emperatriz María Luisa tiene que apoyarnos.

* * *

Leopoldo II de Habsburgo-Lorena no era feliz con las nuevas responsabilidades que había debido asumir a la muerte de su hermano. Tuvo que renunciar a su agradable vida en Italia para hacerse cargo de un complejo imperio plurinacional, que estaba todavía finalizando su guerra con los otomanos. Sólo pensar en el rosario de coronaciones que debía ir realizando en los próximos meses le hacía temblar: primero, acudir a Fráncfort para coronarse como emperador del Sacro Imperio Romano Germánico; después, prestar juramento en Budapest y Praga como rey de Hungría y Bohemia. Por si fuera poco, los Países Bajos estaban también en plena rebelión y su hermana María Antonieta continuaba en una inestable posición en Francia. Debería buscar el apoyo de Federico Guillermo de Prusia para intentar detener la revolución francesa. No era extraño que la complicada situación política del continente y los siempre belicosos pueblos de los Balcanes le obligaran a centrar ahí sus prioridades y dejar las reformas y las políticas educativas y culturales para momentos más propicios.

Tampoco debía olvidar la situación interna de Austria. Sobre todo debía cuidar de que la gangrena de la revolución no acabara contaminando a los propios austriacos, para así poder dedicar toda su atención a la cohesión del imperio.

El emperador comenzó a leer el informe que le había remitido el conde Von Pergen, ministro de la Policía:

En todas las épocas han existido sociedades secretas cuyos miembros, reunidos en hermandades, trabajan por una causa común, cubriendo con un velo de la más absoluta reserva sus intenciones y los métodos de que se pueden valer para llevarlas a cabo. Pero la manía de crear semejantes sociedades, secretas y ambiguas, nunca ha sido mayor que en nuestra época; y se sabe con certeza que muchas de estas sociedades secretas, conocidas bajo diversos nombres, no existen —como pretenden hacernos creer— con el simple propósito de una ilustración sensata y una filantropía activa; su intención no.es otra que la de minar lentamente la reputación y el poder de los monarcas, avivar el sentimiento de libertad en las naciones, cambiar los modos de pensar del pueblo y guiarlo según sus principios, mediante una élite rectora secreta. La defección de las colonias inglesas de América ha sido la primera operación de esta élite secreta; desde allí ha pretendido expandirse y no hay duda de que el derrocamiento de la monarquía francesa es obra de una sociedad secreta semejante. Ni tienen intención de detenerse ahí, como puede verse por los emisarios que han enviado a todos los países y las osadas misivas que han logrado hacer circular en otros países; las logias francesas pretenden especialmente avivar sentimientos similares en sus hermanos de otros países. En una de esas cartas, procedentes de una logia de Burdeos, hay un pasaje singular en el que se afirma que los sabios principios de la nueva constitución francesa son tan cercanos a los preceptos masónicos básicos de libertad, igualdad, justicia, tolerancia, filosofía, caridad y orden, que todo buen ciudadano francés es digno de ser masón en el futuro, porque es libre...

Debía hacer algo con los masones.

Un criado interrumpió sus cavilaciones al entrar en la sala para anunciarle la llegada de una visita.

Allí estaba otra vez el fatuo de Rosenberg. No le generaba confianza y el funcionamiento del teatro tampoco era de su agrado. Más que un director eficiente, parecía estar continuamente conspirando con las distintas facciones de músicos y era muy amigo de Salieri, ese pesado italiano que pensaba que la adulación era la llave que abría todas las puertas. Mas no quería deshacerse de Rosenberg hasta conocer las claves principales de su cometido y así tomar la mejor decisión. Mientras tanto, bien podía escucharle.

—Bien, señor conde, ¿qué nos traéis hoy? —inquirió el monarca.

—Majestad, quisiera poner en vuestro conocimiento un asunto de la mayor importancia.

—«¿De la mayor importancia?» —Leopoldo II remedó el estilo engolado de Rosenberg.

—Quisiera informaros de uno de los proyectos secretos de vuestro hermano. Me siento en la obligación de informaros de ello una vez que su muerte me ha librado del juramento de silencio.

—Continuad.

—Se trata de una ópera secreta, Majestad. Vuestro hermano encargó a Mozart una ópera secreta, en alemán, y con un mensaje muy revolucionario.

—¿Revolucionario? ¿Mi hermano? —Leopoldo soltó una franca carcajada—. Mi hermano era un reformista, eso sí, le gustaba meter en cintura a la iglesia y educar al pueblo, pero... ¿revolucionario? ¿Después de lo que le está pasando a nuestra hermana en Francia? ¡Estáis bromeando!

—No me atrevería, Majestad. Aunque quizá la palabra «revolucionario» no sea muy exacta, Mozart es un masón fichado por la policía desde hace años y conocemos bien los derroteros que han tomado estos señores.

—Sin duda, conde. Y bien, ¿qué ha sido de esa ópera?

—Vuestro hermano, *sire*, le mandó destruir la partitura y a cambio le encargó *Così fan tutte*. Pero, al parecer, la obra sigue existiendo, pues Mozart insiste en intentar verla representada.

—Cierto, conde. He recibido una recomendación para Mozart procedente de mi hijo, pero aún no he tomado una decisión. —Leopoldo se frotó el mentón pensativo—. Lo que vos me contáis es suficiente para poner sobre aviso al conde Von Pergen. Vos, conde Rosenberg, os responsabilizaréis de que Mozart no reciba más encargos. Ocupaos también de que no sea invitado a las fiestas de la coronación en Fráncfort. Podéis retiraros.

Rosenberg hizo una breve reverencia y se apresuró a alcanzar la salida. Leopoldo II permaneció unos instantes reflexionando y, tan pronto el conde hubo abandonado la sala, se sentó en su escritorio y redactó una nota para el jefe de la policía. No sólo había que tener controlado a Mozart, sino que podía aprovechar para deshacerse de Rosenberg y, de paso, de Da Ponte, Salieri y hasta de su amante la Ferrarese. Aquellas noticias sobre la ópera secreta de Mozart se unían a la denuncia anónima que había recibido sobre los preocupantes planes de los *illuminati*. Aparentemente, el secretario del Gabinete, Johan Baptist von Schloissnigg, que había sido colocado en esa posición por el barón Van Swieten, iba diciendo por palacio que se estaba preparando una revolución con el apoyo de dieciséis mil militares supuestamente llamados a Viena. No había que creer necesariamente todo, pero los tiempos estaban revueltos y había que permanecer vigilantes.

* * *

Camino de Fráncfort, finales de septiembre de 1790

De nuevo en marcha, esta vez camino de Fráncfort para las fiestas de la coronación del emperador. Había decidido lo más difícil: tomar un nuevo préstamo de mil *gulden* de Lackenbacher con la garantía de sus muebles y buscar de nuevo la fortuna fuera de Viena, dejando a Constanze en casa de su hermana. Convenció a su cuñado Franz de que le acompañara, compró un caballo y un carruaje ligero —que daría una cierta comodidad al viaje y a la larga resultaría más rentable que ir desembolsando cantidades en cada trayecto— y se puso en marcha. Constanze sabía que era necesario, después de que Mozart fuera completamente ignorado en las celebraciones de los esponsales de las princesas María Teresa y Luisa, hijas de los reyes Fernando y Carolina de Nápoles, que habían sido realzadas con representaciones de óperas de Salieri y Weigl y conciertos de su amigo Haydn y de otros compositores. La gota que había colmado el vaso era la exclusión de Mozart del grupo de músicos que acompañarían al séquito real para las fiestas de la coronación de Leopoldo II como emperador del Sacro Imperio. Mozart no podía dejar escapar esa oportunidad: las celebraciones reunirían en Fráncfort a toda la realeza y la nobleza centroeuropea, una ocasión única para que un músico de su talento consiguiera reconocimiento e ingresos. Estar fuera del programa oficial le obligaría, sin embargo, a movilizar todos sus recursos, organizando conciertos por su cuenta y riesgo con el apoyo de sus amigos y conocidos.

Pasaron por Linz, Efferding y Passau y remontaron el Rin hasta Fráncfort, sin detenerse más que a cambiar los caballos. En un alto en el camino Mozart escribió unas apresuradas líneas a Constanze:

> *Espero con ardiente deseo noticias tuyas, de tu salud, de tus asuntos, etc. Estoy firmemente resuelto por el momento a tentar mi suerte aquí, tanto como pueda; después me regocijaré cordialmente por volver a verte —¡qué vida tan deliciosa llevaremos entonces!—. Quiero trabajar, trabajar tanto, ¡que no pueda, por culpa de las circunstancias, volver a caer en otra fatal situación!*

* * *

—Wolfgang, por favor, tienes que hacer un esfuerzo por salir. Llevas una vida demasiado retirada. No sales nunca por la mañana y te encierras en tu agujero a escribir. Tienes que mover tus asuntos. Si no, ¿a qué hemos venido aquí?

Su cuñado Franz daba vueltas por la habitación gesticulando con los brazos. Tenía buena intención, pero estaba resultando cargante.

—Por favor, Franz, déjame solo. Tengo que terminar este estúpido adagio para el relojero para que algunos ducados puedan bailar en las manos de mi querida mujercita. Es una verdadera humillación y me hace muy desgraciado. Te lo ruego, por favor, deja que lo termine y saldremos a dar una vuelta —imploró Mozart.

—De acuerdo, pero tienes que prometerme que te pondrás a organizar tu academia.

—Está bien, Franz, pero ahora déjame.

Tan pronto como su cuñado hubo salido de la habitación, Mozart continuó la carta que estaba escribiendo a su mujer. El ventanuco que daba a un oscuro callejón no dejaba pasar luz en aquella triste y gris mañana de septiembre. Una helada ráfaga apagó la vela con la que se alumbraba para escribir.

Me alegro como un niño por la idea de volver a estar contigo. Si la gente pudiera ver mi corazón por dentro, casi me avergonzaría. Todo es frío para mí, frío como el hielo. Si al menos tú estuvieras conmigo, quizá disfrutaría más con el amable trato que me demuestra la gente, pero así está todo

tan vacío... Adiós, amada, soy para siempre tu Mo-
zart que te quiere con toda su alma.
            Fráncfort, 30 de septiembre de 1790

❊ ❊ ❊

Quince días después Constanze recibía más noticias de
Mozart. Las cosas no habían mejorado y era el momento de dejar Fráncfort.

¡Mujercita amada de mi corazón!
Hoy a las once ha tenido lugar mi academia. Des-
de el punto de vista del honor, resultó magnífica;
desde el punto de vista de la recaudación, tuvo un
escaso éxito.
    Por desgracia, había el mismo día un gran al-
muerzo en casa de un príncipe y las grandes ma-
niobras de las tropas. Pero así ha sido siempre desde
que estoy aquí.
    Pero, a despecho de todo, he estado muy ins-
pirado, he tenido tanto éxito que me han conven-
cido para buscar oportunidades en otras ciudades en
las que no haya tanta oferta de diversión como aquí.
Iré primero a Offenbach a visitar al editor André y
después a Maguncia, donde espero conocer a un im-
portante personaje del que Gebler me ha hablado
con el mayor entusiasmo. Partiré, pues, el lunes.
    Por tus cartas veo que no has recibido nin-
guna carta mía desde Fráncfort; y, sin embargo,

he escrito cuatro. Me parece observar que pones en duda esa cifra, y que no crees en mi prontitud para escribirte, lo que me causa mucha pena. Deberías, no obstante, conocerme mejor. ¡Oh, Dios! ¡Ámame solamente la mitad de lo que yo te amo y seré feliz!

Mozart, 15 de octubre de 1790

* * *

Maguncia, finales de octubre de 1790

Mozart caminaba alegre hacia la casa de Georg Forster, bibliotecario de la Universidad, quien le había invitado a una reunión informal después de que Mozart le entregara el día anterior una carta de recomendación de su amigo Gebler. Gebler le había puesto en antecedentes sobre el personaje, una de las personas clave de la masonería alemana y un gran viajero y erudito. Apenas con diez años había comenzado a hacer viajes por todo el mundo con su padre. En 1765 había viajado a la lejana Kazajistán cuando su padre fue contratado por el gobierno ruso para estudiar la viabilidad de establecer colonias alemanas en el Volga. A su regreso, se trasladó a Londres y al poco tiempo se embarcó en el *HMS Resolution* a las órdenes del capitán Cook para emprender un apasionante periplo de tres años por los mares del Sur, donde se forjó una merecida fama de buen dibujante, fino observador y uno de los primeros etnólogos de la historia. Su padre, John Reinhold Forster, era el naturalista oficial de la expedición y era un sabio quisquilloso, dogmático, carente de humor, receloso, censurador, pretencioso, belicoso y exigente. Odiado por toda la tripulación, vivió con la amenaza de ser arrojado por la borda. Pero Georg consiguió hacer olvidar los pecados del padre, pues era un artista con talento, naturalista y lingüista cualificado, que se hizo querer por su valía y disposición. El relato de aquella expedición era uno de los libros de viajes más leídos y Mozart estaba deseoso de conocerle. Eran casi de la misma edad y el relato de su vida que le hizo Gebler le hizo sentir una instintiva simpatía por él, que se confirmó en cuanto el propio Forster le saludó efusivamente al entrar en su casa.

—Sed bienvenido a mi casa y a nuestra Sociedad, herr Mozart —le dijo Forster dándole un fuerte apretón de manos—. Nuestros amigos de Viena me han dado excelentes referencias vuestras, que se suman a vuestra bien conocida valía como músico. Por favor, uníos a nuestra tertulia. —Forster le condujo al salón donde estaban el resto de invitados—. Permitidme que os presente al historiador y secretario de Su Eminencia el arzobispo de Maguncia, Johann von Müller —Mozart hizo una inclinación de cabeza—; al teólogo y filósofo Dorsch, discípulo de Kant, y a los profesores Wedekind, Metternich, Eickemeyer y Blau. —Mozart los fue saludando uno a uno—. Todos ellos son miembros de nuestra Logia, por lo que podéis hablar con entera libertad.

—Para mí es un verdadero honor conocer a tan distinguidos eruditos. Sólo espero que mis escasos conocimientos no me avergüencen ante vuestras señorías —dijo Mozart con modestia.

—No seáis absurdo, querido amigo, somos nosotros los que estamos en deuda por conocer al autor que ha tenido la visión y la audacia de componer una ópera sobre *Las bodas de Fígaro* y de una forma tan admirable. ¡Qué talento habéis mostrado al conjugar un mensaje tan osado con la más bella de las músicas! Al hacerlo así, habéis conseguido que la música arrope con naturalidad la rebelión ante los señores. *Se vuol ballare, signor Contino* —tarareó Forster—. ¡Aún recuerdo las risotadas del público al terminar esa aria el burlón de Fígaro! Así pues, mi querido amigo, olvidad vuestras aprensiones, pues vuestro talento seguramente supera al de todos los presentes juntos. Pues ¿qué ocurriría si la conversación versara sobre tonalidades, *legatos* o semicorcheas? Los que quedaríamos como verdaderos asnos seríamos nosotros. Debemos conseguir, por el contrario, que todos enriquezcamos nuestros intelectos con las aportaciones de nuestros Hermanos y podamos crecer en conocimiento y capacidad de acción, que es lo que la Humanidad nos reclama —dijo Forster.

Mozart ocupó su asiento con el rostro rojo de rubor pero entusiasmado y lleno de ilusión por aquella experiencia que estaba viviendo.

—Georg, veo que habláis ya como un verdadero revolucionario. ¿Por qué no nos relatáis vuestro viaje por Francia? ¡Estamos deseosos de tener noticias de primera mano sobre lo que está ocurriendo allí! —inquirió Dorsch.

Forster carraspeó ligeramente y se detuvo unos momentos para ordenar sus ideas.

—Como sabéis, regresé hace poco de un interesante viaje que he realizado con mi colega Von Humboldt por el bajo Rin, Brabante, Flandes, Holanda, Londres y París. He comenzado a escribir el relato de nuestras experiencias, aunque temo que me va a llevar mucho tiempo transcribir y ordenar todas las notas y referencias que he ido acumulando. Entre otras cosas, pretendo escribir un amplio análisis del arte gótico.

—¿¡El arte gótico!? ¿Dónde está la belleza del Medioevo? ¿En esas casas viejas, con las vigas vistas, en las que se puede ver la separación entre los pisos y en las que los ladrillos están pintarrajeados para que el armazón destaque aún más? —inquirió Blau enfadado.

—Profesor, no pretendo hoy rebatir vuestras palabras, pero creo que no debéis despreciar lo antiguo por el mero hecho de tener más de cincuenta años. Miraos vos mismo y decidme si no sois vos mucho más feo que esas edificaciones que tanto criticáis. De todas formas, no me refería a las casas medievales, que son más criticables por su peligrosidad o incomodidad que por su estética, sino a los grandes templos góticos, a los que algunos califican de bárbaros y que sin embargo son dignos de admiración.

—Quiero pensar que estáis bromeando al hablar de arte gótico, Georg, pero no quiero alimentar la polémica. Estoy más interesado en conocer vuestra percepción de la situación política. —Dorsch era un miembro de los *illuminati*.

—Puedo deciros que el ambiente es extraordinario. Las revueltas populares se han multiplicado, no sólo en Francia, sino en casi todas las ciudades del continente en las que hemos estado. Hay una efervescencia en la calle que se puede palpar en cada esquina, salvo en Inglaterra, donde quizá la participación de los intelectuales y los burgueses en los asuntos del gobierno ha permitido canalizar las reivindicaciones de una manera más organizada. Es aleccionador ver lo que la filosofía ha hecho madurar en las cabezas y después puesto en práctica en la organización del estado. Creo que el camino más seguro acaba siendo explicar a la gente sus derechos; una vez son conscientes de ellos, lo demás se desencadena por sí mismo. Os tengo que enseñar un pañuelo que compré en la feria de Fráncfort. Mirad, aquí está. —Forster sacó un pañuelo rojo de su bolsillo—. Leed lo que dice: «Los Derechos del Hombre».

Los asistentes se pasaron el pañuelo con curiosidad y Mozart escuchaba con atención. Aquellas expresiones se parecían mucho a las palabras de Kant que había oído durante su estancia en Berlín. Las luces traerán a la gente la conciencia de su propio estado y movilizarán al pueblo para construir una nueva sociedad.

—Así pues, ¿creéis vos acaso que los hombres son seres buenos a los que hay que liberar de sus ataduras y que entonces todo será mejor? —preguntó el profesor Blau.

—Si algo he aprendido de mis viajes por el extremo más alejado del mundo, es que el buen salvaje no existe. Aunque admiro los escritos de Rousseau, he sentido gran desazón al leer las descripciones de Bougainville de sus viajes por Tahití. Yo no he visto ese supuesto buen salvaje que vive en un mundo ideal y libre de pecado. Es cierto que la bondad del clima, la exuberante vegetación y la generosidad de la naturaleza en aquellas latitudes invitan a pensar en el paraíso. Pero he visto también mezquindad y sumisión, junto a situaciones idílicas. Escuchad, así como entre los habitantes de las islas Tonga, cerca de Nomuka, no fuimos capaces de observar ningún tipo de subordinación entre ellos, en la cercana Toganbatu, a pesar de que su idioma, los medios de transporte, armas, casas, tatuajes, la manera de afeitar la barba corta, toda la esencia de su filosofía está exactamente ajustada con ellos, la devoción hacia el rey llegaba casi a la esclavitud. Así podéis ver que en todos los lugares del mundo existen tiranías, pero también que es posible librarse de ellas. No sé si he respondido a vuestra pregunta pero os lo diré lo más claro que pueda: no existe ningún estado ideal de pureza del hombre; lo que sí sé es que el hombre debe ser libre de decidir su destino y de convivir con sus semejantes en pie de igualdad, apoyándose mutuamente para sumar las aportaciones de todos.

Se hizo un silencio.

—¡Oh, Dios mío! ¡Es imperdonable por nuestra parte! Estamos aburriendo a nuestro invitado con un debate sin sentido —exclamó Forster.

—No, en absoluto —dijo Mozart—. Escucho vuestras discusiones con enorme interés. Yo también intento hacer mi aportación para difundir los valores de los Hermanos, la fraternidad entre los pueblos y la iluminación de la razón. Vos habéis mencionado *Fígaro,* una obra que compuse en colaboración con el poeta Da Ponte. Pero ahora estoy dando los últimos retoques a una nueva ópera, esta vez en alemán. Creo que debemos utilizar el lenguaje del pueblo si queremos llegar a que lo entienda.

—¡Qué interesante! —exclamó Forster—. ¿Y cuándo tenéis previsto estrenarla?

—Ése es el problema. Se trata de un encargo secreto del difunto emperador José que no llegó a ver la luz antes de su muerte. Ahora estoy tratando de que su sucesor conozca el proyecto, lo apruebe y la obra se ponga en escena lo antes posible.

—Creo que sois demasiado optimista, querido amigo —replicó Forster—. Es poco probable que el nuevo emperador se quiera embarcar en una aventura teatral sobre la libertad y la igualdad. Los Habsburgo están aterrorizados con los sucesos de Francia y, tal como he visto las cosas en ese país, la situación puede hacerse insostenible para Luis XVI y su familia. Yo buscaría una alternativa. Me parece más factible conseguir que un empresario teatral os la compre y la ponga en escena. Si lo deseáis, os puedo dar algunos contactos. Vuestra obra debe salir a la luz. Nosotros nos ocuparemos de que así sea. ¿Verdad, Hermanos?

Todos asintieron con entusiasmo.

—¡Oh, muchas gracias! —respondió Mozart—. ¡Esto me hace sentir mucho mejor! En todo caso, quiero dejar al nuevo emperador la posibilidad de estrenarla, pero os aseguro que, si no lo consigo en unos meses, me pondré en contacto con vos para buscar una alternativa.

* * *

Viena, noviembre de 1790

El carruaje se detuvo ante la puerta de la casa en la Rauhensteingasse. Constanze y su hermana Josefa se lanzaron a recibir a los viajeros. Wolfgang y Franz bajaron alegres y abrazaron a sus esposas, contentos de estar de vuelta en casa.

—¡La casa está preciosa, Constanze! ¡Si hasta hay un patio para el coche! —exclamó Mozart entusiasmado.

—¡Mira, ven! Te he preparado un estudio estupendo, con luz y anchura para que puedas dar tus clases y podamos reunir a los amigos para tocar —dijo Constanze.

—¿Y Carl? ¿Cómo está?

—Fuerte como un roble. Y está progresando mucho. Verás como te llevas una sorpresa.

Las dos parejas entraron en la casa y se sentaron en la sala. Constanze preparó una pequeña merienda y charlaron despreocupadamente sobre las novedades producidas en la ausencia de sus maridos.

—Por cierto, Wolfgang, tienes una carta que ha llegado de Londres.

—¿De Londres? ¿De quién es?

—No recuerdo el nombre. La he dejado encima de la mesilla del dormitorio.

Mozart se levantó a buscarla y regresó a la sala. Levantó el sello y comenzó a leerla. Estaba en francés y la remitía el director de la ópera italiana de Londres, Mac O'Reilly:

Al señor Mozart, célebre compositor de música de Viena

Londres, 26 de octubre de 1790

Por una persona próxima a S.A.R. el príncipe de Gales, conozco vuestro deseo de hacer un viaje a Inglaterra, y como querría conocer personalmente a personas de talento y estoy en condiciones de contribuir a su bienestar, os ofrezco, señor, el puesto de compositor en Inglaterra. Si podéis encontraros en Londres hacia los últimos días del mes de diciembre próximo de 1790 para quedaros allí hasta junio de 1791, y en ese espacio de tiempo componer al menos dos óperas serias o cómicas —según elección de la dirección—, os ofrezco tres-cientas libras esterlinas, con la prerrogativa de es-cribir para el concierto de la profesión, o cualquier otra sala de conciertos, con exclusión solamente de los otros teatros.

Si esta proposición os agrada y estáis dispuesto a aceptarla, hacedme la merced de darme una res-puesta y esta misma carta os servirá como con-trato.

Tengo el honor de ser, señor, vuestro muy hu-milde servidor

Mac O'Reilly

—Parece que nuestra suerte está cambiando. Es-cuchad. —Mozart leyó de nuevo la carta, esta vez en voz alta.

—¡Trescientas libras! ¿Cuánto dinero es eso? —pre-guntó Constanze.

—Calculo que unos 2.600 *gulden*. Deben de haber sido Michael y Nancy los que han convencido a O'Reilly.

Constanze hizo un mohín de disgusto al oír el nombre de la soprano.

—Pero Wolfie, ¿cómo vamos a irnos ahora de via-je, con tus obligaciones en la corte y el dinero que de-bemos?

—No te preocupes, Constanze, que no pienso aceptarla de momento. Tengo planes muy concretos y mi puesto está ahora en Viena. Como te decía antes, esto es signo de que nuestra suerte está cambiando, y pronto espero estrenar mi nueva ópera aquí.

—¿Cómo es eso, Wolfie? ¿Has conseguido por fin hablar con el emperador?

—Confía en mí, Constanze, será con el emperador o sin él, pero yo estrenaré mi obra —dijo Mozart enfáticamente—. He hecho contactos importantes en Maguncia, que me ayudarán a ponerla en escena si el emperador no lo hace.

El tono de Mozart sonaba tan convincente que todos asintieron confiados.

* * *

Viena, diciembre de 1790

—Pues yo sí me voy, querido Mozart. Voy a vivir una nueva libertad después de tantos años encerrado en Esterhazy. El príncipe Nicolás era un gran amo, vos lo conocíais, no sólo por su bondad y fácil trato, sino por su amor a la música. El príncipe Anton, sin embargo, lo primero que ha hecho es despedir a la orquesta. ¡Ha sido muy desagradable! Tantos años de servicio a la casa y ése es su agradecimiento. Así que no lo dudo y parto rumbo a Albión.

—Pero, mi querido Haydn, vos sois un verdadero padre para mí. Quedaos conmigo en Viena. Tengo grandes planes.

—Si cada vez que hubierais dicho que tenéis grandes planes os hubiera hecho caso, no sé qué habría sido de mi vida. Quizá hasta ahora no he tenido ocasión de moverme mucho, pero me voy a resarcir.

—Pero vos no estáis hecho para recorrer mundo. Y además no habláis inglés.

—La lengua que yo hablo la comprenden en el mundo entero, querido amigo. Y por mucho que me llaméis papá, no me vais a hacer más viejo de lo que soy. ¡Sólo tengo cincuenta y ocho años!

Mozart enjugó una lágrima. Se dio cuenta de que era inútil insistir. Joseph Haydn merecía una nueva vida y Londres sería el colofón de una inmensa carrera como músico y compositor. La oferta del empresario Salomon, que había acudido en persona a Viena, había sido muy generosa ¡e incluía una oferta para el propio Mozart! De modo que en apenas unas semanas Mozart había recibido dos jugosas propuestas para trasladarse a Londres. Pero Salomon esperaría al año que viene. Si a Haydn le iba bien y, por el motivo que fuese, Mozart no conseguía estrenar la ópera secreta, siempre podría empezar una nueva aventura en Londres. Por el momento, empero, quería probar su suerte con el apoyo de los Hermanos.

—Maestro Haydn, dadme un abrazo. Probablemente nos estamos diciendo el último adiós de nuestra vida.

—No dramaticéis, Wolfgang, que no soy uno de los héroes de vuestras obras. Os escribiré y, si las cosas van bien, espero que cambiéis de opinión y que cojáis a la familia para venir a Londres. Os esperaré.

—Por favor, Joseph, tomad estas cartas. Son para Michael Kelly y Nancy Storace. No dejéis de dárselas.

—Lo haré con mucho gusto.

Haydn hizo ademán de estrechar la mano de Mozart, pero éste se anticipó y le dio un afectuoso abrazo de despedida. Los ojos brillantes de Mozart siguieron amorosamente los pasos de su más querido amigo, la única persona del mundo que era capaz de comprender sus más íntimos anhelos, que se alejaba despacio calle abajo.

Capítulo
15

La clemenza di Tito

Viena, diciembre de 2006

Llevaba unos días dando vueltas a una idea que comenzaba a tomar cuerpo en mi cabeza. Teníamos muchos elementos de prueba, una buena historia, manuscritos originales... pero no teníamos la ópera. Sólo nos faltaba recibir noticias de Mayer, que nos había prometido que haría un análisis a fondo de la *particella* para extraer de ella toda la información posible. Quizá eso nos abriera nuevas líneas de investigación, pero la tensión se iba apoderando de nosotros. Yo me notaba al borde del límite, y comenzaba a plantearme cuándo sería el momento propicio para comunicar públicamente nuestros hallazgos. Estaba convencido de que teníamos una buena historia. Si el examen de la *particella* resultaba positivo, sería el momento de actuar. No quería que apareciera otra persona y me robara el descubrimiento.

El día anterior había estado hablando con Beatrice, la jefa de prensa de la ÖBTV. Simplemente le conté que en unos días habría una importante noticia sobre la obra mozartiana y que debíamos estar preparados para el evento. Un importante investigador iba a anunciar públicamente un descubrimiento sorprendente y se había puesto en contacto conmigo para ofrecer a nuestra organización la primicia, siempre y cuando diéramos una difusión digna de la noticia. Beatrice me miró con un gesto de escepticismo en el fondo de sus ojos verdes, pero tuvo que contener su ironía al darse cuenta de que iba en serio. Beatrice me aseguró que todo estaría a punto. Organizaría una rueda de prensa con todos los corresponsales y enviados especiales que cubrían las celebraciones del año Mozart, pero tenía que conocer los detalles cuanto antes, en especial la identidad del misterioso investigador y los pormenores de su descubrimiento. Había que preparar la convocatoria, una nota de prensa y copias del material que fuéramos a entregar a los periodistas. Le garanticé que tendría todo lo necesario a su debido tiempo.

De golpe sonó mi móvil y vi el nombre de Mayer en la pantalla. Apreté el botón verde y respondí.

—Rosenberg.

—Paul, soy yo, Günter Mayer. He terminado el examen de la *particella*. Quiero hablar contigo cuanto antes.

—Muy bien. Llamaré a Brenda e iremos para allá.

—¿Estás seguro de que quieres venir con Brenda? A lo mejor prefieres que te cuente sólo a ti lo que he descubierto. Aquí pasa algo raro.

—¿Qué quieres decir con «raro»?

—Ven en cuanto puedas. Es mejor que te lo explique más despacio en mi despacho.

—Iré con Brenda. Es justo que ella oiga también lo que tienes que decir.

—Está bien, tú sabrás. Os espero después de comer.

* * *

Al poco rato Brenda vino a buscarme a casa y nos encaminamos a la Universidad llenos de ansiedad.

Mayer nos recibió en su despacho. Aunque cuando me llamó su voz estaba cargada de urgencia, al llegar a su pequeño territorio de investigación, tan repleto de libros como la otra vez, le vimos tranquilo y relajado con su inseparable pajarita, que parecía estar adosada perennemente a su cuello como una parte más de su anatomía.

—¿Queréis un café? —preguntó solícito el profesor.

—No, gracias —respondí al recordar lo complicado que había sido prepararlo la vez anterior.

—Profesor Mayer, por favor, no nos haga sufrir más —avanzó Brenda—. Llevamos ya unas cuantas semanas con este asunto y yo en particular estoy tomando ansiolíticos desde hace días.

—No sé qué os pasa a los jóvenes de hoy, pero las cosas importantes tienen su tiempo. Hasta que no aprendas... —Mayer se interrumpió al ver la mirada de Brenda y su más que explícito cruce de brazos—. Está bien, veo que no estáis para muchos discursos. Os contaré lo que he averiguado.

Mayer comenzó su relato.

—En abril de 1791, apenas seis meses antes de que Mozart muriera, madame Dušek presentó una academia musical en Praga con un programa compuesto por siete números. Aquí tenéis el texto original.

Brenda y yo acercamos nuestras cabezas a la reproducción facsímil que nos mostraba Mayer.

Con alta y graciosa licencia,
en el día de hoy, martes 26 de abril de 1791,
Madame Dušek
tendrá el honor
de presentar una academia musical en el
Teatro Real Nacional
PROGRAMA
Primero: una sinfonía del señor Girovetz
Segundo: un Aria Allegro del señor Cimarosa
Tercero: un movimiento de una Sinfonía
Cuarto: una Gran Escena nueva del señor Mozart
Quinto: un Concierto para Piano del señor Mozart
interpretado por el señor Witassek

Sexto: un Rondó del señor Mozart con
corno di bassetto obbligato
Séptimo: la Conclusión es un movimiento
de una Sinfonía

—Fijaos en el número seis, un rondó del señor Mozart con *corno di bassetto obbligato* —dijo Mayer—. La casualidad es que el único rondó mozartiano conocido —un aria consistente en una parte lenta seguida de otra rápida— con *corno di bassetto* es *Non più di fiori,* que Vitelia canta en el acto segundo de *La clemenza di Tito,* la obra que fue encargada a Mozart para la coronación de Leopoldo II como rey de Bohemia en Praga. Pero ¿cómo puede ser así, si sabemos que el encargo de la ópera fue en el verano de 1791, es decir, varios meses después de la academia musical en Praga?

Brenda me miró confusa y yo me encogí de hombros.

—La solución está en el papel —continuó Mayer—. Un análisis de los diversos tipos de papel utilizados por Mozart en sus composiciones de la época dan resultados muy reveladores: es evidente que al menos un fragmento importante de esa aria está escrito utilizando el mismo papel de otros números de *Don Giovanni* y del aria *Bella mia fiamma addio* —la que Mozart compuso para la Dušek en Villa Bertramka—, por lo que debería estar fechada en el año 1787 y no en 1791. La hipótesis de algunos autores es clara: como

Mozart tuvo que componer *La clemenza di Tito* en un tiempo récord, se vio obligado a echar mano de todo tipo de materiales disponibles, incluyendo estos números que hizo para la Dušek. El caso del aria *Non più di fiori* se ve reforzado por el hecho de que parte del texto de esa pieza no se encuentra en el original de Metastasio, es decir, fue compuesta antes de que Mozart contara con el libreto de la ópera.

—¿Y qué tiene que ver todo esto con la *particella* que te trajimos? —pregunté preocupado.

—Dejadme que os enseñe una cosa —respondió Mayer.

Se levantó de su asiento y fue a buscar algo en uno de los cajones encastrados en la biblioteca que tapizaba la pared opuesta a los grandes ventanales. Regresó al instante con una regla milimetrada en su mano e hizo diversas mediciones sobre el papel. Se levantó de nuevo y tras recorrer los gruesos volúmenes de la estantería con su dedo índice, sacó uno de ellos y comenzó a pasar páginas a gran velocidad. Por fin, detuvo su mano y leyó en voz alta el título: *La Clemenza di Tito and its chronology.*

—Éste es uno de los trabajos capitales sobre la datación de las obras de Mozart y su orden de composición, tomando como base los distintos tipos de papel empleados. Aunque otros autores han cuestionado estas investigaciones de Alan Tyson o, al menos, relativizado sus conclusiones, creo que pueden arrojar luz sobre el trabajo que nos ocupa.

Mayer hizo una breve pausa antes de reanudar sus explicaciones para asegurarse de que le entendíamos.

—El análisis de los tipos de papel es muy complicado y requiere la habilidad de un especialista. Un primer atributo relevante que hay que cotejar es la filigrana del papel, esas marcas al agua propias de cada fabricante. Otro aspecto importante es la AT, es decir, la altura total o medida entre pentagramas. Como los pentagramas se trazaban a mano o con un aparato que tenía una especie de garras, la distancia en milímetros desde la línea superior del pentagrama de arriba hasta la línea inferior del pentagrama de abajo permite discernir si el papel utilizado es o no del mismo tipo. Después de comprobar esos dos elementos en el papel que me habéis traído, puedo asegurar sin ningún género de dudas que se trata del mismo papel del aria de Vitelia de la que antes os he hablado. Mozart podría haber aprovechado la idea musical de la *particella* para emplearla en *La clemenza* o puede que no llegara a utilizar esa idea para esa ópera.

—¿Cómo? —dije completamente desorientado.

—Cierto, para descubrirlo habría que hacer un delicado trabajo de investigación de toda la partitura para identificar si algún número de la obra podría estar inspirado en el borrador que habéis encontrado. No he tenido tiempo de hacerlo, pero estoy seguro de que lo encontraríamos fácilmente.

El mundo se me vino abajo en un instante. Tantas semanas de trabajo, dinero invertido, el consumo de las vacaciones de los dos próximos años... y todas mis ilusiones se habían quedado reducidas a la posible publicación de un erudito artículo científico sobre un posible borrador de un aria de *La clemenza di Tito*. Mayer puso una mano en mi hombro. Aún no había terminado de explicarse.

—Sin embargo, hay algo que no termina de encajar —continuó el profesor—. En el caso del aria de Vitelia, Mozart simplemente tomó las hojas de la música que había compuesto en 1787 y las insertó sin más en la obra. De ahí las diferencias en los distintos tipos de papel empleados para *La clemenza di Tito*. Por el contrario, ahora nos encontramos con un manuscrito que aparentemente ha permanecido escondido en el techo del salón de Villa Bertramka desde 1787 y en el que aparece claramente la anotación en francés: *Idées pour l'opera sérieuse.* Fue esa expresión la que me hizo pensar en *Tito* y en las investigaciones de Tyson. Sin embargo, no tiene sentido: ¿cómo iba a saber Mozart que le iban a encargar una ópera seria cuatro años antes de que sucediera?

Le miré confuso. ¿Qué me quería decir? Era cierto que Mozart no podía prever en 1787 que le encomendarían la composición de *La clemenza di Tito,* si eso ocurrió en julio de 1791, después de que hubieran renunciado todos los compositores a quienes el emperador Leopoldo ofreció componer la ópera antes que a él. Y, aunque Mozart estuvo de nuevo en Villa Bertramka en esa época, sería absurdo que hubiera vuelto a sacar la *particella* de su escondite para anotar aquella enigmática frase en francés para volver luego a ocultarla en el artesonado. ¿Qué sentido tenía ocultar el esbozo de una parte de una obra que estaba componiendo oficialmente?

Los tres alcanzamos la misma conclusión simultáneamente. Fue Brenda quien la verbalizó en alto.

—Si Mozart no hizo la anotación, algún otro la hizo —se interrumpió vacilante durante unos instantes.

—Y me temo que la única explicación plausible es que la *particella* sea una falsificación —continué yo.

—Eso es lo que llevo pensando desde ayer —dijo Mayer—. Pero es cierto que es una excelente falsificación que sólo un gran experto estaría en condiciones de hacer de manera convincente.

Una terrible sospecha comenzaba a formarse en mi cabeza. Miré a Mayer y me hizo un gesto de asentimiento. Ahora comprendía por qué Mayer quería verme a solas. ¿Fue Brenda quien sugirió que buscara en el techo de Villa Bertramka? ¿Se sorprendió realmente del hallazgo? Miré a Brenda. Se había derrumbado sobre una silla con el rostro oculto entre sus manos, presa de una crisis nerviosa.

Yo estaba a punto de lanzarme sobre ella y exigirle explicaciones de aquello, pero antes de que pudiera acercarme, ella se levantó con resolución, se enjugó una lágrima que le asomaba tras las pestañas y apretando la boca con firmeza preguntó a Mayer:

—Profesor Mayer, por favor, ¿puedo usar su ordenador?

—Por supuesto, cómo no. Ahí lo tienes —contestó Mayer encogiéndose de hombros y mirándome de reojo.

—Gracias.

Brenda se sentó ante la pantalla y abrió el buscador de Google para localizar la dirección de la web de *The New York Times.* Parecía que Brenda leía mis pensamientos. La noticia de la subasta en Sotheby's de la carta autógrafa de Mozart a Puchberg tenía que haberse publicado ya. Hizo doble clic y se abrió la página principal: www.nytimes.com.

Mayer y yo nos acercamos por detrás para ver lo que aparecía en pantalla. Brenda entró en la sección cultural. En el año que estábamos era inevitable que las primeras entradas fueran un poco de publicidad de viajes a Viena o Salzburgo para celebrar el año Mozart 2006. Brenda hizo *scroll* con el ratón ansiosamente, pero no lograba dar con ninguna noticia relativa a la subasta. Hizo un nuevo intento tecleando «Mozart» en el buscador interno de *The New York Times* y pidió los resultados ordenados de más a menos reciente. Nada. Era imposible que no estuviera allí, a menos que... a menos que la noticia de la subasta fuera falsa, como todos habíamos comenzado a sospechar. Y si la carta de Mozart a Puchberg era falsa...

No era necesario que nadie dijera nada. El sentimiento de fracaso era absoluto. El silencio creó un muro alrededor de cada uno de nosotros.

—Paul, profesor Mayer. —Brenda fue la primera en reaccionar—. Sé quién ha hecho esto. No sé por qué motivo, pero sí quién es el responsable. —Se detuvo unos instantes, como para reunir fuerzas—. Tiene que haber sido mi padre. No hay nadie más fuera de nosotros que conociera la dirección de *e-mail* de Paul en el foro. Y él tiene los conocimientos y al acceso al material adecuado para hacer las falsificaciones.

—¿Tu padre? Pero ¿qué sentido tiene todo esto? —exclamé confundido.

—¡Eso es lo que vamos a averiguar ahora mismo! —dijo resuelta Brenda—. ¿Quién viene conmigo? —preguntó mientras cogía el bolso y marchaba hacia la puerta.

Brenda cogió mi mano y me arrastró literalmente mientras echaba a andar por el pasillo. A duras penas pudo seguirnos Mayer por la velocidad que Brenda imprimía a sus pasos.

Recorrimos el corredor completo dejando atrás la sala de audición y la biblioteca. Torcimos a la izquierda y bajamos las escaleras. Nos precipitamos a la calle y tuvimos la fortuna de parar un taxi al vuelo.

Durante el trayecto ninguno de nosotros abrió la boca. Casi podía palparse la electricidad que movía los pensamientos en nuestros cerebros mientras recorríamos la distancia que nos separaba del centro. El coche nos dejó frente a una bella casa a unos pasos de la catedral, un edificio de techos altos y amplias ventanas coronadas cada una de ellas por un elegante tímpano neoclásico pintado de blanco, que contrastaba armoniosamente con la fachada color caldero. Subimos a pie al primer piso, que había sido remozado por entero creando un corredor central a cuyos lados se abrían puertas con despachos profesionales. Cada puerta tenía su placa: dos abogados, un agente inmobiliario, la consulta de un neurólogo... Nos detuvimos frente a la tercera puerta a la derecha y leímos la placa en la que aparecía un único nombre sin título o profesión: Dr Klaus Schwarz.

Klaus Schwarz. ¿Klaus Schwarz... el padre de Brenda? ¿Qué era aquello?

Antes de que pudiera hacer nada, Brenda llamó con fuerza a la puerta. Una voz indicó que pasáramos. Brenda abrió la puerta casi con violencia.

Allí estaba Klaus, sentado tras una mesa oscura de oficina con aquella mirada escrutadora que tan bien conocía de mi época estudiantil. No pude apartar mis ojos de los suyos y apenas me di cuenta de cómo era su despacho o de qué decía Brenda. En realidad todos habíamos quedado callados, mudos; la tensión se palpaba como si la línea que unía nuestras miradas fuera un tirante cable de acero.

—Hola, Paul, ¡qué lástima! ¡Me habría gustado que hubieras tardado un poco más en venir a verme! ¡Me ha faltado poco para conseguirlo!

—¿Conseguir el qué? —dijo Brenda descompuesta.

—¿No dices nada, Paul? —inquirió Klaus ignorando a Brenda.

No respondí. Klaus parecía tener ganas de hablar y dijera yo lo que dijera, acabaría descubriendo su juego. Un brillo de locura en sus ojos me hizo ponerme alerta.

—Sí, Paul, he estado a punto de conseguirlo. ¿Acaso no es verdad que ya estabas a punto de anunciar tu descubrimiento en público? ¡Señoras y señores, el gran descubrimiento mundial! ¡La ópera secreta de Mozart! ¡El gran misterio de la investigación mozartiana al descubierto! ¡Qué poco ha faltado para que hicieras el ridículo más espantoso! ¡No me digas que no has tenido la tentación de publicarlo antes de que nadie se te adelantara! Ya sabes que las dudas fueron tu perdición.

—¡Hijo de puta! —grité tirándome a su cuello.

A duras penas consiguió sujetarme Mayer. Forcejeé pero me había trabado los brazos y no pude moverme.

—Sí, Paul, sí. Otra vez igual que con Birgit y los cuartetos Haydn. Tu indecisión entonces te costó la fama académica y de paso perdiste a tu chica. ¡Ja, ja! ¡Y he estado a punto de salirme con la mía de nuevo! Desde el momento que Brenda vino a contarme lo de la carta que recibiste de Mozart me lo he pasado en grande. Has ido mordiendo un anzuelo tras otro.

Una segunda carta de Mozart. ¡Qué increíble! Fue muy entretenido falsificar la *particella,* aunque esconderla en Villa Bertramka fue algo más complicado. ¡A que fue buena idea colocar la tabla al revés! Sí, por tu cara veo que funcionó perfectamente. Y luego lo de la subasta de Sotheby's con autocita incluida. Sabía que te fastidiaría el artículo: sólo ver mi nombre en letra impresa te obnubilaría el pensamiento y ya no serías capaz de razonar ni de mantener la cabeza fría. Reconozco que usar el *New York Times* fue una jugada de riesgo, pero era tan divertido... ¡Cómo me lo pasé!

No sabía dónde mirar. Cerré los ojos. ¿Cómo había podido ser tan estúpido? Estaba viviendo una pesadilla. Si respiraba profundamente y me relajaba, ese mal sueño desaparecería. Todo era mentira, hasta aquella escena absurda fuera de guión. Seguí oyendo la voz de Klaus en el fondo de mis oídos, como dos octavas más bajas de lo normal.

—... claro, tuve que conseguir que cerraran *Mozart-web* por una semana fingiendo el ataque de un virus informático para que los demás miembros del foro no descubrieran el engaño. ¡Y cómo colaboraron todos en montar la trama masónica de la ópera secreta sin saber de qué iba! ¡Salió redondo, ni aposta habría sido capaz de hacerlo mejor! ¿Te gustó el nombre de Otto Salzburg? ¿A que quedaba bien?

Abrí los ojos y vi a Brenda desmoronada sobre una butaca, con el rostro cubierto con las manos, sollozando incontroladamente. Mayer estaba pasmado, sin comprender lo que estaba pasando, aunque sospechaba que se había visto involucrado sin querer en un perverso juego que nada tenía que ver con él. Klaus tenía los ojos casi fuera de las órbitas y su mirada era la de un demente poseído.

—Pero padre, ¿por qué? —preguntó Brenda deshecha en lágrimas.

¿Qué tenía Brenda que ver con todo aquello? ¿Estaba al corriente del engaño de su padre? No, no era posible. Más bien parecía que ella había sido una víctima más. Pero entonces ¿por qué? ¿Por qué usar a su propia hija contra mí? ¿No era yo quien se suponía que había sido humillado en el pasado?

—¡No me llames «padre», puta zorra! —gritó descontrolado Klaus, al tiempo que la derribaba de una violenta bofetada. Brenda cayó atravesada sobre la butaca.

Antes de que nadie se diera cuenta logré desembarazarme de un atónito Mayer y entonces fui yo quien di a Klaus un poderoso puñetazo en el mentón. Cayó como un saco sobre la silla de despacho, que salió disparada sobre sus ruedas hasta que Klaus golpeó su cabeza contra la pared. Cayó al suelo sin llegar a perder el conocimiento mientras la sangre brotaba a chorros de su boca dándole el aspecto cruel y salvaje de una bestia herida. Seguramente le había partido un par de dientes con el golpe, porque yo sí me había roto algún dedo; mis nudillos palpitaban de dolor.

—¡Mírala! —farfullaba entre la sangre con los ojos inyectados—. ¡Igual de puta que su madre! ¡Estarás orgulloso de ella! —gritó ronco de desprecio.

Miré a Brenda y vi a Birgit, encogida en la butaca como para defenderse de los golpes, y sentí un impulso irresistible de protegerla. ¿Orgulloso de ella...? Me acerqué a ella y le miré a los ojos a través del velo de lágrimas. Una chispa de reconocimiento brilló en el fondo de sus pupilas y entonces lo comprendí todo, por qué creía conocerla tan bien. No necesitaba más. ¡Claro que estaba orgulloso de ella!

Mayer recuperó el habla.

—¡Schwarz, es imperdonable lo que ha hecho! ¡Utilizar a su propia hija para una venganza personal! ¡Qué villanía!

—No ha utilizado a su hija, profesor Mayer. Brenda no es hija suya. Brenda es hija mía y de Birgit.

Mayer quedó atónito con la boca abierta. Brenda se incorporó lentamente, temblando aún del golpe y de la conmoción de la noticia.

—¡Decírmelo fue el último regalo que me hizo esa zorra! ¡En su propio lecho de muerte me lo dijo, sabiendo que arruinaría mi vida para siempre! —escupió Klaus—. Desde entonces no he vivido más que para hacéroslo pagar. ¡Marchaos! ¡Dejadme solo!

Ayudé a Brenda a incorporarse y ella me rodeó la cintura apoyando su rostro en mi hombro. Salimos abrazados del despacho seguidos de Mayer, que movía su cabeza a un lado y a otro mirando al suelo, sin dar crédito aún a la escena que acababa de presenciar. Nuestros pasos se fueron alejando despacio por el corredor mientras el sol del atardecer, bajo ya en el horizonte, se colaba por la ventana a nuestras espaldas proyectando las sombras a nuestros pies, rectas y delgadas hasta el lejano fondo de la galería.

16

Schikaneder

Viena, marzo de 1791

Mozart se vistió con su casaca de nanquín a rayas y embutió sus pies en las medias de seda gris antes de calzarse los zapatos de hermosas hebillas plateadas. Iba a reunirse con Schikaneder en su teatro de la Freihaus —un sitio no demasiado recomendable en un suburbio a las afueras—, pero no por ello abandonaría su gusto por las buenas ropas, a pesar de que su economía ya no estaba para dispendios. Atravesó en rápida sucesión las dos habitaciones que le separaban del vestíbulo de su casa, abrió la puerta y, tras una última mirada a la chimenea apagada de la cocina, bajó apresurado las escaleras hasta la calle. No podía permitirse la comodidad de un coche, por lo que se encaminó a buen paso hacia el sur. Salió de las murallas de la capital por la puerta de Carintia, atravesó el glacis y poco después el puente sobre el Wien. Aquel barrio se había convertido en una pequeña ciudad para sirvientes y artesanos que habían acudido en masa a vivir allí atraídos por los bajos alquileres y la relativa cercanía del centro.

La Freihaus consistía en un monstruoso conjunto de casas conectadas entre sí mediante seis grandes patios, treinta y dos escaleras y más de trescientos apartamentos, que se alzaba en un gran solar situado en una isla en mitad del río. Contaba con su propia iglesia, dedicada a Santa Rosalía, talleres de todo tipo de oficios y hasta una almazara que pertenecía a la familia Marsano, una botica y un molino, cuya rueda giraba trabajosamente impulsada por el agua de un riachuelo desviado de la corriente principal. En el patio mayor había un jardín con caminos, macizos de flores y un pabellón de madera, donde se reunía con frecuencia la tropa de Schikaneder para ensayar y divertirse hasta altas horas de la madrugada, bajo el mando de su jovial director, que llamaba a los actores y actrices «sus hijos». Un lado del patio, el más alargado, era ocupado por el teatro, un impresionante edificio de piedra y ladrillo con cubierta de tejas, que Schikaneder agrandó y elevó añadiéndole un tercer piso. Tenía un aforo de mil personas, treinta metros de largo y quince metros de ancho; el escenario tenía doce metros de profundidad y estaba equipado con todo lo necesario. Había una doble fila de palcos, un parterre dividido en dos y dos galerías superiores.

Schikaneder le esperaba sentado en una solitaria silla en medio del escenario. Tan pronto apareció Mozart, Schikaneder se levantó presuroso.

—¡Amigo y hermano, si no venís en mi ayuda, estoy perdido! —exclamó Schikaneder adelantando sus manos y cogiendo las de Mozart entre las suyas.

—¡No os pongáis tan dramático a estas horas! ¡No será para tanto, mi querido Emmanuel! —respondió Mozart.

—No os miento, Hermano, mi situación es ciertamente precaria —aseguró Schikaneder.

—Pero ¿cómo podría ayudaros? —preguntó Mozart—. ¡Si yo mismo no soy más que un pobre diablo!

—Necesito dinero, mi negocio va mal. ¡Ese cabrón de Marinelli me está quitando todo el público, que se está yendo a Leopoldstadt! —insistió Schikaneder.

—¿Y por eso venís a buscarme, corazón fraternal? —dijo Mozart entre carcajadas—. ¡Os habéis equivocado de puerta! ¡Estoy más seco que una tea!

—Sólo vos podéis salvarme. Hildebrand me ha prometido un préstamo de 2.000 florines si escribís una ópera para mí. Con esa cantidad podría pagar mis deudas y dar a mi teatro un nuevo impulso, como nunca ha tenido. Mozart, me libraréis de la ruina y mostraréis al mundo que sois el hombre más noble que jamás haya existido. Además, os daré buenos derechos, y la ópera, que sin duda tendrá un gran éxito, llenará vuestros bolsillos. Dicen que Schikaneder es un hombre frívolo, pero no es desde luego un ingrato.

—¿Tenéis un libreto? —preguntó Mozart.

—Tengo algunas ideas pero aún no me he puesto con ello. Me gustaría algo ligero y a la vez elevado. Escribo para entretener al público y no deseo parecer un erudito. Soy actor —y director— y trabajo para la taquilla; pero no para estafar al público, porque el hombre inteligente sólo se deja engañar una vez.

—O sea que, en realidad, no tenéis nada —dijo Mozart.

—La verdad es que no —confirmó Schikaneder mientras levantaba sus ojos y los posaba sobre los de Mozart—. Confiaba en que vos tuvierais algo —recalcó sus palabras con intención.

Mozart le sostuvo la mirada, tratando de averiguar qué pasaba por la cabeza de Schikaneder. Una intuición le asaltó.

—Querido amigo, decidme una cosa: ¿habéis recibido alguna noticia de un tal Georg Forster, de Maguncia? —preguntó Mozart.

—Podría ser —respondió Schikaneder, sin quitarle la vista de encima.

Mozart se frotó la barbilla pensativo. Reflexionó durante unos instantes y entonces tomó una decisión.

—Venid, amigo mío. Me gustaría que me acompañarais a mi casa. Tengo algo que enseñaros.

—Como gustéis. Permitidme que coja mi sombrero y nos ponemos en marcha.

Al cabo de unos minutos los dos amigos atravesaban la Freihaus y deshacían el camino que Mozart había hecho un rato antes.

—Mientras caminamos, Emmanuel, me gustaría contaros una historia.

Mozart le cogió del codo.

—Todo comenzó hace unos años, cuando aún vivía el emperador José. En aquella época, y aún ahora, ardía en deseos de componer una ópera en alemán. Quería hacer algo grande en nuestra lengua y que todos la entendieran. Y no se me ocurrió otra cosa que escribir dos cartas, una al barón Van Swieten y otra al conde Rosenberg, para que trasladaran al emperador mi ofrecimiento. Yo quería escribir sólo al barón, porque de Rosenberg no esperaba nada bueno, pero Constanze me insistió para que lo comunicara a ambos. Al poco tiempo me llamaron a palacio. No podía creer en mi buena suerte: el emperador me hizo el encargo que yo más anhelaba: una ópera en alemán que difundiera los valores de su política, que yo admiraba y apoyaba completamente. Y me puse manos a la obra.

Mozart hizo una pausa mientras junto a ellos rodaba pausado un coche de caballos con las cortinas echadas. Habían entrado en las murallas y se encontraban a pocos minutos de la casa del músico.

—No os voy a aburrir con las peripecias del libreto y de la composición. Parecía como si todos los hados se conjuraran en mi contra para hacerme fracasar en mi cometido. Sólo os diré que lo que era al principio el mejor regalo, se convirtió en una verdadera pesadilla. El libreto tardó varios años en escribirse y tampoco supe qué cantantes la interpretarían, lo cual dificultaba mucho la composición. Tuve que renunciar a grandes oportunidades por mantener la fidelidad al encargo del emperador: renuncié a quedarme en Praga después de *Don Giovanni,* decliné una importante oferta del rey de Prusia y no me fui a Londres con Haydn. A pesar de todo, amé profundamente la historia y creo que compuse mi mejor obra. Pero cuando estaba casi lista y después de haber superado todas las dificultades, murió Su Majestad y su hermano Leopoldo no quiso saber nada de ella después, por más que intenté convencerle de ponerla en escena.

Llegaron a casa de Mozart y se hizo el silencio entre los dos, Schikaneder expectante y Mozart ensimismado en sus recuerdos mientras abría la puerta. Pasaron al estudio y se sentaron en sendas butacas junto al piano. Schikaneder no pudo resistir la tensión.

—Decidme, ¿qué pasó con la partitura? No recuerdo haberla visto u oído, ni siquiera un fragmento.

—Rosenberg me ordenó que la destruyera cuando me ofreció componer *Così fan tutte.*

—Pero vos no...

Mozart se levantó y sacó del bolsillo de su chaleco una llavecita, con la que abrió un cajón del escritorio.

—Aquí está —dijo Mozart al tiempo que sacaba un grueso cartapacio del cajón y lo depositaba en las manos de un atónito Schikaneder—. No podía destruir mi mejor obra. Se titula *La flauta mágica*. Es toda vuestra.

Nota del autor

La flauta mágica se estrenó en septiembre de 1791 y cosechó un éxito enorme. Habría salvado a Mozart de la miseria económica y probablemente le habría consagrado como músico independiente, el primer músico verdaderamente independiente de la historia. Sin embargo, Mozart murió el 5 de diciembre de 1791 a la una menos cinco minutos de la madrugada sin haber llegado a cumplir los treinta y seis años. Desde entonces, millones de personas han llorado su muerte y han soñado cómo sería el mundo de la música si Mozart hubiera llegado a los setenta u ochenta años.

Sobre su muerte hay casi tantas leyendas como sobre su vida, y ésta es una historia más, que no puede pretender alcanzar la categoría de leyenda. Es una historia de ficción sobre Mozart o sobre el amor por la música de Mozart, un modesto homenaje personal a un hombre que me ha proporcionado muchos momentos de pura felicidad y exaltación.

La historia de la ópera secreta es una ficción y pido de antemano perdón a muchos aficionados mozartianos que han visto cómo he cambiado pequeños detalles de la vida de Mozart entre 1786 y 1791 para hacerla encajar con la trama inventada. Después de ver cómo muchos critican la obra de teatro de Peter Shaffer o la película *Amadeus* basada en ella, tiemblo al imaginar lo que pensarán de mi libro. Sólo puedo decir en mi descargo que la ficción tiene estas licencias y que, en todo caso, lo he hecho con el máximo respeto y desde el amor.

Mozart siempre quiso componer óperas alemanas y hay muchos testimonios de ello, alguno de los cuales aparecen en la novela, pero la historia verdadera de *La flauta mágica* no es la del libro. La última escena procede de un testimonio de la época y ha sido ligeramente cambiada para hacer aparecer la ópera como ya acabada, cuando en realidad fue Schikaneder quien escribió el libreto. Por cierto, tampoco la trama de *Così fan tutte* procede de un cotilleo de Baden, ni de una aventura de don Álvaro, entre otras cosas porque éste es el único personaje de ficción al cien por cien de cierta relevancia que aparece en la novela. Todo el resto de personajes —salvo el censor prusiano Von Verstofen y algún otro secundario— existieron históricamente, aunque es probable que algunos de ellos no fueran exactamente como los he pintado —puede que incluso muy distintos—. Pido perdón en particular a los malvados (y a sus descendientes): el cardenal Migazzi, el conde Zizendorf, el conde Orsini-Rosenberg y algún otro villano de poca monta. Quizá en vida sólo fueron ligeramente antipáticos —hay testimonios de que no apreciaron mucho a Mozart o que no fueron verdaderos entusiastas de su música (y eso para mí es pecado suficiente como para convertirlos en malvados)—; en última instancia fueron las exigencias del guión las únicas responsables de su adscripción al partido de los malos.

He utilizado muchas fuentes y cartas originales, algunas de ellas cambiando ligeramente su contenido para hilar adecuadamente la historia. A veces también me he permitido ciertos cambios que considero veniales: por ejemplo, Haydn no estuvo en la juerga de Villa Bertramka después del estreno de *Don Giovanni*, pero el discurso de ensalzamiento de Mozart que pongo en sus labios es verdadero; corresponde a una carta enviada por el músico a Guardasoni poco después de esa fecha, pero pensé que encajaba muy bien en la escena porque daba pie a que Mozart renunciara públicamente a quedarse en Praga, haciendo más creíble la trama de la ópera secreta. El café Demel ya existía en aquella época y, aunque no se llamaba así, he preferido dejar el nombre por el que es conocido para que los visitantes actuales sean conscientes de que Mozart se tomó allí también esas deliciosas tartas. Hay algún pequeño truco más, e invito a quienes los descubran a mandarme un *e-mail*. Entre los acertantes haremos una rifa y, si conseguimos más gazapos de los que soy consciente —seguramente los hay, pues conviene recordar que «gazapo», además de la cría del conejo, significa tanto «embuste o mentira» como «error o desliz»—, escribiremos un nuevo libro con «las tomas falsas de la ópera secreta».

Es obligado también reconocer la deuda que tengo con muchos autores de quienes he aprendido tantas cosas sobre Mozart. En una versión anterior del manuscrito llegué a registrar casi 200 notas de pie de página con referencias y citas, que más tarde eliminé para hacer más legible el texto. Sin embargo, no puedo dejar de mencionar al matrimonio Massin —autores de una gran biografía sobre Mozart cuya lectura fue el germen de mi curiosidad por el compositor y de cuya traducción al castellano he tomado buena parte de los documentos de la época incorporados en la novela—, H. C. Robbins Landon —con ese fantástico libro sobre el último año de la vida de Mozart, lleno de detalles útiles—, Jane Glover —que me inspiró con su intenso relato del *Così fan tutte* en su excelente estudio *Mozart's Women*— o Pierre Petit —cuya tesis de la «música instantánea» pongo en boca del diplomático español en Praga—, a quienes he citado extensamente y sin cuyos maravillosos libros jamás habría escrito esta novela. Unas palabras de agradecimiento también para todos los miembros de www.mozartforum.com, especialmente a sus promotores, que han servido de inspiración para la trama de internet y para algunas escenas.

Finalmente —pero, como se suele decir, no por ello menos importante—, todo mi amor y agradecimiento a mi mujer y mis tres hijas por su comprensión ante esta «locura de papá» y por permitirme gastar una parte importante del presupuesto familiar en libros y material sobre Mozart y, sobre todo, una parte aún más importante del «tiempo familiar», algo mucho más valioso que el dinero. Y un recuerdo emocionado a mi madre, a quien le habría encantado leer este libro y que estará mirando por algún agujerito desde allá arriba.

Madrid y Mondariz Balneario,
enero de 2005-junio de 2006

La ópera secreta se terminó de imprimir en marzo de 2008, en EDAMSA Impresiones S. A. de C. V., Av. Hidalgo (antes Catarroja) 111, Fraccionamiento San Nicolás Tolentino, Delegación Iztapalapa, C.P. 09850, México, D. F.

SUMA
de letras

Argentina
Av. Leandro N. Alem, 720
C1001AAP Buenos Aires
Tel. (54 114) 119 50 00
Fax (54 114) 912 74 40

Bolivia
Avda. Arce, 2333
La Paz
Tel. (591 2) 44 11 22
Fax (591 2) 44 22 08

Colombia
Calle 80, n° 10-23
Bogotá
Tel. (57 1) 635 12 00
Fax (57 1) 236 93 82

Costa Rica
La Uruca
Del Edificio de Aviación
Civil 200 m al Oeste
San José de Costa Rica
Tel. (506) 220 42 42
Fax (506) 220 13 20

Chile
Dr. Aníbal Ariztía, 1444
Providencia
Santiago de Chile
Tel. (56 2) 384 30 00
Fax (56 2) 384 30 60

Ecuador
Avda. Eloy Alfaro, N33-347
y Avda. 6 de Diciembre
Quito
Tel. (593 2) 244 66 56
y 244 21 54
Fax (593 2) 244 87 91

El Salvador
Siemens, 51
Zona Industrial Santa Elena
Antiguo Cuscatlan -
La Libertad
Tel. (503) 2 289 89 20
Fax (503) 2 278 60 66

España
Torrelaguna, 60
28043 Madrid
Tel. (34) 91 744 90 60
Fax (34) 91 744 92 24

Estados Unidos
2105 NW 86th Avenue
Doral, FL 33122
Tel. (1 305) 591 95 22
y 591 22 32
Fax (1 305) 591 91 45

Guatemala
7ª avenida, 11-11
Zona n° 9
Guatemala CA
Tel. (502) 24 29 43 00
Fax (502) 24 29 43 43

Honduras
Colonia Tepeyac Contigua a
Banco Cuscatlan
Boulevard Juan Pablo, frente
al Templo Adventista 7° Día,
Casa 1626
Tegucigalpa
Tel. (504) 239 98 84

México
Avda. Universidad, 767
Colonia del Valle
03100 México DF
Tel. (52 5) 554 20 75 30
Fax (52 5) 556 01 10 67

Panamá
Avda Juan Pablo II, n° 15.
Apartado Postal 863199,
zona 7
Urbanización Industrial
La Locería
Ciudad de Panamá
Tel. (507) 260 09 45
Fax (507) 260 13 97

Paraguay
Avda. Venezuela, 276
Entre Mariscal López
y España
Asunción
Tel. y fax (595 21) 213 294
y 214 983

Perú
Avda. Primavera, 2160
Santiago de Surco
Lima, 33
Tel. (51 1) 313 40 00
Fax (51 1) 313 40 01

Puerto Rico
Avenida Rooselvelt, 1506
Guaynabo 00968
Puerto Rico
Tel. (1 787) 781 98 00
Fax (1 787) 782 61 49

República Dominicana
Juan Sánchez Ramírez, n° 9
Gazcue
Santo Domingo RD
Tel. (1809) 682 13 82
y 221 08 70
Fax (1809) 689 10 22

Uruguay
Constitución, 1889
11800 Montevideo
Tel. (598 2) 402 73 42
y 402 72 71
Fax (598 2) 401 51 86

Venezuela
Avda. Rómulo Gallegos
Edificio Zulia, 1°. Sector
Monte Cristo. Boleita Norte
Caracas
Tel. (58 212) 235 30 33
Fax (58 212) 239 10 51